Dem Killer auf der Fährte

ECON **Krimi**

Zum Buch

Eigentlich findet Holly Winter, daß ein Hund genug ist. Als aber die Therapeutin Elaine Walsh tot aufgefunden wird, adoptiert sie die verwaiste Malamute-Hündin Kimi – und nimmt sich vor, ihr ein wenig Benehmen beizubringen. Als immer mehr Fragen über den Tod von Elaine auftauchen, hat Holly den Verdacht, daß Kimi womöglich die wichtigste Zeugin in einem Mordfall sein könnte ...

Die Autorin

Susan Corant trainiert selbst Hunde. Sie lebt mit ihrem Mann, zwei Katzen und zwei Malamutes in Massachusetts. Bevor sie begann, Krimis zu schreiben, besuchte sie das Radcliffe College der Harvard University, wo sie auch promovierte.

Susan Conant

Dem Killer auf der Fährte

Ein Holly Winter-Krimi

Aus dem Amerikanischen
von Karin Haag

ECON Taschenbuch Verlag

Ökologisch handeln:
Dieses Buch ist gedruckt auf 100% Recyclingpapier, chlorfrei gebleicht

Deutsche Erstausgabe

First published in the United States of America
Titel des amerikanischen Originals: *A Bite of Death*
Aus dem Amerikanischen übersetzt von Karin Haag
Umschlaggestaltung: Molesch/Niedertubbesing, Bielefeld
Illustration: Reiner Tintel
Lektorat: Katy Albrecht
Gesetzt aus der Baskerville
Satz: Formsatz GmbH, Diepholz
Druck und Bindearbeiten: Ebner Ulm
Printed in Germany
ISBN 3-612-25034-5

Für meine Agentin Adele Leone,
im Gedenken an ihren ersten Hund, Tonsils

Mit Ausnahme der Fischhandlung von Dorothy Batchelder, die freundlicherweise einem kurzen und anonymen Gastauftritt ihre Zustimmung gab, sind alle namentlich erwähnten Restaurationsbetriebe, Institutionen und sämtliche Personen in diesem Buch fiktiv und frei erfunden.

Ich bedanke mich an dieser Stelle nochmals bei Dr. med. James Dalsimer und Dr. vet. Joel Woolfson. Etwaige Irrtümer in meinen Aussagen zur Veterinär- und Humanmedizin sind allein mir selbst zuzuschreiben.

Mein Dank gilt weiterhin dem Hund meines Lebens, prima inter pares, Frostfield Arctic Natasha, C.D., für die Vermittlung ihrer Sachkenntnis über Charakter und Verhalten der Alaskan Malamutes.

Ich schrieb gerade eine Geschichte über eine Frau, die gestorben war und als ihr eigener Hund wiedergeboren wurde. Die Idee dazu hatte ich aus einem Traum, und den Traum hatte ein Artikel im Boston Globe ausgelöst, über einen Wahnsinnigen, der in Montreal Amok gelaufen war und in der Überzeugung, daß Feministinnen sein Leben zerstört hätten, dreizehn Frauen erschossen hatte.

Allerdings kam ich mit der Geschichte nicht so richtig voran, denn mein Traum hatte von der Frau gehandelt, nicht von dem Hund, und ich stellte nun fest, daß ich eigentlich mehr an ihm als an ihr interessiert war. Ich wußte nicht, wie es weitergehen sollte, nachdem die Frau ins Leben zurückgekehrt war: Mußte der Hund dann verschwinden? Oder lebten sie miteinander in seinem Körper? Letztere Variante gefiel mir zwar besser, aber da stellte sich die Frage, wem dieser Hund mit den zwei Seelen gehören sollte, nachdem die Vorbesitzerin ja nun, zumindest oberflächlich betrachtet, das Zeitliche gesegnet hatte. Irgend jemand mußte der Besitzer sein. Ich konnte ihn nicht einfach herrenlos in der Gegend herumstreunen lassen, wo er sich gegen räuberische Straßenköter zu verteidigen hätte, in Mülleimern nach vergammelten Fischabfällen und Hühnerknochen wühlen und sich in irgendeiner dunklen Ecke zusammenrollen müßte, die schwarze Schnauze zum Schutz gegen die Kälte unter seine weiße, flaumig weiche Schwanzspitze gesteckt – es handelte sich nämlich um einen Alaskan Malamute – und niemand wäre da, der dafür sorgen würde, daß er regelmäßig seine Wurmkuren und Impfungen bekam. Sogar in einer von mir erfundenen Geschichte bin ich zwangsläufig für den Hund verantwortlich. Ich hatte mir das ausgedacht und konnte ihn – oder sie? – nicht mit einer Besitzerin allein lassen, die kürzlich verstorben war, sich jetzt unsichtbar in seinem Körper aufhielt und unter diesen Umständen vermutlich ausschließlich mit ihren eigenen Problemen beschäftigt war; und sich deshalb nicht um ihn kümmern konnte.

Nehmen wir doch einmal an, diese Geschichte wäre mir und meinem Hund passiert: Wäre ich gestorben und als mein eigener Hund, Rowdy, wiedergeboren worden, wer hätte dann für uns sorgen sollen? Wer könnte das besser, als ich selbst? Ich bin in vielerlei Hinsicht die ideale Hundehalterin, und sollte sich meine Seele wirklich einmal mit Rowdys pelzigem Körper und seinem eigensinnigen Verstand verbinden, wären wir somit der ideale Hund. Eine gute Voraussetzung für Vollkommenheit hätten wir bereits dadurch, daß wir ein Alaskan Malamute wären, und wenn dann noch meine Persönlichkeit dazukäme, wären wir einfach unschlagbar. Wir würden zum Beispiel sofort folgen, wenn ich uns rufe. Wir würden damit aufhören, die Zuckerdose vom Tisch zu stehlen, sie auszuschlecken und unter der Heizung im Schlafzimmer zu verstecken. Von der Leine gelassen, würden wir ganz brav bei Fuß gehen, würden nicht bei jeder Kehrtwendung störrisch zurückbleiben, und wir würden zu mir aufsehen wie ein ergebener Golden Retriever statt wie der eigenwillige Schlittenhund, der wir bisher waren. Wir drei wären also wirklich das perfekte Team: Rowdy und meine beiden Ichs.

Rowdy und ich, wir waren schon nicht so schlecht zu zweit, oder, wenn man so will, zu viert: Rowdy – Ich – der Teil von ihm, der in mir lebt – der Teil von mir, der in ihm lebt. Das ist es, worum es geht mit einem Hund. Man riskiert den Tod. Gib' dem Hund deine Seele, und du stirbst ein kleines bißchen. Dann wirst du wiedergeboren als dein eigener Hund. Und das funktioniert wechselseitig, was erklären mag, daß ich mich nur zur Hälfte als Mensch fühle. Ich habe meine Seele Dutzenden von Hunden gegeben, und ich trage ihre Seelen in mir.

Es ist eine Art zu leben, die ich mir nicht ausgesucht habe, obwohl ich das, hätte ich die Wahl gehabt, bestimmt auch getan hätte. Ich habe mich nie eingeengt gefühlt, und ich bin auch nicht allergisch. Ich kenne es nicht anders. Schließlich hat es schon im Mutterleib begonnen, oder sogar noch früher, zählt man die Jahre vor meiner Geburt dazu. Meine Eltern haben nämlich Golden Retriever gezüchtet und ausgebildet, lange, bevor ihnen einfiel, ein Wesen auf die Welt zu bringen, dessen Geburt man nicht beim American Kennel Club, dem Amerikanischen Hundezüchterverein, registrieren lassen kann. Vielleicht dachten sie auch, daß es bei mir gehen würde. Oder vielleicht hatten sie vor, meine Geburtsurkunde unauffällig unter die Papiere für die beiden Retriever-Würfe zu mischen, die unmittelbar vor mir das Licht der Welt erblickt hatten. Ich sollte wirklich einmal im Zuchtstammbuch der Golden Retriever nachschauen, ob nicht auch mein Name drin steht: Holly Winter, Hündin; Stammrüde; Buck Winter; Stammhündin; Marissa Winter.

Aber der American Kennel Club hat keinen Grund, etwas Schlechtes über mich zu sagen. Ich nehme mit meinen eigenen Hunden nicht mehr an Hundeschauen teil, jedenfalls nicht an solchen, bei denen es nur um das Aussehen eines Hundes geht, und nicht um seinen Charakter. Aber ich gehe mit ihnen zu Gehorsams-Wettkämpfen. Als ich noch mit Golden Retrievern gearbeitet habe, waren wir ziemlich erfolgreich. Und Rowdy? Da man in Sachen Gehorsam nicht viel von einem Alaskan Malamute erwarten kann, außer vielleicht ein paar Heiterkeitserfolgen, bin ich nicht minder stolz darauf, daß er den Titel C.D. erzielt hat, als wenn meine Retriever ein U.D. erreicht haben. C.D. und U.D. sind Titel, die auf Hundeturnieren vergeben werden. C.D. heißt Companion Dog, also Begleithund. Das ist so etwas wie ein Abiturzeugnis. C.D.X., Companion Dog Excellent, also Begleithund mit Auszeichnung, ist vergleichbar mit einem Universitätsabschluß. Gebrauchshund, U.D. für Utility Dog, ist sozusagen die Promotion, aber für diesen Titel, muß man mehr Zeit, Mühe und Hirn investieren. In Cambridge, Massachusetts, wo ich lebe, gibt es zum Beispiel Tausende von Doktoren und fast gar keine U.D.s Darum ist Cambridge auch so ein merkwürdiger Ort. Es gibt dort zu viele überqualifizierte Menschen und zu viele unterqualifizierte Hunde.

Aber zurück zu meiner Geschichte: Anstatt also meine regelmäßige Kolumne für *Dog's Life* fertigzustellen, schrieb ich eine Erzählung über eine verstorbene Frau, die als ihr eigener Hund wiedergeboren wurde. Vielleicht tat ich das auch, um nicht weiter an der Kolumne arbeiten zu müssen, deren Thema mir Kopfzerbrechen bereitete. Es sollte nämlich diesmal darum gehen, wie man einen zweiten Hund in den Haushalt integriert. Der Grund für meine Schwierigkeiten mit diesem Thema bestand nun darin, daß ich befürchtete, Rowdy, der zu meinen Füßen unter dem Küchentisch schlief, würde entweder meine Handschrift oder meine Gedanken lesen. An meiner Idee, ich könnte sterben und in seinem Körper wieder ins Leben zurückkehren, hätte er sicher nichts auszusetzen gehabt, aber allein bei dem Gedanken, daß er womöglich seine liebsten Schlafplätze, meine Aufmerksamkeit, und – Gott behüte! – vielleicht sogar seinen Freßnapf mit einem anderen Hund teilen müßte, hätte ihm vor Entsetzen das Nackenfell zu Berge gestanden. Und er hätte auch bestimmt sofort gewußt, daß ich dabei nicht an irgendeinen Hund dachte, sondern an einen zweiten Malamute.

Ich schrieb also weiter an meiner Geschichte, und in dem Moment, als ich die Frau ihren letzten Atemzug tun ließ, klingelte das Telefon. Der Anrufer war Steve Delaney, Rowdys Tierarzt und mein Freund.

»Hallo, bist du beschäftigt?«

»Ich schreibe«, antwortete ich.

»Ich muß dich um einen Gefallen bitten. Man könnte es einen Notfall nennen«, sagte er und lachte leise. »Ich würde es ja selber erledigen, aber ich kann hier nicht weg, weil mein Wartezimmer voll ist. Außerdem kannst du sicher besser damit umgehen als ich – es handelt sich nämlich um ein massives Fehlverhalten. Eine Hundebesitzerin traut sich nicht mehr von ihrem Küchentisch runter. Sie hat mich von da aus angerufen und um Hilfe gebeten. Das Problem ist nämlich, daß ihre Malamute-Hündin sie nicht vom Tisch läßt. Sie wußte nicht, wen sie sonst anrufen sollte.«

»Es ist ihr erster Malamute, stimmt's?«

»Stimmt.«

»Ist es ein Welpe?«

»Das eigentlich nicht mehr, aber sie ist noch jung. Jedenfalls hat die Frau sie noch nicht lange. Und es ist ihr erster Hund überhaupt.«

Sich als ersten Hund einen Malamute zuzulegen, ist ungefähr so, wie wenn man bei der Europameisterschaft als Torwart der Nationalmannschaft sein erstes Fußballspiel absolviert. Wenn man gewußt hätte, auf was man sich da eingelassen hat, hätte man es nicht getan. Man kann realistischerweise nur hoffen, daß man es überlebt, und nicht, daß man gewinnt.

»Okay. Und wo wohnt sie?«

»Upland Road.« Er nannte mir die Hausnummer. »Das ist bei dir in der Nähe.«

Ich wohne in einem dreistöckigen Haus an der Ecke Appleton Street und Concord Avenue, unweit der neuen Observatory Hill Häuser, die die Harvard Universität als preiswerte Wohnungen für ihre Fakultätsangehörigen bauen ließ. Die Häuser dort kosten zwischen 185 000 und 300 000 Dollar. Ein Universitätsdozent verdient etwa 30 000 Dollar im Jahr. An diesem Beispiel läßt sich das Verhältnis der Harvard Universität zur Realität ziemlich gut ablesen.

»Wie soll ich eigentlich ins Haus kommen, wenn die Frau nicht vom Tisch runter kommt?«

»Sie hat mir gesagt, daß in der Milchbox vor der Tür

ein Hausschlüssel liegt. Unter den leeren Milchflaschen. So was Idiotisches, ausgerechnet da einen Schlüssel zu verstecken.«

Um ehrlich zu sein, genau da hatte ich ihn auch versteckt, bevor ich einen Milchmann hatte. Das heißt, bevor ich entdeckte, daß eine der Annehmlichkeiten, die das Leben in Cambridge bietet, das Privileg ist, sich die Milch in richtigen Glasflaschen ins Haus liefern zu lassen. Diese Milchflaschen erinnern mich an die, die meine Großmutter hätte benutzen sollen, statt dieser Plastikkartons, die sie kaufte. Die Leute fragen mich immer, ob auf der Milch noch Haut schwimmt, aber das ist nicht der Fall. Es ist ganz normale, homogenisierte Milch, und auch die anderen Produkte, wie Eier und Eiscreme sind ganz frisch und vorzüglich.

»Ich treibe dich nicht gern zur Eile«, meinte Steve, »aber könntest du vielleicht bald dort vorbei gehen? Der Hund wird der Frau nichts tun, aber das weiß sie nicht. Ihr Name ist Elaine Walsh. Der Name der Frau, meine ich.«

»Es gibt nicht viele Hunde, die Elaine Walsh heißen.«

Er lachte. »Der Hund heißt Kimi. Sie ist ungefähr ein Jahr alt. Ein wirklich schönes Tier. Und sehr dominant. Das ist das Problem. Außerdem ist sie für eine Hündin in diesen Breiten sehr groß.«

Mit lediglich siebzig bis neunzig Pfund sind die Malamutes aus der Neu England Zuchtlinie – man nennt sie auch Kotzebues – die reinsten Schoßhündchen im Vergleich zu den hundertdreißigpfündigen Exemplaren aus Alaska und anderen nordischen Gegenden.

»Macht der Hund zum ersten Mal solche Schwierigkeiten?« fragte ich.

»Jedenfalls ist es das erste Mal, daß Elaine Walsh mich

angerufen hat. Aber, wie schon gesagt, sie hat die Hündin noch nicht lange. Das Ganze hat eine ziemlich komplizierte Vorgeschichte, die ich dir später mal erzählen werde. Vielleicht erzählt sie es dir auch selbst. Ich muß jetzt wieder zurück in die Praxis.«

»Ich gehe gleich los.«

»Viel Glück, und danke. Sehe ich dich heute Abend?«

»Sicher«, antwortete ich, »falls noch etwas von mir übrig ist.« Aber das meinte ich nicht ernst. Ich habe nämlich keine Angst vor Hunden.

Das Haus, in dem Elaine Walsh wohnte, war eins dieser »Dreidecker-Häuser«, die für eine ehemalige Arbeitergegend typisch sind. Mein eigenes Haus ist auch eines von dieser Art, die meine Mutter immer verächtlich »Mietshäuser« genannt hatte, und die sonstwo 40 000 Dollar, in Cambridge aber mehr als 100 000 Dollar kosten, sogar bevor sie so hübsch renoviert wurden wie dieses hier. Ein Architekt hatte die Fassade mit senkrecht verlaufenden, blaßgelb gestrichenen Holzleisten versehen und die Veranda an der Frontseite des Hauses so unterteilt, daß zwei separate Eingänge entstanden waren, was den Eindruck machte, als seien es zwei Häuser statt einem. Die Leute aus einer normalen Gegend meinen tatsächlich ein ganzes Haus, wenn sie »mein Haus« sagen, aber in Cambridge bedeutet diese Bezeichnung in den meisten Fällen die Hälfte, oder sogar nur ein Drittel oder Viertel eines Hauses. Alles, was diese mehrfach unterteilten Häuser von einer Eigentumswohnung unterscheidet, sind die separaten Eingänge, wie Elaine Walsh einen hatte.

Der Gehsteig vor dem Haus und der kurze Weg aus

Ziegelsteinen, der zu Elaine Walshs Tür führte, war mit einer dicken Schicht Streusalz bedeckt, das den Schnee und das Eis der letzten Tage geschmolzen und die Erde in den Blumenbeeten zu beiden Seiten des Eingangs ruiniert hatte. In der sicher unbewußten Absicht, die Schäden, die das Salz angerichtet hatte, zu reparieren, hatte ein großer Hund reichlich natürlichen Dünger auf den Beeten verteilt.

Auf der Veranda, links neben der Haustür, stand ein mit Styropor ausgekleideter Behälter für Milchflaschen und Molkereiprodukte von der gleichen Sorte wie der, der bei mir vor der Hintertür steht. Er war aus Blech mit dem stilisierten Bild einer blauen Kuh und dem blauen Schriftzug »Pleasant Valley Farms«. In dem Behälter standen zwei leere Milchflaschen, und unter einer davon lag der Hausschlüssel. Für den Fall, daß es Elaine Walsh inzwischen gelungen war, sich zu befreien, läutete ich an der Tür, da aber niemand antwortete, öffnete ich die Tür mit dem Schlüssel. Dann stand ich in einem kleinen Flur, von dem aus eine Treppe in das obere Stockwerk führte.

Ein leises Knurren begrüßte mein Eintreten.

»Hallo?« rief ich die Treppe hinauf. »Dr. Delaney hat mich geschickt. Elaine? Miss Walsh? Ist bei Ihnen alles in Ordnung?«

»Verdammt noch mal, ich hab' schon gedacht, Sie kommen überhaupt nicht mehr. Und außerdem heiße ich ›Elaine‹ oder ›Doktor Walsh‹, aber auf keinen Fall ›Miss‹.«

Ich nahm sofort an, daß sie keine richtige Ärztin war. Hätte man sonst jemals erlebt, daß einem ein Dr. med. die Wahl läßt, wie man ihn oder sie nennen möchte? Und außerdem, wir sind hier schließlich in Cambridge.

Die meisten Leute mit einem Doktortitel haben nur promoviert, und mindestens die Hälfte der Dr. med.'s sind Psychiater, was oft bedeutet, daß sie eigentlich nie Medizin studieren wollten, und unmittelbar nach den Abschlußprüfungen alles darüber vergessen haben. Natürlich gibt es in der Gegend auch ein paar richtige Ärzte, wie Steve zum Beispiel, mit dem ich schon zusammen war, bevor er Rowdys Tierarzt wurde. Ich lernte ihn kennen, kurz nachdem er die Praxis vom alten Dr. Draper übernommen hatte, als Vinnie, mein letzter Golden Retriever, von so schrecklichen Schmerzen gequält wurde, daß weder sie noch ich es mehr aushalten konnten. Steve erlöste sie von ihren Schmerzen. Seither vermisse ich sie und liebe ihn. Und wenn man mit seinem Tierarzt schläft, gewöhnt man sich daran, seinen Vornamen zu benutzen.

Ich öffnete den Reißverschluß meines Parkas, stopfte die Handschuhe in die eine Tasche und zog aus der anderen mein Handwerkszeug: ein Trainingshalsband aus Metall, eine schmale Lederleine und eine kleine, mit Wasser gefüllte Plastiksprühflasche, deren Pumpe ich ein paarmal betätigte, damit sie sofort einsatzbereit war.

Die Treppe führte in einen schönen, großzügigen Raum, der in einen Wohn- und einen Küchenbereich unterteilt war. Auf dem Küchentisch aus massivem Holz saß eine kräftig aussehende Frau von Anfang dreißig, im Yoga-Sitz. Sie hatte schwarzes, kurz geschnittenes Haar und sah mit ihrem wettergegerbten Gesicht aus wie eine Archäologin. Ich dachte, daß sie vielleicht sogar wirklich eine sei. In Cambridge weiß man das nie so genau. Die marokkanischen Teppiche auf dem Boden, die afrikanischen Masken an den hellen Wänden, die hier und da im Raum verteilten Hopi-Keramiken, und das grobgewebte griechische Hemd, das sie trug, waren nicht unbedingt als Hinweise auf ihren Beruf zu deuten, denn der Ethno-Stil war in Cambridge immer schon Mode gewesen, ebenso wie die weiß gestrichenen Wände. Die Harvard-Absolventen in Cambridge haben eine Vorliebe für die dekorative Form des kulturellen Pluralismus: ein Hauch von farbenfroher Exotik vor weißem Hintergrund. Diese Vorliebe haben sie in Harvard gelernt. So finden sich unter den insgesamt einundsechzig an der juristischen Fakultät habilitierten Professoren auch nur drei Afro-Amerikaner.

So, wie sie da im Schneidersitz auf dem Tisch saß, sah Elaine Walsh jedenfalls irgendwie pseudo-kaukasisch aus, während ihr Malamute echt alaskisch und sogar etwas furchterregend aussah, aber nur bis sie aufhörte, ihre Halterin anzuknurren, auf mich zurannte, sich rücklings auf den Boden warf und mir ihren pelzigen Bauch zum Kraulen anbot. Rowdy begrüßte die meisten Besucher mit derselben Diskretion.

Elaine Walsh seufzte tief vor Erleichterung, blieb aber vorläufig auf ihrem Hochsitz. »Mein Gott, das ist erniedrigend.«

An den Tisch- und Stuhlbeinen sah ich die Spuren von Hundezähnen.

»Sie sind nicht die erste, der so etwas passiert«, tröstete ich sie.

Während die Hündin auf dem Boden liegen blieb, kniete ich nieder, streifte ihr das Halsband über den großen, pelzigen Kopf und hakte die Leine ein.

»Sie können jetzt runterkommen«, teilte ich Elaine mit, während ich weiter den Bauch der Hündin kraulte. »Ich habe sie an der Leine.«

»Ich komme mir so idiotisch vor.« Elaine erhob sich aus dem Schneidersitz und kletterte vom Tisch herunter. Obwohl sie dort ziemlich lange festgesessen haben mußte, war sie keineswegs steif in ihren Bewegungen. Vielleicht war sie wirklich geübt in Yoga. »Ich bin Ihnen sehr dankbar. So etwas Blödes ist mir noch nie passiert. Ich weiß wirklich nicht, was ich ohne Ihre Hilfe getan hätte.«

»Irgendwie hätten Sie sich wahrscheinlich schon verständigt. Sie sieht ja nicht gerade gefährlich aus. Kimi ist ihr Name, nicht wahr?«

Elaine nickte und warf der Hündin einen scheuen Blick zu, in dem noch Wut lag, aber auch die Bereitschaft, zu verzeihen.

»Sie ist sehr hübsch, eine richtige Schönheit«, sagte ich.

Wie Rowdy und alle anderen Malamutes sah sie aus wie ein kurzbeiniger, kräftiggewachsener Wolf mit großen, sanften, braunen Augen. Während Rowdy jedoch ein vollkommen weißes Gesicht hatte, hatte diese Hündin das, was man eine Maske nennt: einen kappenartigen Fleck schwarzer Haare auf dem Hinterkopf, einen schwarzen Streifen über der Schnauze und schwarze Ringe um die Augen, die ihrem Blick etwas Gefährliches gaben. Das Fell am Bauch und an der Unterseite ihres Schwanzes war weiß, brauchte aber dringend eine Wäsche. Als sie sich zur Seite rollte und aufstand, konnte ich sehen, daß sie auf dem Rücken und an den Seiten dunkler gefärbt war als Rowdy, in einer Farbe, die man dunkles Wolfsgrau nennt, mit ein paar hellbraunen Einsprengseln an ihren großen, keilförmigen Ohren und an ihren Läufen. Als sie auf ihren vier Pfoten stand, schüttelte sich Kimi kräftig, öffnete ihre Kiefer, um eine Reihe gefährlich blitzender Zähne zu zeigen, und dann knurrte und brüllte sie mich an. Es war mehr, als ein bloßes Lautgeben, sie redete vielmehr lebhaft auf mich ein.

»Oh, nein.« Elaine erschrak und wich zurück. »Jetzt fängt sie wieder an. Passen Sie auf. Wissen Sie, was Sie da tun?«

Kimi drehte sich zu ihr um und ließ noch ein tiefes und kehliges Knurren hören.

»Sie will raus«, erklärte ich. »Ich gehe mit ihr. Kimi, los geht's.« Ich ging auf die Treppe zu, und Kimi folgte mir mit federnden Schritten und wedelndem Schwanz. Im Gegensatz zu Wölfen tragen Malamutes ihre Rute hoch über dem Rücken. Draußen erleichterte sich Kimi über dem Blumenbeet, und dann führte ich sie wieder zurück ins Haus.

»Sie mußte mal raus«, sagte ich zu Elaine. »Das Geknurre ist ganz normal für Malamutes, meiner macht das auch.«

»Sie mußte mal raus«, wiederholte Elaine ungläubig. »Glauben Sie mir, das war sicher nicht das, was sie vorhin wollte.«

»Das ist Ihr erster Hund, nicht wahr? Seit wann haben Sie sie?«

»Einen Monat, und das war bestimmt der längste Monat meines Lebens. Es kommt mir vor wie eine Ewigkeit. Aber das ist nicht nur ihretwegen. Es hat zwar mit ihr zu tun, aber es ist nicht ihre Schuld. Das ist eine lange Geschichte. Glauben Sie, sie ist jetzt wieder friedlich?«

Kimi stand mit steifen Beinen am Ende der gespannten Leine, ihre Ohren waren flach am Kopf angelegt. Sie sah Elaine mit ihren großen, sanften Augen an und wedelte leicht mit ihrem flaumigen, grauweißen Schwanz. Wie jeder, der sich mit Hunden auskennt, weiß, hatte sie ihr schlechtes Benehmen so gut wie vergessen und bat Elaine flehend, das gleiche zu tun.

»Sie ist völlig in Ordnung. Das ist eine Unterwerfungsgeste. Sagen Sie, beabsichtigen Sie, sie zu behalten, wollen Sie diesen Hund?«

Elaine lehnte sich gegen den Tisch. »Die Sache ist etwas kompliziert, und das ist ein Teil der Geschichte. Ich bin mehr oder weniger gezwungen. Und meistens geht es auch ganz gut, aber dann kriegt sie plötzlich solche Anfälle. Und mit anderen Hunden ist sie einfach schrecklich. Ich kann mit ihr nicht einmal spazierengehen. Sie greift andere Hunde an. Ach, ich weiß nicht. Vielleicht finden Sie es verrückt, wenn ich das jetzt sage, aber ich mag sie. Die Antwort auf Ihre Frage lautet also eigentlich ja. Ich möchte sie behalten. Ich muß den Verstand verloren haben.«

»Wie wäre es mit einer Tasse Tee?« fragte ich. »Lassen Sie uns doch mal drüber reden. Mein Name ist Holly Winter. Ich bilde Hunde aus, und ich habe einen Malamute.«

»Du liebe Güte, ich habe Sie nicht einmal nach Ihrem Namen gefragt, verzeihen Sie.«

Ich mochte sie, weil sie nicht grinste, als ich meinen Namen nannte. Meine Eltern hatten die Komik übrigens gar nicht beabsichtigt, denn auch die Hündinnen aus den anderen beiden Würfen hatten alle solche Namen wie Winterland's Christmas Cookie und Winterland's Sweet Noel, woraus man sofort ersehen kann, daß wir im Dezember geworfen wurden. Buck und Marissa wollten nicht, daß ich mich fremd oder unterlegen fühlte, was für sie natürlich bedeutete, fremd und unterlegen gegenüber einem Golden Retriever. Außerdem mochte ich Elaine für ihre nette Entschuldigung und dafür, daß sie einen Hund behalten wollte, der ihre Möbel angeknabbert und sie veranlaßt hatte, Zuflucht auf dem Küchentisch zu suchen. Natürlich hatte ich mich sofort in Kimi verliebt. Sie war genau das, woran ich gedacht hatte, als ich versuchte, meine Kolumne zu schreiben und fürchtete, Rowdy würde meine Gedanken lesen.

Nachdem sie sich soweit erholt hatte, daß sie sich an ihre guten Manieren erinnerte, nahm mir Elaine meinen Parka ab, machte eine Kanne Earl-Grey-Tee und bestand darauf, eines dieser lächerlichen Stadtwohnungsfeuer zu entzünden, und zwar in einem freistehenden Pseudokamin aus Metall, der sich auf einer Keramikplatte in der Mitte des Wohnbereichs befand – ich komme vom Land, aus Maine. Als sie die Teekanne und Tassen auf den Couchtisch stellte, wollte ich mich auf der grauweiß gestreiften Couch niederlassen, von der aus ich ins Feuer sehen konnte, aber Elaine hielt mich davon ab.

»Das ist Kimis Platz.« Sie lächelte entschuldigend. »Sie mag es nicht, wenn sich jemand dorthin setzt.«

Es war schließlich Elaines Haus. Und Elaines Hund. Also setzte ich mich in die Mitte des Sofas, Kimi immer noch an der Leine haltend. Sie schnupperte an der Milchkanne auf dem Tisch. Ich erwartete fast, daß Elaine ihr erlauben würde, daraus zu trinken. Und genau das tat sie dann auch: Kimi schlabberte den kleinen Krug leer, wobei sie über den ganzen Tisch Milch verspritzte und leckte ihn noch sorgfältig aus, ohne daß Elaine auch nur ein einziges Wort sagte.

»Ich hole noch etwas Milch. Keine Angst, den Krug wasche ich vorher aus.«

Als ob mir das etwas ausgemacht hätte. »Besser nach einem Hund, als nach einem Menschen«, wie meine Eltern immer sagten.

Als sie zurückkam, warf Kimi ihr einen fragenden Blick zu und sprang dann genau neben mir auf den Sofasitz, auf den sie offensichtlich den alleinigen Besitzanspruch erhob.

Elaine sah mich kritisch an und sagte: »Sie sollten ihr nicht näher kommen. Sonst schnappt sie nach Ihnen. Sie ist ganz schön stark.« In ihrer Stimme lag Bewunderung für den Hund.

»Das habe ich bemerkt«, antwortete ich und hätte gern hinzugefügt: ›Sie sind es nicht. Aber keine Sorge, Sie werden es auch noch.‹ Laut sagte ich: »Also, erzählen Sie mir von ihr.«

Wie Steve warnte sie mich auch, es sei eine lange Geschichte, was es dann aber gar nicht war.

»Ich bin Psychologin. Ich arbeite an einer Klinik, unterrichte und habe eine Privatpraxis in der Massachusetts Avenue. Vor einem Monat verlor ich eine Patientin, eine junge Frau. Es war das erste Mal, daß mir so etwas passierte. Ich hatte immer gewußt, es würde entsetzlich sein, wenn ein Patient Selbstmord begeht. Oder jedenfalls dachte ich, ich wüßte, wie es ist. Aber das stimmt nicht. Ich kann es nicht beschreiben. Es ist einfach über alle Maßen schrecklich.« Ihr Gesicht wurde weicher, und ich bemerkte, daß von den tiefen Linien um ihre Augen einige erst vor kurzem entstanden waren.

»Kimi gehörte dieser Patientin«, sagte ich ruhig.

»Ja. Meine Patientin hat eine Überdosis genommen.«

Ich vermutete, daß es sich um eine Überdosis Kokain oder so etwas Ähnliches handelte. Wahrscheinlich, weil es mich schmerzte, daß einer der besten Basketballspieler bei den Celtics, Len Bias, noch besser hätte werden können, wenn er nicht diese Drogen genommen hätte. Elaine fuhr fort: »Sie hat einen Brief hinterlassen. Das tun die meisten Selbstmörder, aber es macht die Dinge nicht einfacher. Der Brief war an mich adressiert, und sie hat mich darin gebeten, ihren Hund zu nehmen.«

Ich beugte mich vor und geriet so etwa drei Zentimeter näher an Kimi, die mich sofort wütend ansah und anfing zu knurren. Da nahm ich ihre Schnauze fest in beide Hände, schüttelte leicht ihren Kopf und sagte: »Kimi, hör auf.« Sie gehorchte.

Elaine sah nicht so aus, als fände sie Gefallen an dieser Szene.

»Ich habe Kimi also gewissermaßen geerbt.« Elaine streckte in einer hilflosen Geste beide Hände aus. »Es war so, als würde die Patientin mir damit sagen: ›Du hast dich nicht richtig um mich gekümmert, und auch sonst niemand. Hier ist deine letzte Chance.‹ Und weil ich noch nie einen Hund hatte, hatte ich auch keine Ahnung, was da auf mich zukam. Aber es war alles, was ich noch für meine Patientin tun konnte. Glauben Sie mir, sie hatte einiges durchgemacht und wir hatten gerade begonnen, daran zu arbeiten. Von dem Hund hat sie mir natürlich erzählt, und ich hatte den Eindruck, daß das etwas Positives für sie war. Oder hätte sein können. Denn es gab natürlich auch damit Probleme.«

»Große Probleme?«

»Sie war einer von diesen Menschen, die grundsätzlich und überall Probleme haben, in jeder Beziehung.

Man hatte sie mißbraucht, zum Opfer gemacht, und sie war schwer depressiv. Sie hatte eine Menge Ängste. Aber die Sache ist die, daß ich den Hund nicht als ein Problem ansah.«

»Ich glaube, Sie hatten recht damit«, sagte ich. »Vielleicht war es eine Einstellungssache.«

»Ehrlich gesagt, ich bin mir nicht mehr so sicher. Ich glaube, daß vielleicht etwas mit Kimi nicht stimmt. Vielleicht hat es mit den Hormonen zu tun«, meinte Elaine verlegen.

»Sie meinen die Schilddrüse?« Kimis Fell sah dicht und glänzend aus, und sie suchte nicht die Wärme des Feuers, was eines der Symptome für Schilddrüsenerkrankungen bei Hunden ist.

»Das mag albern klingen, aber sie hebt das Bein«, erklärte Elaine. »Wie ein Rüde. Das macht sie nicht immer, aber ziemlich häufig. Zum Beispiel an Bäumen oder Feuerhydranten.«

»Sie ist ein Malamute. Hat man Ihnen nichts über Malamutes erzählt.«

»Das ist mein erster Hund«, erinnerte sie mich scharf.

»Also, Malamutes sind nicht so wie andere Hunde. Das fängt schon mal damit an, daß es viele Malamute-Hündinnen gibt, die genauso dominant sind wie ein Rüde. Deshalb hebt sie das Bein, es ist so etwas wie ein Herrschaftsanspruch und bedeutet nicht, daß mit ihr etwas nicht in Ordnung ist. Viele andere Hündinnen tun es übrigens ebenfalls, nicht nur Malamutes.«

Elaines Miene hellte sich auf und sie strahlte wie Kimi, nachdem sie die Milch geschleckt hatte.

Ich fuhr mit meiner Lektion fort. »Auch bei Wölfen ist der Rudelführer manchmal weiblich. Sie wissen ja, daß alle Hunde vom Wolf abstammen, aber nur bei diesen nordischen Hunden sieht man es noch wirklich. Sehen Sie sie doch bloß an. Sieht sie nicht aus wie eine Wölfin, die dazu geschaffen wurde, einen Schlitten zu ziehen? Für diese Hunde ist es daher absolut wichtig zu wissen, wo ihr Platz im Rudel ist. Sie wollen wissen, wer der Rudelführer ist. Und weil sich Kimi mit Ihnen um die Vorherrschaft streitet, hebt sie ihr Bein und treibt Sie auf den Tisch. Wenn sie einmal kapiert hat, daß Sie hier der Boß sind, wird sie wesentlich umgänglicher sein. Sie ist weder anormal noch bösartig.»

Ich war äußerst überrascht über die Wirkung meines kurzen Einführungskurses in die Hundekunde: Elaine legte ihren Kopf zur Seite und sah jetzt aus wie der gute, alte RCA-Hund auf dem Schallplattenlabel von »His Master's Voice«, der dem Grammophon lauscht. »Soll ich Ihnen etwas Lustiges erzählen? Wissen Sie, was ich mache?« Sie sah Kimi ganz entzückt an, so als hätte sie gerade begriffen, wie ähnlich sie sich waren.

»Sie werden es nicht glauben, aber ich gebe Kurse für Frauen. Selbstbehauptungskurse.«

Wir lachten beide.

Sie fuhr fort: »Ich habe sogar ein Buch über Frauen und Macht geschrieben. Ich kann's nicht glauben ...«

Ich konnte es sehr wohl glauben. In der Hundekosmologie meiner Eltern stellte sich die natürliche Ordnung des Universums in einem ewigen Kreislauf des Zusammenfindens von Hund und Mensch her, aber das hätte Elaine nicht verstanden. »Was für ein merkwürdiger Zufall«, sagte ich deshalb bloß. »Wenn das so ist, dann sind Sie wahrscheinlich bei dem perfekten Hund für Sie gelandet. Und außerdem haben Sie offensichtlich das Bedürfnis nach einem Hund.

Was ich nie an der Frauenbewegung verstanden habe, ist, daß wir ganz von allein stark sein wollen. Das ist einfach unmöglich.«

Sie setzte sich kerzengerade auf, und ihr Körper spannte sich.

Aber ich fuhr unbeirrt fort: »Ich meine, all das Gerede über körperliche Gleichheit und Autarkie ist einfach ausgemachter Blödsinn. Ich bin jung, und ich bin kräftig, aber ich könnte ewig trainieren und wäre nicht imstande, die Hälfte von dem Gewicht zu stemmen, das ein Mann schafft, der einmal die Woche in den Sportklub geht. Stimmt's?«

»Viele Frauen sind nicht so sportlich wie ein Mann«, sagte Elaine steif.

»Was ich meine, ist doch, daß es egal ist. Warum sollte ich überhaupt Gewichte heben? ... Mal abgesehen von dem Fall, daß man so etwas mag, was ich nicht tue. Wenn ich Muskeln will, warum lege ich mir nicht einfach einen großen Hund zu?«

»Als Ersatz für einen Mann?« Elaines Augen blitzten angriffslustig. Sie und Kimi bildeten übrigens eine Ausnahme zu meiner persönlichen Erfahrung, daß sich Hunde und ihre Halter nicht ähnlich sehen. Muskulös und kompakt, mit ihren dunklen, braunen Augen und der Kappe schwarzer Haare auf dem Kopf, gaben sie ein schönes Paar ab, vital und energisch.

»Nein«, widersprach ich, »überhaupt nicht. Das ist doch bloß so eine psychoanalytische Phrase. Oder eine feministische Phrase. Wollen Sie die Freiheit haben, zu jeder Zeit an jeden Ort gehen zu können? Und meinen Sie, das geht, indem Sie Gewichte stemmen oder Kundgebungen abhalten? Vergessen Sie's. Schaffen Sie sich einen großen Hund an. Bilden Sie ihn aus. Das ist die wahre Befreiung. Oder jedenfalls ist es meine Art von Befreiung.«

»Was für eine originelle Theorie.«

»Und ich sage Ihnen noch etwas«, ich war in Fahrt geraten, denn ich sprach über eine Sache, an die ich glaubte. »Wenn Sie eine Lektion über Macht wollen, fangen Sie mit Hundeausbildung an. Wissen Sie, was nämlich passiert, wenn Sie Angst haben, sich durchzusetzen? Wenn Sie nicht darauf bestehen, daß Sie der Boß sind? Der Hund macht mit Ihnen, was er will. Er wird Ihr ganzes Leben bestimmen.«

»Na und? Was macht das schon? Macht über Hunde?« fragte sie.

»Es geht um mehr als das. Es geht darum, daß Sie lernen, die Dinge so geschehen zu lassen, wie Sie es wollen, auch wenn der andere größer und stärker ist als Sie, egal, ob dieser andere ein Hund ist oder ein Mensch. Ich garantiere Ihnen, wenn Sie einmal so weit sind, daß Sie eine dänische Dogge oder einen Dobermann, oder einen Alaskan Malamute herumkommandieren können, dann sind Sie sich Ihrer eigenen Stärke bewußt, und jedes menschliche Wesen wird es schwer haben, Sie einzuschüchtern. Um so mehr natürlich, wenn Sie den Hund bei sich haben.«

»Ein tierisch starker Feminismus«, es klang ironisch.

»Ist Ihnen schon einmal der Gedanke gekommen, daß es keinen großen Unterschied macht, ob Sie einen Hund zum Mittelpunkt Ihres Lebens machen, oder einen Mann? Es hat die gleichen Folgen, nicht wahr? Sie kommen immer erst an zweiter Stelle. Zuerst kommt der Hund. Oder der Mann.«

»Nur wenn Sie nachgeben. Wenn Sie das tun, verbringen Sie den Rest Ihres Lebens hinterm Herd.«

»Oder auf dem Küchentisch«, sagte sie lächelnd.

»Genau«, ich lächelte auch. »Im Ernst: das ist nicht gut für Kimi. Sie muß wirklich wissen, wo ihr Platz im Rudel ist, und daß Sie der Anführer sind. Das steckt meistens hinter einem solchen Verhalten. Sie ist verunsichert. Nachdem Sie ihr klargemacht haben, daß Sie hier das Sagen haben, wird sie sich wohler fühlen und anständig benehmen, und Sie werden einen großartigen Hund haben. Sie haben ein wirklich schönes gemeinsames Leben vor sich.«

Bevor ich ging, überließ ich Elaine die Sprühflasche und erklärte ihr, wie sie anzuwenden war. Wenn Kimi das nächste Mal nach ihr schnappen oder sie auf den Tisch jagen würde, sollte Elaine ruhig und bestimmt »Nein!« sagen und ihr ein paar Spritzer kalten Wassers direkt ins Gesicht sprühen. Wenn man es nicht zu oft oder falsch anwendet, wirkt eine solche Sprühflasche förmlich Wunder.

Wir verabredeten uns für den nächsten Tag und für zwei Tage danach. Mein Ziel war nicht so sehr Elaine beizubringen, wie man Kimi trainieren mußte, als ihr dabei zu helfen, den Hund so weit unter Kontrolle zu bekommen, daß sie mit ihr zum Cambridge Dog Training Club gehen könnte, wo Vince, unser Cheftrainer die Arbeit übernehmen würde. Bei meinem nächsten Besuch gab ich Elaine eine Lektion über die Anwendung eines Erziehungshalsbands, auch bekannt unter dem Begriff Würge- oder Kettenhalsband. Kimi war so wild, daß Elaine jeden Versuch aufgegeben hatte, mit ihr nach draußen zu gehen, und natürlich machte dieser Mangel an Bewegung Kimi nur noch wilder.

Während meines zweiten Besuchs gingen wir zusammen eine Runde um den Block. Ich führte Kimi eine Weile, und dann führte Kimi Elaine. Malamutes sind arktische Bulldozer, und man braucht ein Erziehungshalsband, um dieses gewaltige Kraftbündel im Zaum halten zu können. Elaine haßte das Halsband und wollte auch nichts davon wissen, als ich ihr gezeigt hatte, wie sie ruckartig daran ziehen sollte, um Kimi aus der Balance zu bringen, ohne sie zu würgen. Auch wenn ich keine Psychologin oder Therapeutin bin, wurde mir doch klar, daß Elaine keine Angst davor hatte, Kimi weh zu tun, sondern daß das, wovor sie sich fürchtete, Macht war, Kimis und ihre eigene.

»Kontraphobisch«, erklärte mir Rita später. »Deshalb das Buch über Frauen und Macht.« Rita wohnt im zweiten Stock meines Hauses zur Untermiete. Sie ist meine beste Freundin und eine Therapeutin. Allerdings nicht *meine* Therapeutin. Hunde sorgen für meine psychische Gesundheit.

Nach jeder Unterrichtsstunde tranken Elaine und ich Tee zusammen. Das erste Mal stellte sie einen Teller mit Keksen auf den Tisch und stand ruhig dabei, während Kimi sie alle auffraß. Am zweiten Tag bat ich Elaine, sich auf Kimis Sofaplatz zu setzen. Zuerst weigerte sie sich, aber ich bestand darauf. Als Kimi sie anknurrte, zielte sie mit der Sprühflasche auf das Gesicht der Hündin, drückte ab und schrie »Nein!«. Dann stellte sie die Flasche auf den Tisch. Kimi wußte schon, was das bedeutete, und an diesem Tag bekamen Elaine und ich die Kekse.

Und wir unterhielten uns. Elaine kannte Rita. Sie waren zusammen in einer Supervisionsgruppe gewesen, was offensichtlich so etwas Ähnliches ist wie die Seminare, die Hundeausbilder wie Vince besuchen, Training für die Trainer. Dabei wurde mir etwas klar, was ich schon im Gespräch mit Rita vermutet hatte; nämlich daß Psychotherapie eine Art fehlgeleitete Hundeausbildung ist und daß der Grund, warum eine Therapie so lange dauert und so kompliziert erscheint, der ist, daß die Hauptsache dabei fehlt, nämlich der Hund. Elaine war nicht dieser Ansicht. Rita auch nicht.

Wir sprachen auch viel über Frauenthemen. Sie behauptete, daß Schriftstellerinnen nicht als Frauen schreiben, da die Sprache grundsätzlich männlich sei. Ich sagte ihr, daß ich selbst schreibe, und meine Sprache sei bestimmt nicht männlich, wovon sie sich aber wenig beeindruckt zeigte. Wahrscheinlich, weil das Schreiben über Hunde nicht sehr ernst genommen wird. Dabei sollte es das, und zwar besonders von Feministinnen. Vielleicht haben die Bücher von Jack London etwas mit diesem Vorurteil zu tun. Als ich ihr erklärte, Virginia Woolf habe hauptsächlich über Hunde geschrieben, wurde Elaine sogar richtig böse, obwohl ich es als ein Kompliment für Virginia Woolf gemeint hatte. Allerdings waren wir uns darüber einig, daß *Flush* ein wunderbares Buch ist. Es ist, für den Fall, daß Sie es nicht kennen, Virginia Woolfs Biographie von Elizabeth Barrett Brownings Cockerspaniel.

Für Elaine war die Ehe die moderne Version der Sklaverei. Meine Antwort darauf war, daß, wenn ich darüber nachdenken würde, an wessen Seite ich mein Leben verbringen möchte, ich zwischen einem Malamute und einem Golden Retriever schwanken würde. Oder vielleicht auch ein Akita. Sie nannte mich daraufhin frivol, und ich sagte ihr, sie sei verbittert. Elaines Theorie war außerdem, meine Hunde würden mich dazu zwingen, immer nur die Bedürfnisse anderer zu erfüllen, und dadurch meine Freiheit einzuschränken. Meine Antwort darauf war, daß das bei der Kombination von Liebe und Arbeit wohl immer der Fall wäre. Wir stritten darüber, ob Gewalt und Fürsorge nicht zwei Arten der gleichen Unterdrückung seien. Sie gab mir ein Exemplar von Carolyn Heilbruns *Writing a Woman's Life* und ich gab ihr dafür eines von *How to Be Your Dog's Best Friend*, geschrieben von den Mönchen von New Skete.

Ein paar Tage nach meinem letzten Besuch, und gerade, als sich unsere Freundschaft zu entwickeln begann, starb Elaine. Ich wünschte, jemand hätte mir die Nachricht von ihrem Tod überbracht, aber ich nehme an, daß niemand von unserer Bekanntschaft wußte, und so erfuhr ich von ihrem Tod aus dem *Boston Globe*. Dem kurzen Artikel war ebenfalls zu entnehmen, daß Elaine fast so etwas wie eine Berühmtheit gewesen war, wenigstens in Boston und Cambridge.

»Eine bekannte feministische Psychotherapeutin«, nannte man Elaine im Globe. Neben dem Buch über Frauen und Macht, das ich bereits kannte, hatte sie noch etliche andere geschrieben, von denen ich noch nie gehört hatte. Sie handelten wahrscheinlich nicht von Hunden. In dem Artikel wurde eine Professorin zitiert, die ihre Bücher als »zukunftsweisend« und »revolutionär« bezeichnete, und die außerdem meinte, Elaine sei das Opfer der gleichen gewalttätigen Unterdrückung geworden, die sie ihr ganzes Leben lang bekämpft hatte. Elaines Tod, so die Professorin weiter, zeige, daß der Kampf für die Rechte der Frauen in Wahrheit ein Kampf um Leben und Tod sei. Diese Theorie wurde im *Globe* zwar wiedergegeben, aber es stand nirgendwo ausdrücklich, Elaine sei ermordet worden. Es hieß nur, man habe ihre Leiche gefunden, und die Polizei hätte eine Untersuchung eingeleitet. Wäre sie eines natürlichen Todes gestorben, hätte die Zeitung die Professorin nicht so ausführlich zitiert, aber der ganze Bericht war irgendwie vage und ungenau. Zum Beispiel wurde Kimi mit keinem Wort erwähnt.

Mein erster Gedanke galt natürlich der Malamute-Hündin. Nicht, daß ich annahm, Kimi hätte sich so schrecklich aufgeführt, daß sie Elaine in den Selbstmord getrieben hat, sondern ich dachte, daß sie vielleicht auch tot war. Daß ich zuerst an Elaines Hund dachte, mag kaltherzig erscheinen, aber ich werde mich nicht dafür rechtfertigen. Wenn ich jemals tot aufgefunden werde, hoffe ich bloß, daß es dann jemanden gibt, der sofort an meine Hunde denkt. Obwohl ich mir bei einem Vater wie dem meinen darüber eigentlich keine Sorgen zu machen brauche. »Verdammt schade«, wird er traurig sagen, während er meine Hunde in seinem Kombiwagen verstaut. »Wirklich schade. Sie war eine nette Hündin.«

»Kevin? Hier ist Holly. Ich muß dich etwas fragen.«

Kevin Dennehy ist mein Nachbar in Appleton Street, aber ich hatte ihn bei der Central Square Polizeiwache angerufen, wo er arbeitet.

»Falls es um entlaufene Hunde geht, habe ich keine Zeit. Und weißt du auch, warum ich keine Zeit habe? Ich habe nämlich eine tolle Beförderung gekriegt.«

»Gratuliere, Kevin! Ich wußte gar nicht, daß du dich für einen neuen Posten beworben hast.«

»Doch, doch, ich bin soeben von der Tieraufsicht zur Mordkommission befördert worden, wenn du verstehst, was ich meine.«

»Kevin, ich nehme dir nur ungern deine Illusionen, aber das war keine Beförderung, sondern eine Degradierung. Jedenfalls geht es in meinem Anliegen zumindest teilweise um einen Menschen. Und die Angelegenheit ist ziemlich ernst. Ihr Name war Elaine Walsh. Sie war eine Freundin von mir, und ich möchte wissen, wo ihr Hund ist.«

»Holly, um Himmels willen!«

»Ist der Hund okay?«

»Ja.«

»Gut. Das ist großartig.« Ich machte eine Kunstpause. »Und wo ist sie?«

»Es ist besser, wenn du nichts darüber weißt«, in seiner Stimme schwang ein macho-fürsorglicher Ton.

»Und warum das?«

»Du hast Probleme mit dem Tod. Davon hast du mir selbst erzählt. Erinnerst du dich? Als du klein warst, haben dich deine Eltern immer dazu gezwungen, zu den Beerdigungen von all euren Familienhunden zu gehen, und du kannst einfach nicht damit umgehen. Stimmt's?«

Das Problem waren nicht so sehr die Beerdigungen, wie der Tod selbst. Hunde haben eine kurze Lebenszeit. Wir hatten viele Hunde und viele Todesfälle. Trotzdem hat Kevin keinesfalls das Recht, mir vorzuwerfen, ich könnte nicht damit umgehen. Er hat keinen Hund, weil der Tod seines letzten Hundes, Trapper, ihn so fertig gemacht hat, daß er sich erst gar keinen mehr anschaffen will.

»Also«, fuhr er fort, »falls du die Details wissen willst, es war kein natürlicher Tod ...«

»Ich dachte, du sagtest, sie wäre in Ordnung?«

»Verdammt noch mal, der *Hund* ist in Ordnung!«

»Gut, weil deswegen rufe ich an. Oder auch deswegen. Wo ist sie? Ich meine Elaines Malamute, Kimi. Ich habe Elaine geholfen, sie zu erziehen, und jetzt möchte ich wissen, was mit ihr passiert ist. Was mit Elaine passiert ist, weiß ich schon.«

»Zuerst ist sie bei Pat Shanahan gelandet, aber er hat sie an seinem Schreibtisch festgebunden, und bevor jemand kapiert hat, was los war, hat sie ihn drei Meter weit gezogen und die Pizza gefressen, die sich die Jungs gerade geholt hatten. Pat mußte die Pizza bezahlen, und er ist wütend auf den Hund geworden.«

»Was hat er erwartet? Sie ist ein Malamute. Geschaffen, um Lasten zu ziehen. Also, wo ist sie jetzt? Im Tierheim?«

»Genau.«

»Ich will sie haben. Elaine hat sie mir hinterlassen.« Das war die Wahrheit. Jedenfalls hätte sie es getan, wenn sie gewußt hätte, daß sie sterben würde. »Was muß ich tun, um sie zu bekommen?«

Er sagte es mir und meinte dann, daß er jetzt los müsse.

»Okay. Eins noch: Wie ist Elaine gestorben?«

»Sieht aus wie eine Überdosis.«

»Kokain?«

»Hat sie das regelmäßig genommen?«

»Nicht, daß ich wüßte. Ich glaube eigentlich nicht. Vielleicht dachte ich wieder einmal an Len Bias. Ist sie daran gestorben?«

»Wahrscheinlich nicht«, antwortete Kevin. »Bis jetzt sieht es eher aus wie Schlaftabletten. Das vermute ich allerdings nur. Vielleicht Selbstmord.«

»Aber du glaubst nicht daran?«

»Wir haben es hier mit einer Frau zu tun, die Bücher

schreibt, richtig? Die Reden hält. Eine Frau, die den Mund nicht halten kann. Eine Feministin.« Elaine hätte diese Definition gefallen. Oder vielleicht auch nicht. Kevin fuhr fort: »Und jetzt stell' dir vor: Sie ist bereit, einen sozusagen entscheidenden Schritt zu tun. Und da soll sie sich nicht in irgendeiner Form darüber äußern wollen? Kein Brief, kein Wort, rein gar nichts?«

»Stimmt. Wenn Elaine vorgehabt hätte, sich umzubringen, hätte sie zunächst ein Buch darüber geschrieben. Und ich glaube sowieso nicht, daß sie jemand ist, die sich umbringen würde.«

»Genau. Ich wette, sie hat diese Tabletten nicht geschluckt. Man hat sie ihr mit irgendwas eingegeben.«

»Du wirst allerdings von den Leuten hören, daß sie in letzter Zeit deprimiert war«, sagte ich.

»Ja.«

»Weiß du schon davon?«

»Nicht viel.«

»Sie hat eine Patientin verloren«, erklärte ich ihm. »Sie war Therapeutin. Das hast du ja bereits herausgefunden. Eine Psychologin. Sie kannte Rita.« Da Kevin im Haus nebenan wohnt, kannte er Rita natürlich auch. »Jedenfalls ist das der Grund, warum Elaine einen Hund hatte, wegen der Patientin nämlich.«

»Könntest du vielleicht damit aufhören, ständig von Hunden zu reden?«

»Sie sind aber wichtig«, widersprach ich. »Sie hatte eine Patientin, die Selbstmord beging und Elaine den Hund hinterlassen hat. Elaine hatte noch nie vorher einen Hund gehabt, und sie nahm ihn hauptsächlich aus dem Grund, weil sie sich irgendwie schuldig fühlte, nachdem sich einer ihrer Patienten das Leben genommen hat. Sie sagte mir, das wäre das einzige, was sie noch für ihre Patientin tun könnte. Aber Kimi ist auch eine wirklich wunderschöne Hündin. Ich meine, jeder normale Mensch hätte sie gern genommen. Ich bin sicher, daß sich Elaine auf den ersten Blick in sie verliebt hat.«

»Menschen, keine Hunde mehr«, sagte Kevin.

»Okay. Also, die Sache ist die, daß sich Elaine das alles wirklich zu Herzen genommen hat, und die Leute werden sagen, daß sie depressiv war, und vielleicht war sie es sogar. Das ist wahrscheinlich einer der Gründe dafür, warum sie sich von Kimi so herumscheuchen ließ. Deswegen habe ich ihr mit dem Hund geholfen. Sie war nicht gerade die Alpha-Person in Kimis Leben.«

»Alpha? Das kommt mir spanisch vor – nein, griechisch.« Kevin klang ziemlich vergnügt. Er wiederholte es noch einmal, für den Fall, daß ich es beim ersten Mal nicht kapiert hatte.

Ich sagte: »Kimi war der Anführerhund. In einem Wolfsrudel nennt man es das Alpha-Tier. Elaine war Kimi gegenüber der untergeordnete Beta-Hund. Und möglicherweise war es so, daß Elaine dieser Patientin gegenüber die Alpha-Person war. Ich meine, sie war die Therapeutin, sie mußte es schließlich sein, nicht wahr? Und deshalb hatte sie bei Kimi vielleicht Angst vor dieser Machtposition. Sie wußte schließlich, wohin es bei der Patientin geführt hatte.«

Rita hätte diese Theorie gefallen, aber Kevin war nicht daran interessiert. Er war vielmehr an der Patientin interessiert.

»Und wer war diese Patientin?« fragte er.

»Ich weiß es nicht. Elaine sagte, es sei eine junge Frau gewesen.«

»Und wie ist sie gestorben?«

»Selbstmord. Eine Überdosis. Das ist alles, was ich

weiß. Ich erinnere mich daran, weil ich zuerst an Kokain dachte, weil, na, du weißt ja, wegen der Celtics. Jedenfalls war es kein Unfall. Sie hat Elaine eine Nachricht hinterlassen und sie gebeten, den Hund zu sich zu nehmen.«

»Kein Wort mehr über Hunde.«

»Hör' mir mal zu«, sagte ich, »du glaubst, ich denke dabei überhaupt nicht an Elaine, stimmt's? Das willst du doch sagen. Das tue ich sehr wohl. Ich erzähle dir bloß von dem Hund, weil er hier eine Rolle spielt. Elaines Tod hat mich wirklich getroffen. Weißt du, man könnte fast sagen, sie war eine Patientin von mir, weil sie wegen Kimi Hilfe brauchte und zwar keine psychotherapeutische. Und ich habe ihr geholfen. Ich mochte sie, und wir fingen gerade an, Freundinnen zu werden.«

»Den Namen ihrer Patientin hat sie dir nicht genannt?«

»Nein. Ich nehme an, so etwas ist vertraulich. Kein Psychotherapeut würde dir den Namen eines Patienten sagen. Das ist gegen das Berufsethos. Ich weiß also nicht, wer sie war.«

»Ich auch nicht«, sagte Kevin abschließend, »aber ich werde es herausfinden.«

Es war sehr leicht, Kimi aus dem Tierheim zu holen, auch ohne Kevins Hilfe. Malamutes machen nicht wuff-wuff oder wau-wau wie andere Hunde. Sie reden, wissen die Eingeweihten und es klingt ungefähr so: »Wuuh-wuuh. Ah wuuh. Wuuuuuh?« Kimi hat allerdings mehr als nur geredet. Sie hat geflucht und geschimpft und mit den anderen Hunden in dem Zwinger Streit angefangen. Sie war sehr dominant, und als sie diesem Rudel fremder Hunde gegenüberstand, versuchte sie, ihre Position klarzustellen. Ich fing an, den Leuten in dem Tierheim ihr Verhalten zu erklären, aber niemand wollte es wirklich wissen. Alle waren nicht minder froh, sie los zu sein, wie ich darüber, sie bekommen zu haben.

Kevin Dennehys Mutter pflegt Gesichter und deren Ausdruck als lebende Landkarten zu interpretieren. Auf Kevins Gesicht läßt sich ihrer Ansicht nach die Karte Irlands ablesen. In Ritas Zügen sieht sie Italien, und in meinem Gesicht Schottland.

»Hey, Holly, wie geht's?«

Kevin stand vor meiner Hintertür. In seinen kräftigen Armen trug er eine braune Papiertüte mit Lebensmitteln. Er mag es zwar nicht, wenn man so von seinen Wohnverhältnissen spricht, aber Tatsache ist, daß er in dem vegetarischen und antialkoholischen Haushalt seiner Mutter lebt – Mrs. Dennehy ist aus der katholischen Kirche ausgetreten, um zu den strenggläubigen und abstinenten Adventisten des Siebten Tages zu konvertieren – und, ob er es nun wahrhaben will oder nicht, es ist eindeutig ihr Haus. Bevor ich das Haus nebenan kaufte, oder besser gesagt, bevor mir mein Vater mit den Ratenzahlungen unter die Arme griff (als ich nämlich keinen Vermieter für eine Wohnung finden konnte, der Haustiere erlaubt hätte), lebte Kevin hauptsächlich von Vollkornbrot und Kräutertee, außer, wenn ihm die Flucht zur Pizzeria, zu McDonald's oder einem Kentucky Fried Chicken gelang. Wenn Kevin eine Dose Bier trinken wollte, mußte er das heimlich auf der Hintertreppe tun, und wenn Mrs. Dennehy ihn dort erwischte, blieb ihm nichts anderes übrig, als sich mit dem Bier an den Straßenrand zu setzen oder auf dem Gehsteig auf und ab zu gehen. Sein guter Ruf als Polizist stand auf dem Spiel, wenn er in der Öffentlichkeit Bier trank, aber andererseits war seine Idee, die Dose in einer Papiertüte zu verstecken, auch nicht gerade ein positiver Beitrag zur Imagepflege, und allmählich fingen die Leute aus der Nachbarschaft bereits an, über seine Trinkgewohnheiten zu reden.

Trotz der Reihenhausanlage, die die Harvard Universität gegenüber von uns, in der Concord Avenue, errichtet hat, gehört die Ecke von Appleton und Concord nicht gerade zu den besonders schicken Gegenden. Die »Dreidecker«-Häuser können einfach ihre Herkunft aus der Arbeiterklasse nicht verleugnen. Einige von ihnen, sowie das Haus von Mrs. Dennehy, sind mit ihren Fassaden aus grünem Vinyl und Ziegelsteindekor, ihren zerkratzten Aluminiumtüren und den kümmerlichen Hecken sogar auf eine fast aggressive Weise proletarisch geblieben. Und sie sind stolz darauf, den vornehm blaßgestrichenen Fassaden und Zwerg-Wacholderbüschen der prahlenden Nachbarn zu spotten.

Es ist also, wie gesagt, nicht gerade die feinste Gegend von Cambridge, eine Brattle Street wird es nie werden, aber, Kevin mit seinem Bier in der Papiertüte von der Straße in meine Küche zu holen, hat fast ebensoviel geholfen wie die neuen Häuser. Er hat sein Bier in meinem Kühlschrank und ich habe auch nichts dagegen, wenn er bei mir seine Fleischmahlzeiten kocht, obwohl man das, was er da tut, eigentlich kaum kochen nennen kann. Meine eigenen Kochkünste beschränken sich auf die Zubereitung von Rühreiern, das Bestreichen und Zusammenklappen von Sandwiches, das Löffeln von Hüttenkäse, das Backen von Hundekuchen und Leberstückchen, das Zubereiten von Hundefutter und das Füllen des Wassernapfes, aber wenigstens brenne ich nicht alles an, so wie Kevin.

»Wie's mir geht, Kevin? Ich halte durch.« Meine Stimme klang wahrscheinlich ein wenig heiser, natürlich nicht davon, daß ich Kimi und Rowdy angeschrien, sondern davon, daß ich mit Engelszungen auf die beiden eingeredet hatte. »Es dauert drei Tage, weißt du. Jeder, der etwas von Hunden versteht, sagt das. Bring' einen zweiten Hund in einen Ein-Hund-Haushalt, und es dauert mindestens drei Tage. Tut mir leid, wegen des Lärms gestern Nacht. Haben wir dich aufgeweckt?«

»Meine Mutter hat mich aufgeweckt.« Kevin stellte die Tüte auf den Küchentisch und zog eine Packung Hamburger heraus. Rowdy rannte sofort zum Tisch, stellte seine Ohren hoch, hob seinen großen Kopf, schnupperte hoffnungsvoll und strengte sich an, niedlich auszusehen. »Sie hat schlecht geträumt«, fügte Kevin hinzu. »Ein Alptraum über ein Monster mit sieben Köpfen. Jeder dieser Köpfe jaulte wie ein Hund.«

»Was für ein Zufall. Ich hatte den gleichen Alptraum. In der Nachbarschaft ist eine apokalyptische Vision umgegangen.« Dann bemerkte ich, daß sein Gesicht tatsächlich müde aussah. »Im Ernst: Es tut mir leid. Das wird nicht mehr lange so weitergehen.«

Rowdy hatte seit seiner ersten Nacht bei mir immer mal wieder in meinem Zimmer geschlafen. Das Stück Fußboden unter dem Erkerfenster, da wo der Sessel einmal hinkommt, sollte ich jemals das Geld dafür haben, gehörte ihm. Ich konnte ihn nicht bitten, es aufzugeben oder zur Seite zu rücken. Aber so richtig los ging es erst, als Kimi um drei Uhr morgens Rowdys alten Nageknochen unter der Heizung im Schlafzimmer entdeckte und sich weigerte, ihn wieder herzugeben.

»Und wo ist sie jetzt?«

»Im Garten. Wahrscheinlich gräbt sie fleißig die Erde um.« Für Januar in Cambridge war es mit ungefähr fünf Grad ein warmer Tag. Im vergangenen Sommer war es mir gelungen, Rowdy davon zu überzeugen, seine Arbeit an einem maßstabsgetreuen Modell des Schlachtfeldes von Verdun doch aufzugeben. Vermutlich war Kimi gerade dabei, all die Gräben und Fuchslöcher auszuheben, die ich im letzten Sommer gefüllt hatte. Wenigstens belästigte sie damit nicht die Nachbarn. Sie war still, und der Garten ist eingezäunt.

»Sinequan«, sagte Kevin plötzlich.

»Wie bitte?«

»Sinequan. Keine Spur von Kokain. Nur Sinequan.« In der Pfanne entwickelten sich bereits gefährliche Rauchwolken. Kevin warf die zwei Hamburgerscheiben hinein, das verbrannte Fett zischte und spritzte und entwickelte einen fettigen Qualm.

»Was ist das? Schlaftabletten?«

»Manchmal wird es zum Schlafen eingenommen. Man sagt, es sei für Leute, die gleichzeitig depressiv und nervös sind. Ein Antidepressivum und Beruhigungsmittel. Die Schläfrigkeit ist mehr eine Nebenwirkung, und manche Leute nehmen es gerade deshalb.«

»Na ja, man könnte vielleicht sagen, daß Elaine irgendwie deprimiert und nervös war. Ich meine, sie war durcheinander wegen ihrer Patientin. Aber ich weiß nicht, sie kam mir nicht vor wie jemand, der deswegen Tabletten nehmen würde. Ebenso wenig wie Rita, zum Beispiel.«

»Ja.« Er drehte die Hamburger mit der verbrannten Seite nach oben.

»Du weißt ja, Rita macht alles zu einem Problem, das sie bekämpfen und an dem sie arbeiten muß. Wenn sie Kopfschmerzen hat, nimmt sie nicht einfach ein Aspirin, weil sie glaubt, daß die Kopfschmerzen etwas bedeuten. Und wenn sie dann doch mal eine Tablette nimmt, hat sie das Gefühl, sie läuft bloß vor der wahren psychischen Ursache davon, und dann fühlt sie sich erst recht mies. Ich meine, angenommen um sie herum grassiert die Grippe, und Rita bekommt sie auch, dann wäre sie immer noch davon überzeugt, daß es sich dabei nicht um eine simple Grippe handelt. Sie würde davon ausgehen, daß ihr Körper ihr damit etwas über ihre Mutter mitteilen will. Oder, falls sie zugibt, daß sie die Grippe hat, würde sie analysieren, warum sie gerade jetzt für den Virus anfällig war. Ich dachte, Elaine wäre auch so. Hatte sie ein Rezept für dieses Zeug. Hat man in ihrer Wohnung eine Packung gefunden?«

»Nichts.«

»Das muß allerdings nicht viel heißen, besonders wenn sie es als Schlafmittel eingenommen hat. Die Leute verteilen so etwas lose in ihrem Bekanntenkreis.«

Das ist wirklich so in Cambridge. Man erwähnt beiläufig, daß man in letzter Zeit nicht besonders gut geschlafen hat, und gleich drängen einem mindestens zehn Leute ihre Pillen auf, bevor man noch die Gelegenheit hat, ihnen zu erklären, daß der Grund ein lärmender Hund und nicht Schlaflosigkeit ist. Und wenn man es ihnen doch sagt, würden sie antworten, man solle ein paar Tabletten selbst nehmen, und den Rest dem Hund geben.

»Und hat dir auch schon mal jemand empfohlen, das Zeug mit Hüttenkäse einzunehmen?«

Ich starrte ihn verständnislos an.

Er wendete abermals die Hamburger-Scheiben. »Hüttenkäse. So hat sie es nämlich eingenommen. Man hat bei der Obduktion beides in ihrem Körper gefunden: Sinequan und Hüttenkäse, vermischt mit einer Menge anderem Zeugs, und in der Hüttenkäsepackung haben wir noch Spuren von dem Mittel entdeckt. Wie ich vermutet hatte, man hat es ihr also verabreicht. Und wir wissen jetzt auch, worin: in Hüttenkäse.«

»Oh Gott, was für ein Glück, daß Kimi nichts davon gefressen hat.«

»Die Packung wurde nicht ausgeschleckt.« Kevin plazierte die beiden geschwärzten Fleischlappen auf zwei pappige Brötchenhälften, legte diese auf zwei verschiedene Teller, schüttete reichlich Mayonnaise und Ketchup darüber und vollendete das Kunstwerk, indem er die beiden anderen Brötchenhälften auf das Fleisch legte und das Ganze fest zusammendrückte. Dann stellte er einen Teller vor mich auf den Küchentisch und setzte sich selbst vor den anderen.

»Aber«, wandte ich ein, »sie hätte Kimi etwas davon geben können. Ich habe meinen Hunden immer Hüttenkäse gegeben, und viele Züchter haben das früher empfohlen. Allerdings ist es wohl wieder aus der Mode gekommen. Jedenfalls hätte Elaine wahrscheinlich nicht daran gedacht, Kimis Speiseplan damit zu bereichern. Sie wußte ja so gut wie nichts über Hunde. Und offensichtlich fehlt Kimi nichts. Es ging ihr doch gut, als ihr sie gefunden habt, oder?«

»Allerdings. Sie kam sofort angerannt und versuchte, Bekanntschaft zu schließen, genauso wie Rowdy.« Von seiner Hand tropfte Ketchup und Mayonnaise auf seinen Unterarm, was so ähnlich aussah, als sickerte es aus einer entzündeten Wunde. »Magst du das nicht?« Er deutete fragend auf meinen Teller.

»Vielen Dank, Kevin, aber ich hab' schon gegessen. Iß du es ruhig.«

»Jedenfalls war der Hund völlig in Ordnung. Sie hat geknurrt wie Rowdy, und einer der Jungs ist noch mit ihr rausgegangen. Sie hat ein paar von den Sachen im Wohnzimmer angeknabbert. Ein Kissen und einen großen Korb.«

Navajo, hatte Elaine erklärt, als ich sie fragte, woher sie ihn habe. Es war ein großer, geflochtener Korb, mit einem Durchmesser von fast einem Meter, in den Farben Rot und Schwarz und mit einem Muster, das aussah wie lauter Adler. Ich hätte Elaine helfen können, Kimi daran zu hindern, solche Sachen zu ruinieren, und ich fing schon an, mir auszumalen, wie uns das hätte gelingen können. Aber es würde uns nicht gelingen. Elaine und Kimi hatten kein schönes gemeinsames Leben mehr vor sich.

»Also, wie ist es nun passiert?« fragte ich. »Jemand hat dieses Zeug in ihren Hüttenkäse gemischt, und sie hat es gegessen und ist gestorben. War es so?«

»Ja. Nachdem sie es am Abend gegessen hatte, muß sie plötzlich müde geworden und ins Bett gegangen sein. Und dann sind alle ihre Körperfunktionen einfach immer langsamer geworden, sie hat immer flacher geatmet und schließlich ganz aufgehört.«

Elaine war nicht die Sorte Frau, die so ohne weiteres die Reise ins Reich der Toten antritt, und es kam mir schrecklich ungerecht vor, daß sie nicht einmal die Chance hatte, sich zu wehren.

»Die Frage ist nur«, fuhr Kevin fort, »wie und wann das Zeug in den Hüttenkäse geraten ist. Es könnte entweder bevor, oder nachdem er in ihren Kühlschrank kam, passiert sein.«

»Ist er vom Milchmann geliefert worden? Dir ist doch sicher aufgefallen, daß vor der Tür ein Behälter von Pleasant Valley stand. Sie liefern auch Hüttenkäse. Gelegentlich bestelle ich ihn auch.« Hüttenkäse ist eins von diesen idealen Lebensmitteln: Man kann ihn selbst essen, oder den Hunden geben. »Und der Hüttenkäse ist sehr gut, besser und frischer als der, den es im Supermarkt zu kaufen gibt.«

»Hast du welchen da?«

»Mit Schnittlauchgeschmack oder ohne?« Kevin ist ein starker Esser, aber trotz seiner massigen Figur ist er ein guter Läufer.

»Nur die Packung.«

Ich reichte ihm eine Fünfhundert-Gramm-Packung aus weißem Plastik mit dem Namen der Molkerei und dem gleichen Kuh-Logo wie auf den Milchflaschen. Kevin wischte seine Hände an einer Papierserviette ab, entfernte den Deckel und fing an, den Behälter samt Inhalt zu untersuchen.

»Du hast diese Packung ja schon mal geöffnet.« sagte er.

»Nein. Sie ist doch noch ganz voll.«

»Aber du mußt sie geöffnet haben.«

»Nein, ich hab' sie nicht angerührt.«

»Und wo ist dann dieses Plastik-Ding? Dieser Streifen, damit es frisch bleibt? Du weißt schon, was ich meine.«

»Du meinst die Versiegelung? Die vom Milchmann haben keine. Sie sind nicht verschlossen, weil sie ja nicht in einem Geschäft rumstehen. Man nimmt einfach nur den Deckel ab, so wie in der guten alten Zeit.«

Er drückte den Deckel auf die Packung, nahm ihn wieder ab, sah den Hüttenkäse scharf an und tat den Deckel schließlich wieder zurück.

»Es ist also die gleiche Sorte?« fragte ich ihn.

Er nickte.

»So einen Hüttenkäse kann man nicht im Geschäft kaufen, dort führen sie diese Sorte nicht. Man kann ihn nirgendwo anders als vom Milchmann bekommen.«

»Dann hat der Hüttenkäse also draußen in ihrem Milchbehälter gestanden, und zwar so lange, bis sie ihn hereingeholt hat.«

»Ja.«

Wir sahen uns an.

»Und«, fügte ich hinzu, »praktisch jeder hätte vorbeikommen, den Milchbehälter und die Packung öffnen, irgendwas hineintun und sie wieder verschließen können. Wenn man den Hüttenkäse mit der nötigen Sorgfalt wieder geglättet hätte, wäre niemandem etwas Ungewöhnliches aufgefallen. Noch dazu, wo Elaines Milchbehälter auf der Veranda steht, die von der Straße abgeschirmt ist. Wußtest du das?«

»Ja.«

»Es muß daher nicht unbedingt jemand gewesen sein, der ihr Haus betreten hat. Jeder hätte es tun können.«

»Oh ja«, seufzte Kevin, »das hilft uns bei der Suche enorm.«

»Vielleicht war es einer von diesen fanatischen Antifeministen, wie dieser Typ in Montreal. Jemand, der sie nicht einmal persönlich kannte, aber der sie haßte, weil seine Frau ihre Bücher gelesen und ihn daraufhin verlassen hat. Oder vielleicht war der Grund eine Frau, die nach einem von Elaines Selbstbehauptungskursen ihrem Typen gesagt hat, er soll sich zum Teufel scheren, und der hat dann Elaine dafür verantwortlich gemacht. So was in der Art. Jeder x-beliebige, der wußte, wo sie wohnte, hätte es tun können.«

»Und der wußte, daß sie einen Milchmann hatte«, ergänzte Kevin.

»Das ist nichts Ungewöhnliches. Die meisten Yuppies haben einen Milchmann, weil es praktisch ist, und ebenso viele Familien mit Kindern. Und ein paar Leuten gefällt es einfach. Außerdem sind die Glasflaschen umweltfreundlicher. Es muß mindestens zwei Molkereien geben, die diese Gegend beliefern.«

»Wenn also jemand wußte, daß sie Hüttenkäse geliefert bekam...«

»Ja«, unterbrach ich ihn, »dann war es entweder jemand, der mal bei ihr zu Hause war, den Hüttenkäse vielleicht im Kühlschrank gesehen und sie danach gefragt hat, oder einfach wußte, daß man diese Sorte nur von Pleasant Valley bekommt. Oder aber es war jemand, der in Elaines Milchbehälter nachgesehen hatte, nachdem der Milchmann da war und bevor sie die Sachen hereingeholt hat. Weißt du Kevin, das könnte eine recht lange Zeitspanne ergeben. Diese Behälter sind innen isoliert. Man kann die Milchprodukte Stunden, sogar einen ganzen Tag lang da drin stehen lassen. Nehmen wir an, der Milchmann kam morgens. Wenn Elaine in ihr Büro ging, stand der Hüttenkäse wahrscheinlich draußen, bis sie zurückkam. Du müßtest also mal mit dem Milchmann reden.«

»Tatsächlich? Darauf wäre ich nie gekommen.«

»Er ist nett«, meinte ich, »jedenfalls, wenn es derselbe ist, der zu mir kommt. Wahrscheinlich ist er es, es muß dieselbe Route sein. Er ist wirklich nett und wird sich die Sache wahrscheinlich schrecklich zu Herzen nehmen. So wie die Molkerei, nehme ich an, falls die Geschichte in die Zeitung kommt. Und jeder hätte herausfinden können, wo sie wohnt. Ihre Adresse stand im Telefonbuch. Ich weiß es, weil ich neulich selbst nach ihrer Nummer gesucht habe.

»Tja, tatsächlich jeder«, wiederholte er. »Jeder, der ihren Tod wollte. Aber noch etwas: Ich habe herausgefunden, wer diese Patientin von ihr war.«

»Und?«

»Sie starb tatsächlich auch an einer Überdosis. Komische Zufälle gibt es. Ihr Name war Donna Zalewski. Sie hat eine Überdosis Sinequan genommen.«

»Genau wie Elaine?«

»Genau wie Elaine.«

»Die Geschichte hat nur einen Haken«, sagte Rita. »Es ist zufällig so, daß Elaine gar keinen Hüttenkäse mochte.«

»Woher weißt du das?« fragte ich sie.

Wir saßen in Ritas Wohnzimmer, das sich direkt über meinem befand. Die beiden Räume hatten zwar den gleichen Grundriß und in beiden befand sich ein Kamin, aber ansonsten glichen sie sich nicht im geringsten. Sie sahen vielmehr aus wie die Vorher- und die Nachher-Version in einer Zeitschrift für schöneres Wohnen. Mein Wohnzimmer ist die Vorher-Variante. Es gibt darin praktisch nur ein Sofa und eine ordinäre Deckenlampe. Rita besitzt farblich aufeinander abgestimmte Möbel aus Geschäften wie Bloomingdale's. Wenn ich es mir genau überlege, sieht Rita selbst so aus wie das Nachher-Foto aus der Serie »Machen Sie das Beste aus Ihrem Typ«, und ich immer wie die auf dem Vorher-Bild.

»Ich habe dir doch erzählt, daß ich sie von dieser Supervisionsgruppe kannte.« Rita trug ihr einziges Paar Jeans und einen weißen Strickpullover. Für einen geruhsamen Vormittag zu Hause hatte sie ein Paar handgearbeitete Goldohrringe und eine dazu passende Goldkette angelegt.

»Und da habt ihr euch ausführlich über Milchprodukte unterhalten?« fragte ich.

»Es hat sich so ergeben, daß wir über den Milchmann sprachen.«

»Das muß ja ungeheuer spannend gewesen sein.«

»Das war es tatsächlich«, gab Rita ungerührt zur Antwort.

»Elaine hat von ihm geträumt. Er repräsentierte für Elaine den männlichen Ernährer, den Milchgeber, sozusagen.«

Rita sagt manchmal solche Sachen, aber sie ist sehr gut zu ihrem Hund, einem weißschnauzigen, ungeschulten Dackel namens Groucho, der gerade auf ihrem Schoß saß.

»Du machst Witze!«

»Nein, ich meine es ernst. Wir haben in der Gruppe viel mit Träumen gearbeitet.«

»Du glaubst also, daß sie eine Vorahnung hatte?«

»Natürlich nicht. Es ist nur irgendwie komisch, denn sie war eine von denen, die eine Aversion gegen solche Sachen wie Joghurt, Sauerrahm oder Hüttenkäse haben.«

»Und warum hatte sie dann einen Milchmann?«

»Für die Milch, nehme ich an. Jedenfalls oberflächlich betrachtet, denn offensichtlich hatte der Milchmann eine symbolische Bedeutung für sie.«

»Sie hat tatsächlich Milch getrunken«, sagte ich. »Zumindest im Tee. Ich weiß es, weil ich den Tee mit Milch mag, und als sie die Milch auf den Tisch gestellt hat, hat Kimi den Krug ausgeschleckt. Und ich erinnere mich jetzt auch, daß Elaine Milch in ihren Tee gegeben hat ... Könnte es sein, daß sie ihn zum Kochen verwendet hat, den Hüttenkäse meine ich?«

»Warum nicht? Sie hatte schließlich keine Hüttenkäse-Phobie. Und wenn man einen Auflauf oder einen Dip oder so etwas macht, dann schmeckt man ihn ja nicht so, und die Konsistenz ist anders.«

»Ja schon, aber trotzdem hat sie etwas gegessen, was sie eigentlich nicht mochte«, überlegte ich laut. »Ist es denn nicht etwas merkwürdig, daß jemand das Zeug gerade in den Hüttenkäse gegeben hat? Ich meine, wenn man sie umbringen wollte, wäre das nicht das letzte, was man dazu benutzen würde?«

»Du meinst, man würde etwas wählen, was sie immer gerne gegessen hat?«

»Ja. Nimm' doch mal an, jemand wollte Mrs. Dennehy umbringen. Wo würde man das tödliche Mittel hineingeben? Ins Müsli oder in den Kräutertee, stimmt's? Der Mörder würde doch das Arsen oder was auch immer in irgendwas streuen, was sie ständig ißt.«

»Aber nur, wenn der Mörder das wüßte«, gab Rita zu bedenken.

»Wenn dieser Typ hinter ihr her war, weil sie eine Feministin war, woher hätte er das wissen sollen? Vielleicht hat er bloß ihr Haus beobachtet, den Milchmann entdeckt und beschlossen, was auch immer in dem Milchbehälter war, zu vergiften.«

»Und warum hat er dasselbe Mittel genommen wie ihre Patientin? Sinequan.«

»Vielleicht gibt es da eine Verbindung«, meinte Rita. Ich beachtete diese Annahme nicht besonders, denn die Therapeuten sagen doch immer, daß alles irgendwie mit allem zusammenhängt. »Vielleicht sollte es so aussehen, als hätte sie den Selbstmord wiederholt. Ihre

Patientin nimmt eine tödliche Dosis Sinequan. Elaine verliert diese Patientin. Sie identifiziert sich mit ihr. Um die Patientin am Leben zu halten und um ihre Schuldgefühle abzuwehren, wird sie selbst zu der verstorbenen Patientin. Aber es funktioniert nicht richtig. Oder vielmehr, es funktioniert zu gut. Und mit ihr passiert das gleiche wie mit ihrer Patientin.«

»Aber so ist es nicht gewesen.«

»Nein. Aber das ist vielleicht der Eindruck, den jemand erwecken möchte.«

»Das ist schrecklich psychologisch und wird die Polizei kaum überzeugen.«

»Und wer war diese Patientin?« wollte Rita wissen. »Was weißt du über sie?«

»So gut wie nichts. Außer natürlich, daß sie die Besitzerin von Kimi war. Elaine hat noch gesagt, daß sie viele Probleme hatte. Ihr Name war Donna Zalewski. Das weiß ich von Kevin, nicht von Elaine.«

»Nein«, sagte Rita, »Elaine hätte dir ihren Namen bestimmt nicht genannt. Das wäre gegen ihr Berufsethos gewesen.«

Die Außentemperatur hatte sich mit zwölf Grad minus wieder normalisiert für diese Jahreszeit. Ich saß an meinem Schreibtisch, lauschte auf die Schritte des Milchmanns und versuchte immer noch über diese Frau zu schreiben, die gestorben war und als ihr eigener Hund wiedergeboren wurde. Rowdy und Kimi hörten den Milchmann vor mir. Ihre Beziehung zueinander hatte sich inzwischen ein wenig gebessert, denn Kimi erinnerte sich gelegentlich daran, daß sie sich auf einem Terrain befand, auf das Rowdy die älteren Ansprüche hatte und daß er außerdem um etwa fünfzehn Pfund stärker war als sie. Aber sie konkurrierten immer noch sehr stark miteinander, und einer ihrer liebsten Wettkämpfe war, zu sehen, wer schneller zur Tür rasen konnte. Kimi wog ungefähr fünfundsiebzig Pfund und Rowdy etwa neunzig. Buck, mein Vater, der Wolfshund-Kreuzungen züchtet, wollte immer, daß Rowdy noch mehr wie ein Wolf aussieht als ohnehin schon, und deshalb hat er mir gesagt, ich solle sein Gewicht auf fünfundachtzig halten, woraufhin Faith Barlow, die ihn gezüchtet hatte, entsetzt behauptete, ich wolle ihn wohl verhungern lassen. Buck und Faith haben sich schon immer über die verschiedensten Methoden der Hundeaufzucht und -ernährung gestritten. Buck behauptet, daß Eukanuba das falsche Futter für einen Malamute sei, der nicht jeden Tag einen Schlitten ziehen muß, während Faith darauf besteht, es sei die ideale Nahrung. Auch in der Hundewelt gibt es niemals Frieden.

Beim Geräusch schwerer Schritte und dem Scheppern von Milchflaschen bahnten sich jedenfalls einhundertfünfundsechzig Pfund Alaskan Malamute ihren Weg zur Hintertür, wo Rowdy, der endlich seinen ersten Trainingstitel – C.D., Begleithund – erhalten hatte, sich so plazierte, wie ich es ihm beigebracht hatte, während Kimi mit ihrer rechten Vorderpfote eine weitere Spur ihrer großen Krallen auf dem mit Terrakottafarbe gestrichenen Holz hinterließ. Auf Rowdys großem, weißen Gesicht lag ein Ausdruck von herablassender Überlegenheit, wie die Verachtung des Zivilisierten vor dem Barbaren. Er neigte seinen Kopf zuerst in Kimis Richtung und erhob ihn dann zu mir.

»Guter Junge, Rowdy«, lobte ich ihn. »Kimi, nein. Hör' auf damit.«

Ich schloß sie beide in der Küche ein und öffnete die Hintertür.

Jim, der Milchmann, war ein netter junger Mann, der mir erzählt hat, daß er mit seiner Frau, vier Kindern und einem Labrador-Retriever-Mischling in Dorchester wohnt.

»Sie können mir die Sachen so geben«, sagte ich, als er anfing, meine Bestellung in den Behälter zu sortieren. »Ich nehme es gleich rein.«

»Na klar. Reicht das für Sie?«

»Es reicht für meine Hunde«, gab ich zur Antwort. »Ich habe einen neuen. Noch einen Alaskan Malamute.«

»Wie schön für Sie.«

»Sie hat vorher einem anderen Kunden von Ihnen gehört, glaube ich jedenfalls. Upland Road gehört doch zu Ihrer Route, oder?«

»Ja, sicher.«

»Elaine Walsh war der Name.«

Sein Gesicht umwölkte sich. »Das ist die Frau, die gestorben ist.«

»Ja. Wissen Sie, ob ...«

»Wollen Sie jetzt immer noch diesen Hüttenkäse?«

»Aber ja.«

»Bisher stand noch nichts in der Zeitung, aber ich nehme an, Sie haben schon davon gehört.«

»Und jetzt machen Sie sich Sorgen, daß die Leute ihre Bestellungen stornieren werden?«

Er seufzte nur betrübt.

»Ich hoffe, daß es nicht so kommen wird. Aber falls doch, dauert es sicher nicht lange, bis die Leute wieder die Sachen von Ihnen liefern lassen.«

Wir sprachen noch eine Weile darüber, wie sich diese

Geschichte mit dem Hüttenkäse auf sein Geschäft auswirken könnte. Und weil es mir dann doch ein wenig zu kalt war, um nur in Jeans und einem Pulli draußen herumzustehen, kam ich auf den Punkt. »Sagen Sie, hat Elaine Walsh eigentlich regelmäßig Hüttenkäse bestellt?«

»Nein. Das habe ich denen ja auch schon gesagt«, antwortete Jim und meinte damit vermutlich die Polizei. »Erst seit kurzem. Vorher wollte sie nur Milch, Eier und Butter. Dann hat sie ihre Bestellung geändert und den Hüttenkäse dazugenommen. Den ohne Geschmack. Zweimal die Woche ein Pfund.«

Ich mußte zweimal gehen, um meine gesamte Bestellung ins Haus zu schaffen. Dann stellte ich die Packung mit Hüttenkäse auf den Küchentisch und fing an, die Eier in die Halterung in der Kühlschranktür zu setzen, aber bevor ich damit fertig war, mußte ich Kimi zurückhalten. Sie war die ganze Zeit schwanzwedelnd um mich herum gesprungen, aber jetzt hatte sie ihre beiden Vorderpfoten auf den Küchentisch gelegt und beschnüffelte den Hüttenkäse.

Alles, was ein Hund tut, ist natürlich eine Art Kommunikation. Es mag zwar nicht seine Absicht sein, einem etwas mitzuteilen, aber wenn man genau hinsieht, merkt man, daß jedes Verhalten etwas Bestimmtes aussagt. In diesem Fall war klar, was Kimi mit ihrem Verhalten sagen wollte. Sie erkannte die Packung. *Zeit fürs Abendessen,* sagte sie. *Mein Abendessen. Mein Futter. Das ist für mich.* Elaine mochte keinen Hüttenkäse. Sie hat ihn erst vor kurzem bestellt, mit anderen Worten, seit sie den Hund besaß. Kimi erzählte mir, daß Elaine diesen Hüttenkäse für sie gekauft hatte. Und damit war es ein wenig so wie in meiner Geschichte: Elaine war als ihr eigener Hund ins Leben zurückgekehrt.

»Kevin? Hier ist Holly. Hör' mal, ich glaube, daß Elaine genaugenommen nicht ermordet wurde.«

Ich hatte ihn wieder auf der Polizeiwache angerufen. »Sie ist sozusagen durch einen Unfall gestorben. Ich weiß, daß du diese völlig irrationale Ansicht hast, ich wäre von dem Thema Hunde besessen, aber hör' mir trotzdem mal zu. Der Hüttenkäse war für Kimi gedacht. Elaine hat erst Hüttenkäse bei der Molkerei bestellt, nachdem sie den Hund bekommen hatte.«

»Weiß ich«, sagte Kevin.

»Elaine mochte keinen Hüttenkäse. Und als Kimi die Packung bei mir gesehen hat, wußte sie, daß er für sie war. Er war also überhaupt nicht für Elaine bestimmt, sondern für Kimi. Das heißt also, ihre erste Besitzerin ist an einer Überdosis Sinequan gestorben, und ihre zweite Besitzerin ebenfalls. Und jetzt bin ich ihre dritte Besitzerin ...«

»Du solltest nichts essen«, riet Kevin. »Also nichts von dem essen, was du schon gekauft hast. Hast du heute Abend schon etwas vor?«

»Nein.«

Steve war immer bis spätabends in der Klinik.

»Wir gehen zum Essen aus. Du darfst nichts essen, bis ich bei dir bin.«

Das sollte er mal einem Alaskan Malamute erklären. Jim hatte mir den Hüttenkäse praktisch direkt in die Hand gegeben, und ich war mir einfach sicher, daß er in Ordnung war. Oder jedenfalls wäre ich absolut sicher gewesen, wenn mir nicht eingefallen wäre, daß er auch Elaines Milchmann gewesen war. Jim? Unmöglich! Ich schüttete den Hüttenkäse weg, spülte die Packung aus, warf sie in den Müll und brachte diesen in die Tonne vor dem Haus, wo Kimi die Packung nicht aufstöbern konnte. Und was war mit dem Hundefutter? In der Vorratskammer stand der Rest eines Zwanzig-Kilo-Sacks Eukanuba, einer erstklassigen Marke mit einem garantierten Proteingehalt von mindestens dreißig Prozent. In den Vereinigten Staaten produzieren etwa vierhundert namhafte Unternehmen und Tausende kleiner Firmen der Himmel weiß wie viele Sorten und Marken von Hundefutter. Im Gegensatz zu Faith Barlow könnte ich nicht beschwören, daß Eukanuba besser ist als ANF oder ein paar andere bekannte Marken, aber es ist mit Sicherheit besser, als hundert andere Sorten, und Faith schwört einfach drauf. Sie sagt, es sei besonders gut für ein schönes Fell. Ich habe viel Geld für diesen Sack Eukanuba bezahlt, und ich würde die restlichen zehn Kilo ungern aus einer bloßen Laune heraus in den Müll geben. Deshalb überlegte ich zunächst: Wer war in meiner Küche gewesen, seit ich Kimi ins Haus gebracht hatte? War jemand, den ich nicht kannte, allein in meiner Wohnung gewesen? Der Mann, der den Ofen repariert hat. Sonst noch jemand? Ich wußte es nicht mehr. Während Rowdy und Kimi sich gegenseitig anknurrten, stellte ich den offenen Beutel in einen großen Müllsack, verschloß ihn mit einer Klammer und trug ihn nach draußen, wo ich ihn in einen Müllcontainer mit verschließbarem Deckel warf. Dann prüfte ich noch einmal, ob der Deckel auch wirklich fest saß. Nicht alle Hundehalter in meiner Gegend beachten die Leinen-Vorschrift, und obwohl ich im Grunde immer noch davon überzeugt war, daß das Hundefutter in Ordnung war, wollte ich nicht das Leben eines anderen Hundes aufs Spiel setzen, während ich meine eigenen rettete.

Dann legte ich beiden Hunden ein Halsband und eine Leine an und ging mit ihnen zu Sage's an der Ecke Concord und Huron, wo ich ein kleines Paket Purina kaufte. Auf dem Heimweg gerieten die Hunde über die Reste eines Apfels in Streit, die jemand auf den vereisten Gehsteig geworfen hatte, aber es gelang mir, beide von dort wegzuziehen. Es gab zwar Geknurre und Geraufe, aber kein Blut. Ich wußte, daß der Apfel sicher nicht vergiftet war. Ich wußte, daß ihn bestimmt niemand präpariert und für meine Hunde dort hingelegt hatte. Oder speziell für Kimi. Ich wußte es. Und trotzdem ließ ich ihnen den Apfel nicht.

»Also, laß uns mal festhalten!« setzte Kevin unsere Unterhaltung fort, »das sind alles bloße Vermutungen von dir.«

Mein Lieblingsrestaurant in Cambridge war einmal das inzwischen geschlossene Daily Catch am Kendall Square gewesen – dort gab es Kalamares, Shrimps und Muscheln mit Knoblauch und Olivenöl – aber als Kevin zum ersten und letzten Mal dort gegessen hatte, sah er, wie jemand schwarze Nudeln verspeiste (ich nehme an, es war Tintenfisch), erklärte es zu einem Yuppie-Treffpunkt und weigerte sich, dieses Restaurant jemals wieder zu betreten. An diesem Abend hatte er auf Pizza bestanden, und so bezahlten wir etwa sechzehn Dollar für einen Teig, der okay und einen Belag, der so gut wie nicht vorhanden war.

»Ja schon«, antwortete ich. »Aber ich bin doch nicht dumm. Und es gibt nur zwei Möglichkeiten: die eine ist, daß der Mörder Elaine entweder gar nicht oder nicht gut kannte und nur annehmen konnte, daß sie den Hüttenkäse selbst essen würde. Er wußte also nicht, daß sie keinen Hüttenkäse mochte.«

»Die Pizza ist gut«, unterbrach Kevin.

»Langweilig«, widersprach ich ihm. »Aber der Teig ist gar nicht so schlecht. Jedenfalls wußte der Mörder nicht, daß Elaine den Hüttenkäse für Kimi bestellt hatte, und das Sinequan war für sie gedacht und nicht für Kimi. Die zweite Möglichkeit ist, er kannte Elaine und wußte, daß sie keinen Hüttenkäse aß. Also nahm er an, daß sie ihn ihrem Hund geben würde und wollte daher Kimi töten. Du hast doch mit Jim, dem Milchmann gesprochen, nicht wahr?«

»Ja. Er sagte, er hätte nichts von dem Hund gewußt.«

»Aber er wußte, daß sie einen besaß. Jeder in ihrer Umgebung wußte das. Elaine hatte damit aufgehört, Spaziergänge mit Kimi zu machen, weil Kimi so heftig an der Leine zog, daß sie Elaine beinahe umwarf, und weil sie mit den anderen Hunden Streit anfing. Also hat Elaine sie nur auf das Blumenbeet vor dem Haus gelassen und ist ab und zu mit ihr um den Block gegangen. Jeder, der in der Nähe ihres Hauses war, konnte sehen, daß dort ein Hund wohnte.«

»Der Bursche ist nicht gerade der hellste.«

»Wie helle muß man sein, um das zu bemerken? Sie ist schließlich eine große Hündin, und ihre Spuren sind kaum zu übersehen. Man könnte sogar ziemlich dämlich sein und immer noch begreifen, daß eine Katze kaum so etwas hinterlassen würde. Und könnten wir jetzt vielleicht von etwas anderem reden? Das ist nicht gerade das appetitlichste Tischgespräch.«

»Aber vielleicht dachte er, der Hund würde einem Nachbarn gehören«, meinte Kevin. »Er behauptet jedenfalls, er hätte nicht gewußt, daß der Hüttenkäse für einen Hund bestimmt war. Außerdem sagte er, er hätte Elaine nur ab und zu gesehen, wenn sie ihn bezahlt hat oder eine zusätzliche Bestellung machte. Das war alles. Er meinte, daß sie nicht gerade freundlich war.«

»Sie hat von ihm geträumt«, erzählte ich Kevin. »Das weiß ich von Rita. Die Sache ist also die: Wenn das Sinequan für Elaine bestimmt war, dann war der Mörder jemand, der sie entweder gar nicht oder nicht gut kannte. Und wenn es für Kimi bestimmt war, dann kannte der Mörder Elaine, und dann war es jemand, der sie gut genug kannte, um zu wissen, daß sie Hüttenkäse nicht mochte und ihn nur für ihren Hund kaufte. Diese mickrige Pizza besteht praktisch nur aus Teig.«

»Immerhin hast du deine Hälfte schon aufgegessen«, sagte Kevin.

»Und was hat man in ihrem Magen gefunden?«

»Sinequan, Hüttenkäse, Nudeln und Tomatensoße. Dann noch etwas Fleischiges, Würstchen vielleicht, und Rotwein.«

»Lasagne«, rief ich aus. »Jetzt verstehe ich: Sie hat Hüttenkäse statt Ricotta genommen.«

»Da wäre ich nie drauf gekommen«, gab Kevin zur Antwort, »wenn nicht zufällig das Kochbuch aufgeschlagen auf dem Küchentisch gelegen hätte.«

»Oh, tatsächlich?«

»Jawohl.«

»Und war es Lasagne?«

»Nein. Irgendein anderer Auflauf mit Nudeln.«

»Das ist auch einleuchtender. Leute, die allein leben, kochen normalerweise nicht so etwas Aufwendiges wie Lasagne. Eine Pfanne von dem Zeug reicht für zehn Personen. Und wenn man es nur für sich selbst macht, müßte man wochenlang daran essen. Willst du das letzte Stück noch?«

»Du brauchst es nötiger als ich«, befand er. »Außerdem wolltest du doch die Sardellen.«

»Also, noch einmal: Hinter wem war der Mörder her? Elaine oder Kimi?«

»Es wird sogar noch komplizierter. Wegen dieser Patientin von Elaine Walsh, Donna Zalewski. Es deutet alles darauf hin, daß sie ein Rezept für Sinequan hatte.«

»Aber nicht von Elaine. Elaine war Psychologin, so wie Rita. Sie war keine Ärztin und konnte deshalb keine Rezepte ausstellen.«

»Nein, sie hatte es von jemandem, zu dem Elaine Walsh sie geschickt hatte. Er ist Psychiater. Sein Name ist Benjamin Moss.«

»Den Namen habe ich noch nie gehört«, sagte ich. »Ich frage mich, ob Rita ihn kennt. Apropos Rita: Sie hat eine Theorie. Ihrer Meinung nach sollte es so aussehen, als hätte Elaine den Selbstmord ihrer Patientin nachgestellt. Jedenfalls glaubt sie nicht, daß es Elaine selbst getan hat, sondern daß da jemand nachgeholfen hat. Kannst du damit irgendwas anfangen?«

Kevin zuckte mit den Schultern und schnitt eine Grimasse.

»Aber«, fuhr ich fort, »diese Patientin hat die Tabletten wirklich selbst geschluckt, nicht wahr?«

»Damals sah es jedenfalls ganz so aus«, meinte Kevin zweifelnd.

»Warst du in ihrem Haus? Hattest du mit dem Fall zu tun?«

»Ich persönlich?«

»Ja.«

»Nein.«

»Okay. Du willst es also nicht sagen, stimmt's? Du hast es nicht selbst gesehen, und du willst dich nicht auf die

Aussage von jemand anderem verlassen. Mit anderen Worten: Es könnte da einiges geben, was du nicht weißt. Vielleicht hältst du mich jetzt für komplett verrückt, aber möglicherweise war das Sinequan doch für Elaine bestimmt. Allerdings nicht, weil sie Elaine war, sondern, weil ihr Kimi gehörte. Das ist doch möglich, oder nicht?«

»Möglich schon.«

»Also könnte jemand hinter dem Besitzer von Kimi her sein, wer immer das gerade sein mag. Aber aus welchem Grund?«

»Das ist nicht die einzige Möglichkeit. Bloß eine von vielen.«

»Ja sicher, nur daß Kimi jetzt mir gehört. Der Mörder könnte es doch bisher vermasselt haben. Zweimal wollte er Kimi töten und beide Male hat er statt dessen ihre Besitzerinnen erwischt.«

»Unwahrscheinlich. Donna Zalewski hat einen Brief hinterlassen.«

»Stimmt.«

»Aber um ganz sicherzugehen, solltest du für eine Weile kein Hundefutter essen«, riet Kevin. Er grinste breit über seinen eigenen Witz und wurde dann wieder ernst. »Ich sage dir ganz offen, ich habe einfach keine Ahnung, was zum Teufel hier vorgeht. Und solange ich das nicht weiß, solltest du aufpassen, was du ißt. Und was du deinen Hunden gibst.«

»Ich passe immer auf, was ich meinen Hunden gebe. Was glaubst du denn, was für eine Hundehalterin ich bin?«

Wenn man will, daß sich die Hunde wirklich bekriegen, braucht man nur zwei vom gleichen Geschlecht zusammenzubringen, besonders zwei Hündinnen. Aber obwohl sie unterschiedlichen Geschlechts sind, haben auch Rowdy und Kimi am nächsten Morgen einen furchtbaren Kampf ausgetragen, und ich war sogar selbst schuld daran. Nachdem ich das restliche Hundefutter in den Müll gegeben hatte, mußte ich zu einem Fachgeschäft fahren, denn Eukanuba gibt es natürlich nicht im Supermarkt zu kaufen. Ich beschloß, die beiden Hunde mitzunehmen (gute Idee), und zwar ohne Transportkiste im Heck meines Bronco-Kombis (weniger gute Idee). Mein erster Fehler war, daß ich den Wagen nach meiner letzten Fahrt nach Maine nicht gereinigt hatte, mein zweiter, daß ich Kimi zuerst und mein dritter, daß ich Rowdy überhaupt einsteigen ließ.

Kimi sprang ins Auto und entdeckte sofort ein halbverzehrtes Blaubeergebäck unter dem Vordersitz, und als Rowdy dann im Wagen war, stürzte er sich ebenfalls darauf. Und auf sie. Fräulein Alpha-Wolf weigerte sich natürlich, ihre Beute loszulassen, woraufhin Rowdy über sie herfiel und sie am Nacken packte. Da Kimi vor Schmerzen heulte und sich Rowdy förmlich in sie verbiß, hatte ich keine andere Wahl: Ich sprang in den Bronco, setzte mich rittlings auf Rowdy und packte sein Halsband mit der linken Hand. Zum Glück trug ich gefütterte Handschuhe (vom Allwetterausrüster L. L. Bean, versteht sich). Rowdy hielt Kimi fest, ich hielt ihn fest, und das Ganze muß ausgesehen haben, als ritte ich auf zwei sich windenden und bockenden Malamutes. Mit der linken Hand hatte ich immer noch Rowdys Halsband umfaßt, und mit der rechten zwang ich ihn, sein Maul zu öffnen. Der Trick dabei ist, daß man die Hand fest um die obere Schnauze legt und kräftig auf die Verbindungsgelenke zwischen Ober- und Unterkiefer drückt, da, wo keine Backenzähne mehr sind. Ich würde niemandem raten, das mit einem anderen Hund als dem eigenen zu tun, und man darf dabei auch nie aufhören, auf das Tier einzureden, damit der Hund weiß, wer man ist. Kaum hatte Rowdy seinen Biß gelockert, kämpfte sich Kimi, die im Gegensatz zu Rowdy noch nicht so sehr mein Hund war, frei, wobei sie ein Stück von meinem Parka und von meinem Handschuh zu fassen kriegte, aber kein Fleisch. Dann erspähte sie den Bissen Blaubeergebäck, den sie während dem Kampf fallen gelassen hatte, und als sie sich pfeilschnell darauf stürzte und den Happen verschlang, zerrte ich Rowdy aus dem Bronco und knallte die Hecktüre zu.

Wenn ich die Hunde jetzt zu Hause gelassen hätte, wären sie die Sieger geblieben, und ich hätte die Führungsposition in unserem kleinen Rudel verloren. Deshalb mußten sie mich begleiten, aber diesmal getrennt voneinander in zwei tragbaren Hundekäfigen, wie man sie zum Transport im Flugzeug verwendet.

»Zur Freiheit muß das Volk erzogen werden«, erklärte ich ihnen.

Auf der Fahrt in den Vorort, wo ich das Hundefutter kaufen wollte, spürte ich immer noch das Adrenalin durch meine Adern pulsieren, und ich fühlte mich ziemlich gut. Das hing hauptsächlich damit zusammen, was ich Elaine über Hunde, Stärke und Selbstvertrauen zu erklären versucht hatte. Alaskan Malamutes gehören nicht gerade zu den größten Hunderassen, aber im Verhältnis zu ihrer Größe sind sie wahrscheinlich die kräftigsten, und zusammen brachten Rowdy und Kimi fünfzig Pfund mehr auf die Waage als ich. Wenn man es einmal geschafft hat, zwei solche kämpfenden und knurrenden Brocken aus blitzenden Zähnen und arktischem Muskelfleisch zu trennen, welches menschliche Wesen kann einen dann noch einschüchtern?

Ein heimtückisches menschliches Wesen. Ein Feigling. Einer, der die direkte Konfrontation vermeidet. Einer, der es schafft, daß du Angst davor bekommst, etwas zu essen, oder deinen Hunden etwas zu fressen zu geben.

Aber nicht mit mir, dachte ich. Wenn du hinter Kimi oder ihrem Besitzer her bist, dann hast du dir den falschen Hund und die falsche Besitzerin ausgesucht. Ich kann mit zwei Alaskan Malamutes fertig werden und sie besiegen. Du machst mir keine Angst.

Auf der Fahrt nach Hause entwarf ich einen Plan.

»Zuerst finden wir alles über dich heraus, Kimi«, sagte ich zu ihr. »Wir müssen wissen, wer du bist, woher du kommst, und ich wette, das ist nicht weit von hier, denn Malamutes wie du werden nur in Neuengland gezüchtet.« Wie schon gesagt: Obwohl Malamutes an sich große Hunde sind, waren meine ziemlich klein. In anderen Gegenden der Vereinigten Staaten gibt es sogenannte M'Loot Malamutes mit einer Schulterhöhe von fast siebzig Zentimetern. Die Größe eines Hundes wird am Rist, der höchsten Stelle des Körpers, zwischen Hals und Schultern, gemessen. Auch sonst sahen Kimi und Rowdy beide wie Kotzebues aus, die ursprüngliche Züchtung von Malamutes in Neuengland, wo man weiß, daß größer nicht unbedingt besser bedeutet.

»Und«, fuhr ich fort, »wenn an deinem Stammbaum nichts Ungewöhnliches festzustellen ist, werden wir uns einmal mit der auch noch so weit hergeholten Möglichkeit befassen, daß du trotz deines makellosen Benehmens irgendwas getan hast, was jemanden hätte verletzen oder kränken können. Und wir müssen herausfinden, was mit deinen Vorbesitzerinnen passiert ist. Es ist nämlich so, meine Liebe: Wenn du die dritte Halterin hintereinander verlieren solltest, werden du und Rowdy beide bei einem charmanten älteren Herrn in Owls Head landen, der euch mit Wölfen kreuzen wird. Und bis dahin müssen wir vorsichtig sein: Wir dürfen von Fremden keine Leckereien annehmen.«

»Du bist ja verrückt«, sagte Faith Barlow zu mir. Wenn sie lächelt, bekommt sie Grübchen in ihre Wangen, und ihre Augen blitzen vor Vergnügen, aber jetzt lächelte sie nicht. »Deine Zeit damit zu verschwenden, einen Malamute ausbilden zu wollen.«

Faith hatte nichts gegen Malamutes. Sie kraulte gerade das Fell in Kimis Nacken, und Buddy, ihr ältester Malamute räkelte sich auf dem Teppich in ihrem Wohnzimmer. Zur Zeit hatte Faith noch elf andere Malamutes, und für das Frühjahr plante sie einen weiteren Wurf.

»Und außerdem«, meinte sie weiter, »hättest du dir doch einen reservieren können. Das wird ein schöner Wurf werden. Bounce und Dasher sind wieder die Zuchteltern. Warum hast du mir nicht gesagt, daß du noch einen Malamute wolltest?« Sie hatte sich kaum verändert, seit ich sie vor langer Zeit kennengelernt hatte. Ihr hellbraunes Haar war damals schon mit grauen Strähnen durchzogen gewesen, und ihr Gesicht hatte offensichtlich mit vierzig aufgehört zu altern. Seit vielen Jahren züchtete und trainierte sie Malamutes. Der Umgang mit derart selbstbewußten und draufgängerischen

Hunden hatte sie gelehrt, auch Menschen gegenüber äußerst direkt zu sein. »Es war nicht wegen des Geldes, oder?«

»Nein. Kimi war der Hund, den ich wollte«, antwortete ich. »Und ich weiß gar nicht, warum du dich darüber ärgerst, sie ist doch von dir. Ich bin ja schließlich nicht zu einem anderen Züchter gegangen und habe einen Welpen gekauft.«

Das Sofa und die Sessel in Faiths Wohnzimmer haben weder die Form von Hunden, noch sind sie mit Fell bezogen, und die Lampen bestehen auch nicht aus metallenen Malamutes, die eine Glühbirne mitsamt Lampenschirm auf ihrem Rücken tragen. Faith kann sich gelegentlich durchaus zurückhalten. Allerdings hängt über dem Kamin ein Ölportrait von Beebee, der Hündin, mit der sie ihre Zuchtlinie begonnen hatte. Und auf dem Kaminsims stehen so viele kleine Keramik-Malamutes aufgereiht, daß man aus ihnen gut zwei oder drei Schlittengespanne hätte bilden können. An einer Wand steht ein Regal mit silbernen Trophäen, Zinntellern, Glasstatuetten und Porzellanhunden. Dort, wo an einer anderen Wand zahllose Fotographien von Malamutes noch Platz gelassen haben, hängen gerahmte Zucht- und Preisurkunden. Auf einem Beistelltisch stehen drei Prozellanteller mit den handgemalten Portraits von ihren Hunden. Es ist also gewissermaßen höchst erstaunlich, daß Faith dieses Sofa und diese Sessel besitzt. Man würde viel eher erwarten, daß man gebeten wird, auf einem Hundeschlitten Platz zu nehmen.

»Und was die Ausbildung betrifft«, erklärte ich ihr, »Rowdy hat bereits seinen Begleithund-Titel, und jetzt trainieren wir für den Titel mit Auszeichnung, C.D.X.

Wir haben uns für die Wettkämpfe im Frühjahr und zu den Prüfungen im Sommer angemeldet.«

»Na dann viel Glück«, erwiderte Faith. »Und es ist auch nicht so, daß ich um mein Geschäft fürchten muß. Das brauche ich wirklich nicht. Ich könnte mehr Welpen verkaufen, als ich dieses Jahr überhaupt züchten kann. Wenn ich alle drei Hündinnen decken ließe, könnte ich alle Welpen aus diesen Würfen verkaufen. Und das an Leute, die mit ihren Hunden zu den Hundeschauen gehen.«

Solche Besitzer sind natürlich der Traum jedes Züchters, aber ein seriöser und gewissenhafter Züchter sorgt auch dafür, daß seine Hunde ein glückliches Heim bei verantwortungsbewußten und liebevollen Menschen finden, die nur ein Haustier wollen.

»Und wieso hast du Kimi an Donna Zalewski verkauft? Hat sie gesagt, sie würde sie bei Hundeschauen zeigen?«

»Nein. Sie hat mir leid getan. Sie brauchte einen Hund. Sie war einfach verrückt nach Hunden und hat mir lange von diesem Malamute erzählt, der irgendwelchen Nachbarn gehörte, als sie ein Kind war. Und ich wußte, daß sie sich einen Hund leisten konnte.« Worauf Faith anspielte ist, daß es Leute gibt, die fünfhundert oder tausend Dollar für ihren Rassehund ausgeben, und dann kein Geld mehr haben, um das Hundefutter oder auch nur einen Besuch beim Tierarzt zahlen zu können. Sie sind wie Leute, die eine horrende Anzahlung für einen Corvette oder Jaguar machen und nicht einmal das Geld für eine Tankfüllung haben. »Man weiß halt nie so genau, wie die Menschen wirklich sind. Ich versuche zwar, die zukünftigen Besitzer auf Herz und Nieren zu prüfen, aber gelegentlich kommt es eben vor, daß ich mich irre.«

»Hast du mit ihr ein Rückgaberecht vereinbart?«

Faith sah mich gekränkt an. »Selbstverständlich. Du weißt doch, daß ich einen Welpen nie ohne diese Vereinbarung verkaufe.« Ein Rückgaberecht bedeutet, daß der Züchter den Hund zurücknimmt, wenn er zum Beispiel eine Fehl- oder Unterentwicklung zeigt oder jemanden beißt. Das ist der Vorteil des Züchters gegenüber einer Tierhandlung, wo man den Hund in keinem Fall zurückbringen kann. »Ich weiß also gar nicht, warum sie Kimi dieser Frau überlassen hat.«

»Elaine war ihre Therapeutin«, meinte ich zur Erklärung.

»Und wenn schon! Es ist ja nicht so, daß Donna keinen Kontakt mehr zu mir gehabt hätte. Ich habe etwa zwei Monate vor ihrem Tod mit ihr gesprochen. Sie wußte, daß ich Kimi zurückgenommen hätte, wenn sie mir gesagt hätte, wie verzweifelt sie war.«

»Es hatte nichts mit dir zu tun, Faith, sondern offensichtlich lag der Grund in der Beziehung zu ihrer Therapeutin. Vielleicht wollte sie Kimi als einen Teil von sich gerade Elaine hinterlassen oder irgendwas in der Art.«

»Das ist doch Schwachsinn«, widersprach Faith heftig. »Diese Frau hatte noch niemals in ihrem Leben einen Hund gehabt.«

»Das weiß ich ja.«

»Und niemand hat bei mir angerufen.« Möglicherweise als Reaktion auf Faiths verletzten Tonfall sprang Kimi ihr fast auf den Schoß und leckte ihr Gesicht, aber Faith, die derartige Tricks zur Genüge kannte, schob Kimi herunter.

»Das sind nicht die Leute, die daran gedacht hätten, dich zu verständigen«, sagte ich. »Elaine Walsh hatte die Geburtsurkunde und hat darauf ihren Namen als neue Besitzerin eingetragen, und das auch nur, weil Donnas Anwalt die Papiere für Kimi gefunden und Elaine gesagt hat, was sie zu tun hatte. Er besitzt nämlich selbst ein paar Pudel, die er ausbildet. Sonst hätte Elaine noch nicht einmal an die Papiere gedacht, weil sie nämlich gar nicht gewußt hätte, daß es so etwas gibt.«

Kimis Registrierungsurkunde vom American Kennel Club hatte uns zu Faith Barlow geführt. Ich mußte Kevin Dennehy ein paar dieser Dokumente als Muster zeigen und ihn bitten, in Elaines Haus nach solchen Papieren zu suchen. Er fand sie und gab mir eine Fotokopie. Natürlich war auch der Name des Züchters verzeichnet, und außerdem Kimis offizieller Name. Er war schlimmer als mein eigener: Sno-Kist Qimissung. Sie ist jetzt mein Hund. Ich werde damit leben müssen.

»Und wie willst du es anstellen, daß du das Eigentumsrecht an Kimi bekommst?« fragte Faith.

»Ich bin mir über die Einzelheiten noch nicht ganz im klaren, aber ich mache mir da keine Sorgen, es wird schon klappen. Ich nehme an, ich brauche dazu nur die Unterschrift des Notars, der Elaines Hinterlassenschaft verwaltet. Das wird kein Problem sein, höchstens eine Weile dauern. Was bedeutet ihr Name eigentlich?«

»Schneewehe«, antwortete Faith. »Es ist Inuit, Eskimo-Sprache.«

Die häufigsten Buchstaben in Inuit scheinen q, g, und l zu sein, und die Aussprache hat bei mir immer Halsschmerzen verursacht. Andererseits finden die Inuits das Englische wahrscheinlich ebenso schwierig, und deshalb werden in ihrer Sprache aus den für sie so unaussprechlichen Hundenamen wie Lady oder Blacky Namen wie Qllgg oder Laqqlq.

Faith fügte hinzu, »Donna hat den Namen in einem Buch gefunden. Siehst du? Das ist ein gutes Beispiel dafür, daß ich den Eindruck hatte, sie ist in Ordnung. Natürlich habe ich sofort bemerkt, daß sie ziemlich verträumt war, oder vielleicht auch ein bißchen verrückt, aber man konnte sehen, daß sie Hunde wirklich liebte. Und bevor sie sich einen Welpen gekauft hat, hat sie alle möglichen Bücher über Malamutes gelesen. Sowas imponiert mir immer, ich meine, wenn sich jemand umfassend über die Rasse seines zukünftigen Hundes informiert. Und als sie dann kam, um Kimi abzuholen, hatte sie eine nagelneue Transportkiste im Auto. Sie hat alles bestens vorbereitet. Ich habe ihr dann noch meine Anweisungen mitgegeben, worin ich genau aufgelistet habe, wann sie Kimis Impfungen erneuern lassen muß, was und wann sie ihr zu fressen geben soll und all das. Und ich erinnere mich, daß sie noch am gleichen Tag anrief und irgendwas über Vitamintabletten wissen wollte.«

»Hast du ihr gesagt, sie soll Kimi Hüttenkäse zu fressen geben?«

»Ja. Das empfehle ich immer. Warum?«

»Ich wollte es nur wissen.«

»Warum denn?«

»Keine Angst, sie hat wahrscheinlich alles ganz genauso gemacht, wie du ihr gesagt hast. Wie sah sie eigentlich aus?«

»Hübsch. Wirklich auffallend hübsch. Groß, ihre langen Haare waren ganz strubbelig, aber auf sehr stilvolle Art, so wie bei den Frauen im Fernsehen, weißt du? Vor zehn Jahren hätte man es für eine mißratene Dauerwelle gehalten, oder angenommen, sie hätte sich seit einer Woche nicht mehr gekämmt, aber heute ist das schick. Trotzdem habe ich sie nicht für eine von denen gehalten, die sich nur mit einem dekorativen Hund schmücken wollen. Als sie das erste Mal hier war, habe ich zwei von den Hunden raus in den Garten gelassen, und Mickey ist ständig an ihr hochgesprungen. Er hat ihre Kleider total dreckig gemacht, und es hat sie überhaupt nicht gekümmert. Sie hat nur gesagt, das würde sie an den Malamute erinnern, mit dem sie aufgewachsen ist.«

»Ich nehme an, wenn du nicht so einen guten Eindruck von ihr gehabt hättest ...«

»Was sollte ich denn deiner Ansicht nach machen? Soll ich jeden potentiellen Käufer zuerst zu einem Psychiater schicken? Ich tue ja schon mein Bestes. Ja, sie war etwas nervös und unsicher und wirkte irgendwie naiv. Aber man kann sich schließlich nicht weigern, jemandem einen Hund zu verkaufen, bloß weil er sich etwas merkwürdig benimmt.«

Faith hält jeden Menschen für merkwürdig, der weniger als sechs Hunde besitzt oder der nicht jedes Wochenende damit verbringt, fünf- oder sechshundert Meilen zur nächsten Hundeschau zu reisen.

»Nein, das kann man nicht«, gab ich ihr recht.

»Ja, und einmal hat sie mich angerufen, da war sie wirklich etwas hysterisch, aber so etwas passiert doch leicht, wenn man zum ersten Mal einen Hund hat, stimmt's?«

»Was war los?«

»Nichts besonderes. Der Welpe hat erbrochen. Ich weiß nicht, warum sie mich angerufen hat und nicht den Tierarzt. Aber wie gesagt: Es war nichts Schlimmes. Ich habe sie ein paar Tage später zurückgerufen, und sie hatte den Vorfall schon fast vergessen.«

»Du hast so ein merkwürdiges Gesicht gemacht, als ich Donna Zalewskis Namen erwähnt habe. Wieso?« fragte ich Rita.

»Oh«, sagte sie bloß und preßte ihre Lippen fest zusammen.

Wir gingen mit Rowdy und Groucho die Concord Avenue in Richtung Fresh Pond entlang. Rita trug einen Kamelhaarmantel und Groucho sein rot-kariertes Mäntelchen. Mein Parka war marineblau, eine Farbe, auf dem jedes einzelne Hundehaar deutlich sichtbar wird, und aus dem Riß im Ärmel, den ich Kimi zu verdanken hatte, hing die Wattierung und das Innenfutter. Allerdings befand ich mich in Begleitung von Rowdy, weshalb ich mir neben Rita und Groucho nicht allzu schäbig vorkam: Sein von der Natur gegebenes und dank Eukanuba prächtig gedeihendes Fell hätte jede Hermelinrobe in den Schatten gestellt. Das gleiche gilt für Kimis Fell, aber da sie nicht zivilisiert genug war, um mit zwei anderen Hunden spazierenzugehen, mußte sie zu Hause bleiben.

»Ich verlange ja nicht, daß du gegen dein Berufsethos handelst«, versuchte ich sie zu überzeugen.

Sie nickte.

»Wirklich, das würde ich mir nie erlauben.«

Sie rollte mit den Augen, schüttelte den Kopf und lächelte.

»Und das meine ich fast ernst«, sagte ich grinsend.

Dann erzählte ich ihr die ganze Geschichte. Viele Leute hätten meine Theorie als Hirngespinst abgetan. Rita hingegen tut nie etwas als Hirngespinst ab, und sei es noch so verrückt.

»Du glaubst, Cambridge ist eine kleine Welt?« sagte sie schließlich. »Aber hast ja keine Ahnung, wie klein.

Die Therapie-Szene hier ist unglaublich eng. Man kann davon ausgehen, daß absolut jeder mit jedem einmal in Behandlung oder in einer Supervision war.«

»In der Hundewelt ist es genauso«, meinte ich dazu. »Jeder kennt jeden.«

»Die reinste Inzucht.«

»So ist es bei den meisten Hunden.«

»Hör' jetzt auf damit. Also, ich kann dir nur erzählen, was ich damit zu tun hatte, aber du mußt mir versprechen, daß du es ganz bestimmt für dich behälst. Du darfst keinem Menschen etwas davon sagen. Kevin nicht und auch sonst niemandem.«

»Okay. Sie war also eine Patientin von dir, richtig?«

»Nein. Nicht direkt. Sie war nur zweimal bei mir. Sie kam zu einem Erstgespräch, und weil ich selbst keine Zeit für eine Behandlung hatte, habe ich sie an jemand anderen verwiesen. Darüber habe ich in letzter Zeit viel nachdenken müssen.«

»Warum?«

»Weil dieser Therapeut offensichtlich die falsche Wahl war.«

»Was meinst du damit?«

»Daß es nicht gut gegangen ist. Aber ...«

»Hast du sie zu Elaine Walsh geschickt?«

»Nein, ich habe sie an einen Mann namens Joel Baker verwiesen. Du weißt ja, daß ich solche Empfehlungen nicht leichtfertig abgebe, und besonders bei dieser habe ich lange überlegt. Sie brauchte einen wirklich guten Therapeuten. Nun, wer tut das nicht? Aber sie war tatsächlich kein leichter Fall, und deshalb hat sie jemanden mit viel Erfahrung gebraucht, jemanden, der sie auch dann nicht im Stich lassen würde, wenn es schwierig wird, und daß es schwierig werden würde, wußte ich. Ich habe lange mit Joel darüber gesprochen, bevor ich sie zu ihm geschickt habe. Was ich auch nicht begreife, ist, warum sie nicht zu mir zurückgekommen ist, als sie gemerkt hat, daß es mit Joel nicht funktionierte. Ich habe ihr gesagt, daß sie jederzeit zu mir kommen kann, wenn sie mit Joel nicht klarkommt, aber das hat sie nicht getan.«

»Und was hat mit ihm nicht gestimmt?«

»Nichts. Ich meine, daß heißt nicht, daß etwas mit ihm nicht gestimmt hat. Vielleicht konnten sie einfach keine Beziehung zueinander herstellen. Oder vielleicht war es ein Fehler, sie zu einem Mann zu schicken. Aber ich habe das nicht aus Gedankenlosigkeit getan. Außerdem ist Joel ein sehr ungewöhnlicher Mann. Von allen männlichen Therapeuten in dieser Stadt hat er den besten Ruf, wenn es darum geht, sich sensibel für die Probleme von Frauen zu zeigen. Ich habe ihn immer für einen erstklassigen Therapeuten gehalten.«

»Aber wenn sie einfach nicht auf der gleichen Wellenlänge waren, wieso glaubst du dann, daß es dein Fehler war?«

»Ich weiß. Wenn man einen Patienten an einen anderen Therapeuten verweist, kann man keine Garantien dafür abgeben, daß es klappt. Und da sie hinterher nicht zu mir zurückgekommen ist, nehme ich an, daß es mir auch nicht gerade gelungen ist, ein Vertrauensverhältnis zu ihr aufzubauen. Ich weiß das alles, aber ... Hör' zu, das ist wirklich absolut vertraulich.«

»Ja, sicher.«

»Mir ist etwas zu Ohren gekommen. Nur ein Gerücht, sonst nichts. Aber es hat mich zum Nachdenken gebracht. Das ist alles. Ich werde dir nicht wiederholen, was ich gehört habe, also frag' mich nicht.«

Ich gehorchte. »Joel Baker: Ist er ein Psychiater, ein Arzt?«

»Er ist Doktor der Psychologie, aber kein Mediziner. Übrigens, du kennst ihn wahrscheinlich. Die Bakers haben diese großen Hunde. Hatchbacks.«

»Was für Dinger?«

»Wie immer sie heißen mögen. Razorbacks?«

»Ridgebacks. Rhodesian Ridgebacks. Ist er ein schlanker Mann, so um die vierzig? Mit blonden, etwas lockigen Haaren? Und so einer Schuljungenstimme?«

»Was meinst du denn damit, daß er eingebildet klingt, oder was? Los, Groucho, komm weiter!«

Wir machten kehrt und gingen die Concord Avenue zurück nach Hause. Rita trägt Stiefel mit Absätzen, und ich glaube, daß ihr nach einem Kilometer einfach die Füße weh tun, aber sie behauptet dann immer, daß Groucho genug hat und nach Hause will. Für einen längeren Spaziergang war das Wetter allerdings sowieso nicht gerade ideal. Es war zwar nicht besonders kalt, aber der Himmel hing voller niedriger, schwarzer Wolken, und es sah aus, als würde es jeden Moment heftig anfangen zu regnen.

»Nein, das meine ich eigentlich nicht«, antwortete ich.

»Cambridge ist voll von gebildeten Männern, die nicht so reden wie Joel Baker.«

»Also affektiert?«

»Ja, schon eher. Vielleicht so, als ob es anfangs gekünstelt war, und nach einer langen Zeit wurde es schließlich echt. Das klingt jetzt wahrscheinlich wie ein spießiges Vorurteil, aber als ich hierher zog, dachte ich allen Ernstes, daß alle Männer, die so redeten, schwul wären. Dann habe ich festgestellt, daß sie's nicht sind. Schau' mich nicht so an, Rita. Die Männer in Maine reden eben nicht so. Sogar schwule Männer reden dort anders. Ich habe so etwas einfach noch nie vorher gehört. Na gut, also Joel und Kelly, richtig? Sie wohnen in Cambridge, ihren Nachnamen kenne ich nicht.«

»Wenn du eines Tages mal den Namen der Besitzer behalten und den der Hunde vergessen hättest, könntest du mich wirklich noch verblüffen.«

»Nip und Tuck. Tut mir leid, dich enttäuschen zu müssen. Das sind wirklich prächtige Hunde. Sie nehmen immer mit ihnen an den Wettbewerben und Zuchtschauen teil. Die Tiere sind unglaublich fit. Die Frau ist ständig mit ihnen unterwegs. Ich sehe sie oft, wenn sie ihre Spaziergänge mit den Hunden macht. Ich nehme an, sie arbeitet nicht.«

»Du liebe Zeit, Holly, du zeigst ja heute eine wahrhaft reaktionäre Gesinnung.«

»Ich meine damit, sie arbeitet nicht außer Haus.«

»In Cambridge gibt es ein paar Frauen, die dich dafür auf ihre schwarze Liste setzen würden. Und woher willst du das überhaupt wissen? Kelly denkt wahrscheinlich das gleiche von dir, wenn sie dich sieht.«

»Tja, alle glauben, daß Schriftsteller nicht wirklich arbeiten. Apropos: Ich muß noch eine Kolumne abgeben, mit der ich noch nicht einmal angefangen habe. Vielleicht schreibe ich etwas über Ridgebacks.«

»Oh nein, das darf doch nicht wahr sein.«

»Wieso? Ridgebacks sind ein ganz normales Thema, wenn man für *Dog's Life* schreibt. Ich glaube nicht, daß ich sie in letzter Zeit erwähnt habe, und wenn ich nicht bald etwas darüber bringe, kriege ich zahllose Briefe von den Ridgeback-Fans, die sich darüber beschweren, daß man ihre Rasse ignoriert.«

»Aber sicher.«

»Und über die Besitzer werde ich eigentlich gar nichts schreiben.«

»Als ob du das jemals tust.«

»Manchmal versuche ich's ja, aber Bonnie streicht aus meinen Artikeln alles wieder heraus, was mit Menschen zu tun hat.«

Rita zog Groucho von den Überresten eines Sandwiches weg, die im schmutzigen Schnee auf der Straße lagen. Dann stürzte sich Rowdy darauf.

»Pfui!« rief ich laut, »Laß das liegen!«

»Was ist denn mit dir los?« fragte Rita. »Du schreist ihn doch sonst nicht so an. Das Sandwich ist wahrscheinlich schon ziemlich vergammelt, aber ansonsten sicher in Ordnung. Du glaubst doch nicht, daß es jemand vergiftet hat, oder?«

»Nein. Eigentlich nicht. Aber ich will trotzdem nicht, daß er es frißt. Du weißt doch, es gibt schließlich ein paar Verrückte, die sich hier herumtreiben und Hunde vergiften.«

»Du übertreibst.«

»Tue ich nicht. Solche Sachen passieren wirklich. Zum Beispiel neulich auf dieser Hundeschau irgendwo im Mittleren Westen. Es war ein Malamute. Er ist während dieser Schau vergiftet worden. Sein Name war Luke. Er war einer der meistdekorierten Malamutes in diesem Land, und jemand hat ihn vergiftet. Er ist daran gestorben.«

»Das ist ja schrecklich.«

»Natürlich ist es schrecklich. Ich habe geweint, als ich davon hörte. Und ich habe einen Scheck für die Spendenkasse geschickt, weil eine Belohnung für Hinweise auf den Täter ausgesetzt worden war. Du siehst also, daß so etwas durchaus vorkommt. Und es könnte auch hier passieren.«

Rita blieb skeptisch. »Das ist doch keine Hundeschau.«

»Die ganze Welt ist eine Hundeschau.«

»Und alle Männer und Frauen sind bloß Terrier, Malamutes, Dackel ...«

»Okay, das reicht jetzt«, lachte ich. »Aber sag' mal: Kannst du mir noch eines sagen? Als du mit Donna Zalewski gesprochen hast, hat sie da Hunde erwähnt?«

Aber Rita schüttelte nur den Kopf und gab mir damit zu verstehen, daß sie es nicht sagen wollte.

»Wieviel hat sie über Hunde gewußt? Hätte sie Kimi von der Leine gelassen? Hätte Kimi in Schwierigkeiten geraten können?«

Aber Rita blieb stumm.

»Na gut, dann eben nicht. Es ist nur, weil Kimi nicht gerade der Hund mit den besten Manieren ist. Sie ist jung, fast noch ein Welpe. Ich frage mich, ob sie nicht vielleicht etwas angestellt hat, das jemanden, der keinen Sinn für Hunde hat, sehr wütend gemacht hat. Ich denke an jemanden, der einen pathologischen Haß gegen sie hatte. Okay, okay, ich weiß schon, das muß ich wohl selbst herausfinden.«

Als wir wieder zu Hause waren und Rita in ihrer Küche Kaffee für uns kochte, blieb ich im Wohnzimmer und sah in ihrem Kalender nach, der auf dem Schreibtisch neben dem Telefon lag. Ich wußte, daß sie darin neben den Telefonnummern ihrer Freunde auch die ihrer Patienten notiert hatte, für den Fall, daß sie erkrankte oder ein Schneesturm wütete, und sie eine Sitzung absagen müßte. Und es stellte sich heraus, daß sie nicht nur die Telefonnummern aufgeschrieben hatte, sondern auch die jeweiligen Adressen dazu. Donna Zalewski hatte in der Lakeview Avenue gewohnt. Rita vergib mir, ich mußte es einfach wissen.

Am nächsten Morgen legte ich Kimi ein Metallhalsband und eine starke Leine aus geflochtenem Leder an, und ging mit ihr zu ihrem ehemaligen Zuhause. Das obere Ende der Lakeview Avenue liegt in einer Gegend, in der hauptsächlich ältere Professoren mit ererbtem Vermögen und jugendliche Schickeria, Ärzte, Rechtsanwälte und Geschäftsleute mit intellektuellen Ambitionen wohnen. Die meisten Häuser waren im ausladenden Kolonialstil oder im noch ausladenderen viktorianischen Stil erbaut worden, mit bizarren Türmchen und Erkern und Laubengängen im Garten. Das untere Ende dieser Straße verläuft in der Gegend, in der ich lebe, und dort haben ursprünglich sicher die Haushaltsangestellten gewohnt, die bei den Herrschaften am oberen Ende der Straße arbeiteten, aber heutzutage gelten diese sehr viel bescheideneren »Dreidecker«-Häuser als ebenso schick wie die Paläste am oberen Ende, nur daß sie außerdem noch politisch korrekt sind, und das sogar, nachdem man sie von einem Architekten hat renovieren lassen. Mit anderen Worten: Die Bewohner sind nicht nur Ärzte, Rechtsanwälte, Professoren und Therapeuten, sondern ebenso Schriftsteller, Lehrer, Installateure, Elektriker und Polizisten.

Donna Zalewski hatte in einem nichtssagenden, mit braunen Schindeln verkleideten Haus gewohnt, das sozusagen in der Übergangszone zwischen dem oberen und dem unteren Ende der Lakeview Avenue liegt. Das Haus hat einen Vorgarten oder das, was der Winter davon übriggelassen hatte, und eine Veranda mit drei Briefkästen, aber ohne Milchbehälter, jedenfalls konnte ich keinen sehen. Allerdings konnte auch einer an der Hintertür stehen, oder er war nach Donnas Tod entfernt worden. Kimi hob kurz ihr Bein an einem Ahornbaum vor dem Haus, aber ansonsten ließ nichts in ihrem Verhalten darauf schließen, daß sie die Gegend kannte.«

»Schöner Hund«, bemerkte ein stämmiger junger Mann, der gerade vorbeikam. »Was ist er für einer?«

»Sie. Ein Malamute.«

»Ich dachte, es wäre so 'ne Art Husky.«

»Sie ist ganz und gar Malamute«, erklärte ich.

»Großer Bursche.«

»Ja, das ist sie«, antwortete ich. »Sie wiegt ungefähr fünfundsiebzig Pfund.«

»Echt riesig, der Knabe.«

Dabei sollte ich noch hinzufügen, daß Kimi nicht nur groß und stark, sondern auch ausgesprochen weiblich aussah. Sie gehörte nicht zu den Hündinnen, die aussehen wie Rüden. Ich hätte das nicht mit Elaine Walsh diskutieren mögen. Es gibt übrigens auch Rüden, die sich benehmen wie Hündinnen, aber das ist jetzt nicht so wichtig. Als der Typ jedenfalls anfing, Kimis Kopf zu tätscheln, ließ sie sich auf dem feuchten Gehsteig nieder, rollte sich auf den Rücken, knickte die Pfoten ein und signalisierte ihm mit ihrem Blick, daß sie am Bauch gekrault werden wollte. Ich war froh zu sehen, daß sie diese Strategie wählte. Die Alternative wäre nämlich gewesen, den Mann zur Begrüßung anzuspringen, was sie bereits ein paarmal getan hatte. Aber dieser Trottel, der natürlich nicht die geringste Ahnung von der Psyche eines Malamutes hatte, stand bloß da und sah mit einem verlegenen Gesichtsausdruck auf Kimi herab. Offensichtlich hatte er inzwischen wenigstens die Gelegenheit gehabt zu bemerken, daß sie eine Hündin war, aber aus irgendeinem Grund schien er aus dieser Beobachtung keine Schlüsse ziehen zu wollen.

»Ist schon gut, mein Junge«, sagte er zu ihr.

Nachdem er seiner Wege gegangen war, sah ich mir noch eine Weile Donnas Haus an und ging dann mit Kimi in Richtung Brattle Street. Unweit von Donnas Haus gab es eines, das mir schon auf meinen Spaziergängen mit Rowdy aufgefallen war. Das heißt, das kastenförmige Haus selbst war nicht besonders ungewöhnlich, aber statt eines Rasens oder Vorgartens war vor dem Eingang eine äußerst merkwürdige Anlage von

Pflanzen und Steinen aufgebaut. Es gab dort sechs oder acht rosafarbene Quarzblöcke, Dutzende von aufrecht stehenden Granit- und Schieferplatten sowie ein Arrangement aus verkrüppelten Miniaturgrünpflanzen und verkümmerten Laubbäumen mit grotesk verdrehten, blattlosen Zweigen, die aussahen, als wären sie auf sehr schmerzhafte Weise gestorben. Während ich diese Szenerie betrachtete, kam ich mir selbst fast makaber vor, so als wäre ich einer von diesen sensationslüsternen Gaffern, die wegen des Nervenkitzels langsam an einem Unfall auf der Autobahn vorbeifahren. Ich war so in den Anblick vertieft, daß ich Kimi gar nicht mehr beachtete, die an der niedrigen Umfassungsmauer aus groben Steinen schnüffelte und scharrte, bis sie plötzlich derart an der Leine riß, daß sie mir beinahe den Arm ausgekugelt hätte. Wie einen Schlitten schleifte sie mich die Straße entlang und auf ihr Ziel zu, zwei Rhodesian Ridgebacks an der Seite von, wie ich jetzt erkannte, Kelly Baker, die mir einmal erzählt hatte, daß sie mit ihren Hunden jeden Tag eine Strecke von mindestens sechs Meilen zurücklegt.

Dann ging Kimi zu Boden. Falls Sie jemals einen Malamute ausführen und feststellen, daß er sich bei dem Anblick von anderen Hunden plötzlich auf dem Gehsteig niederläßt, glauben Sie nur nicht, daß er dann eine Platzübung absolviert. Tatsächlich hat nichts weniger mit einem folgsamen Platznehmen zu tun als diese bewegungslose, katzenartige Haltung. Bei Wölfen nennt man es die Lauerstellung. Flach niedergekauert bereitet sich der Hund darauf vor, seine Beute anzuspringen, und wenn man nicht aufpaßt, reißt er einen mit in seinen Sprung. Ich sollte aber noch hinzufügen, daß Kimis Variante der Lauerstellung eher so etwas war wie der spielerische Stoß in die Magengrube, mit dem sich Machos gegenseitig zu grüßen pflegen, und nicht das Anzeichen einer ernsthaften Absicht, einen Kampf mit den Ridgebacks Nip und Tuck aufzunehmen. Kelly, die die Bedeutung dieses Rituals wahrscheinlich erkannte und ohnehin wußte, daß ich mit einem Hund umgehen konnte, geriet keineswegs in Panik, so wie andere, die es nicht besser wissen, wenn ein eigentlich sanftes und freundliches Wesen wie Kimi nur so tut, als wäre sie gemeingefährlich. Und natürlich kann ich mit einem großen Hund umgehen. Man muß nur jeden einzelnen Muskel im Körper entspannen und alle Gelenke locker angewinkelt lassen, besonders in den Hüften, Knien, Schultern, Ellbogen und Handgelenken. Mit anderen Worten: Man nehme die Stellung eines japanischen Sumo-Ringers ein und halte die Leine mit beiden Händen. Es funktionierte, und Elaine Walsh wäre stolz auf mich gewesen, weil ich kein bißchen damenhaft dabei aussah. Kimi gelang es weder, mir die Leine aus der Hand zu reißen, noch mich auch nur einen Zentimeter näher an die Ridgebacks zu ziehen.

»Jetzt benimm dich!« befahl ich ihr, während ich die Leine einholte und ihr direkt in die Augen sah. »Das reicht. Sei ein braves Mädchen.«

Rhodesian Ridgebacks sind große und schöne Hunde mit einem kurzen, glatten und glänzenden Fell. Die Zuchtfarben reichen von hellbeige bis kupferfarben. Die Ridgeback-Fans werden jetzt wahrscheinlich heftig widersprechen, weil man eigentlich keine andere Rasse mit den Ridgebacks vergleichen kann, aber ich finde, falls man noch nie ein Exemplar gesehen hat, könnte man sich darunter so etwas vorstellen wie eine sehr kleine, beigefarbene dänische Dogge von vielleicht fünfundsechzig bis fünfundsiebzig Pfund mit unkupierten Ohren. Das besondere Merkmal der Ridgebacks ist ihr sogenannter »Rückenkamm« oder »Ridge«: Entlang des Rückgrats verläuft ein schmaler Haarstreifen, der in entgegengesetzter Richtung zum übrigen Fell gewachsen ist. Knapp hinter der Schulter bildet der Ridge zwei sich gegenüberliegende Wirbel – Kronen genannt –, die idealerweise ganz genau symmetrisch sind, so wie bei Nip und Tuck, die beide das gleiche kupferfarben glänzende Fell hatten. Nip war der Rüde, Tuck die Hündin.

»Na, ich werd' verrückt«, begrüßte mich Kelly. Flankiert von ihren großen Hunden sah sie tatsächlich noch kleiner aus, als sie war, und, in Bestätigung der Winterschen Regel (daß sich Hunde und ihre Besitzer nämlich keineswegs gleichen), hatte sie kurzes, sehr lockiges und feminin wirkendes, schwarzes Haar, wie das eines ungeschorenen Pudels. »Das ist doch Kimi, oder nicht?«

Ich gab Kimi zuerst noch ein bißchen mehr Leine, und dann die gesamten zwei Meter, damit sich die Hunde gegenseitig beschnuppern und mit den Nasen stupsen konnten. Immer, wenn ich Kelly mit ihren Ridgebacks getroffen hatte, hielt sie Tuck, die Hündin, an der Leine. Obwohl Nip für gewöhnlich nicht angeleint war, schien er nie weit zu streunen. Jetzt prüfte er Kimis Geruch, umkreiste die beiden Hündinnen und widmete sich dann einer gründlichen und verzückten Untersuchung der Duftstoffe, mit dem andere Hunde einen Ahornbaumstamm in der Nähe präpariert hatten. Als die Hunde mit ihrem Begrüßungsritual fertig waren, wandte Kimi ihre Aufmerksamkeit Kelly zu, aber da ich den Verdacht hatte, sie würde gleich damit anfangen, an einer Stelle zu schnuppern, an der es sogar eingefleischte Hundefreunde nicht besonders gerne mögen, zog ich sie wieder zu mir zurück.

»Ja, das ist wirklich Kimi«, gab ich zur Antwort. »Kennen Sie sie?«

»Sicher. Ich habe sie lange nicht gesehen, aber ich dachte mir, daß sie es sein müßte. Sie ist jetzt viel größer. Darf ich Ihnen einen guten Rat geben?«

Hundehalter geben immer gerne gute Ratschläge. Sie sagen einem, welcher Rassehund der richtige für einen ist, wo man ihn kaufen, was man ihm zu fressen, wie man ihn pflegen, trainieren und ausbilden soll, auf welchen Hundeschauen und welcher Jury man ihn vorführen – und was man selbst bei diesen Gelegenheiten anziehen soll. Ich erwartete also, daß sie mir sagen würde, ich solle Kimi gegen einen Ridgeback eintauschen, oder ihrem Futter Dosenkürbis beigeben, oder ihr ein Würgehalsband anlegen, aber Kelly überraschte mich.

»An Ihrer Stelle würde ich sie von diesem Felsengarten da drüben fernhalten«, riet Kelly. »Sie haben es ja wahrscheinlich bemerkt.«

»Felsengarten. So nennt man das also«, sagte ich, und wir grinsten beide. »Er sieht wirklich bizarr aus.«

»Joel nennt es den Garten des Todes«, sagte sie lächelnd. »Er hat eine ausführliche Theorie darüber, daß dieser Garten einen Friedhof darstellt. Die Steine und Felsen sind alles Grabsteine. Und die Pflanzen sind Körper und Skelette.«

»Ja, ich verstehe, was er meint. Es hat wirklich etwas Gruseliges.«

»Jedenfalls«, fuhr Kelly fort, »arbeitet diese Frau furchtbar hart an ihrem Gartenkunstwerk, mit einer

Energie, die mir fehlgeleitet vorkommt, aber sie tut es eben. Und das große Problem scheint zu sein, daß sie eine Menge Dünger verwendet, der die Hunde anzieht. Also hinterlassen die natürlich dort ihren Duftstoff, das zieht wieder andere Hunde an, und die ganze Sache eskaliert dann.«

»Der reinste Hundehimmel.«

»Genau. Nur ist es so, daß die Frau Hunde verabscheut, und es ist möglich, daß sie Kimi wiedererkennt. Sie kommt dann wahrscheinlich bloß aus dem Haus gerannt und schreit Sie an, aber sie kann wirklich ziemlich unangenehm werden.«

»Was hat Kimi denn gemacht?«

»Sie hat sich ein paarmal losgerissen und hat angefangen, im Garten zu graben.«

»Und ist dabei erwischt worden?«

»Ja, richtig. Und die Frau ist total ausgeflippt. Allerdings würde sie Kimi vielleicht doch nicht wiedererkennen. Sie findet wahrscheinlich, daß alle Hunde gleich aussehen, und Kimi ist sehr gewachsen.«

»Wer ist diese Frau?«

»Jemand mit einem schwarzen Daumen, statt dem sprichwörtlich grünen, die Hunde haßt. Übrigens, sie heißt ironischerweise auch noch Green. Jedenfalls ist es ihre eigene Schuld. Sie ist schließlich diejenige, die den Dünger ausstreut. Und man hat ihr gesagt, daß sie etwas anderes nehmen soll, aber sie will nicht.«

»Haben Sie Kimis erste Besitzerin gekannt?« fragte ich und ließ dabei meine direkte Vorgängerin und mich, die dritte Besitzerin, unerwähnt.

»Nein«, antwortete Kelly. »Ich meine, ich weiß, wie sie aussah, aber das ist alles.«

Kelly erwies sich in dieser Hinsicht als echte Hundenärrin. Sie erinnerte sich zwar an Kimis Namen, hatte aber wahrscheinlich nie daran gedacht, den Namen ihrer Besitzerin herauszufinden.

»Wußten Sie, daß sie gestorben ist?« erkundigte ich mich noch.

»Wirklich? Sie war jung.«

»Ja.« Wir schwiegen eine Weile, als ob wir eine Gedenkminute einlegen wollten.

»Und wie geht's Ihnen so?« Kelly wollte offensichtlich wissen, wie es meinen Hunden ging.

»Rowdy und ich trainieren für die Wettbewerbe, Kimi macht einen Einführungskurs in die Zivilisation, und dann sehen wir weiter.«

»Das war eine gute Kolumne, über das unterwürfige Urinieren«, sagte sie.

»Danke«, quittierte ich das Lob. »Dabei fällt mir ein, ich könnte Ihre Hilfe bei der Kolumne gebrauchen, an der ich zur Zeit arbeite. Ich habe daran gedacht, etwas über Ridgebacks in der Ausbildung zu schreiben. Dabei versuche ich zum Beispiel, die Leute zu ermuntern, viele verschiedene Rassen trainieren zu lassen.«

»Damit es nicht immer so aussieht wie ein Verein der Züchter von Golden Retrievern?«

»Stimmt«, gab ich zurück. Der American Kennel Club hat 1977 zum ersten Mal einen Champion-Titel für die Ausbildung vergeben. Die ersten drei Hunde, die ihn erhielten, waren alle Golden Retriever. Man trifft inzwischen auch eine Menge Shelties, Rottweiler, Schäferhunde und Pudel im Training, nicht nur weil es so viele davon gibt, sondern weil es Rassen sind, die sich gut für eine Ausbildung eignen. Aber man findet nicht viele Ridgebacks dort, eben weil sie überhaupt recht selten sind. Es ist keine gebräuchliche Rasse. »Sie haben einen C.D. mit einem Ridgeback bekommen, nicht wahr?« fragte ich Kelly.

»Ja, mit Zing. Wir waren seine Miteigentümer. Und jetzt arbeite ich mit diesen beiden. Aber wir trainieren nicht im Cambridge Club«, fügte sie entschuldigend hinzu. Das ist der Club, in dem ich arbeite, der Cambridge Dog Training Club.

»Ist ja nicht schlimm«, antwortete ich lächelnd. »Würden Sie vielleicht mal mit mir über mein Thema reden?«

»Sicher. Haben Sie heute Nachmittag Zeit?«

Das von einem Architekten neugestaltete Haus der Bakers am Fresh-Pond-Ende der Lakeview Avenue war, wie das von Elaine Walsh, in einem blassen Gelb gestrichen, einem Farbton, der von den Bewohnern der Brattle Street in Mode gebracht wurde, die ihre stattlichen viktorianischen Häuser in so merkwürdig dekorativen Farbtönen wie rotbraun, zartem Lavendel oder silbriggetöntem Gelb angestrichen haben – oder besser gesagt: haben anstreichen lassen. Das Gelb der Bakers war kremiger, als das bei Elaine, blasser und wärmer, und es war ihnen gelungen, dem Haus innen und außen einen sowohl gemütlichen wie auch eleganten Charakter zu geben.

In der Mitte der Küche befand sich eine Arbeitsfläche aus Granitstein mit einem Regal aus Kirschbaumholz und einer Marmorplatte sowie einem Gasherd von der Größe, wie man sie in Restaurantküchen sieht. In dem Regal standen gußeiserne Pfannen, blaue Keramiktöpfe, in denen Schöpfkellen aus Metall und Kochlöffel aus Holz standen, ein Holzblock, in dessen Schlitzen riesige Messer staken, und eine von diesen mechanischen Orangenpressen, die dreimal soviel kosten wie eine elektrische, ein Vier-Scheiben-Toaster und nicht zuletzt ein Mixer, der so groß war, daß man ihn sicher gut und gerne zum Betonmischen hätte verwenden können. In dem Einbaukühlschrank, aus dem Kelly gerade eine Flasche Milch herausnahm, hätte man meine gesamte Küche unterbringen können. An der Außenseite dieses Kühlturms befand sich ein Magnet, der einen Stoß beschriebener Blätter hielt, und ähnliche Blätter hingen auch an der Tür dessen, was aussah wie eine begehbare Tiefkühltruhe. Auf diesen Blättern war in ordentlicher Schreibmaschinenschrift der Inhalt des Kühlschranks und der Tiefkühltruhe nach Kategorien aufgelistet. Unter der Überschrift »Backwaren« entzifferte ich auf der Kühlschrankliste Löffelbiskuitts, Madeleines, Baguettes, Génoises, Croissants und noch ein paar andere Leckereien mit französischem Namen, die ich nicht kannte, und zu jedem Artikel gab es eine Eintragung über die Menge und ein Datum. Einige der Mengenangaben waren verändert worden, und andere waren ganz ausgestrichen. Von den ursprünglichen fünf Litern Fischbrühe waren noch drei Liter übrig, und außerdem hatten die Bakers nur noch ein Dutzend Eier im Kühlschrank.

»Ich koche«, erklärte Kelly. »Aber nicht professionell. Es ist ein Hobby.«

Ihre blaugeblümte Kittelschürze hätte ein außergewöhnlich hübsches Requisit für eine Fernsehköchin abgegeben, die sich gerne bekleckert. Kelly hatte diese glatten, weichen und rosigen Wangen, die man manchmal bei den Leuten sieht, die in Bäckereien arbeiten, aber ihre Gesichtsfarbe ließ sich wahrscheinlich eher dem täglichen Marathonlauf mit den Hunden zuschreiben.

»Es sieht aber nach mehr als einem Hobby aus«, meinte ich.

»Ich wünschte fast, es wäre so. Dann hätte ich etwas zu sagen, wenn ich gefragt werde, was ich mache.« Sie verzog das Gesicht zu einer Grimasse.

»Werden Sie das oft gefragt?«

»In Cambridge? Machen Sie Witze? Versuchen Sie mal hier in der Gegend jemandem zu erklären, daß Sie eine traditionelle Ehe führen, und im Gesicht der Leute steht nur ein Wort, und das ist *Opfer*.

Sie war wahrscheinlich noch nie auf den Gedanken gekommen, daß es tatsächlich möglich ist, Kaffee zu kochen, ohne dafür die Kaffeebohnen selbst mahlen zu müssen. Als ich sie fragte, wo sie die Schokoladen-Croissants gekauft habe, klärte sie mich zunächst darüber auf, daß sie Petits Pains au Chocolat hießen und auch gar nicht halbmondförmig wie ein Croissant aussehen würden, und dann gestand sie, daß sie sie selbst gemacht hatte. Ich aß vier davon, einschließlich der Krümel, die eher butterzarte Flocken waren als ordinäre Brösel.

Ich hatte die Absicht, sie zu fragen, ob ihr Mann je mit ihr über Donna Zalewski gesprochen hatte, was zwischen den beiden schiefgelaufen sei, worin das Gerücht über ihn bestand, das Rita mir nicht weitersagen wollte, und ob sie gewußt habe, daß Kimis Vorbesitzerin eine Patientin ihres Mannes gewesen war und noch eine Reihe anderer Dinge, aber ich war unkonzentriert und verwirrt. Außerdem wäre es schwierig geworden, ihr diese Fragen im Zusammenhang mit dem Thema Rhodesian Ridgebacks, über das wir reden mußten, zu stellen.

»Diese beiden sind noch jung«, sagte sie gerade. »Wir haben Nip im letzten Sommer zu Ende gebracht, und

Tuck jetzt im Dezember. Joel arbeitet mit ihr. Er hat weniger Zeit als ich.«

Einen Hund zu Ende zu bringen klingt, als sei es einer dieser schrecklichen Euphemismen und hieße in Wahrheit, daß man den Hund umbringt, aber es bedeutet tatsächlich etwas Gutes, nämlich einen Championtitel in der Zuchtgruppe, für den man Punkte bei den Meisterschaftsschauen des AKC erwerben muß. Man braucht fünfzehn Punkte von mindestens drei verschiedenen Preisrichtern und mindestens zwei sogenannte »Majors«, womit Drei-, Vier- und Fünf-Punkt-Gewinne gemeint sind. Die Punkte für den Championtitel gehen an den Sieger-Rüden und die Sieger-Hündin, und ... aber das würde hier wohl zu weit führen.

»Ich gratuliere«, sagte ich und fügte hinzu, »Haben Sie die Absicht, Eltern zu werden?«, wobei ich Tuck und Nip meinte, die schlafend auf dem Fußboden ausgestreckt lagen.

Tuck war eine wunderschöne Hündin, die einen Champion-Titel errungen hatte und Kelly eine wirkliche Hundenärrin, die von mir wußte, daß ich ebenfalls eine war. Soweit ich wußte, hatten die Bakers fünf »Kinder«. Jeder, der etwas von Hunden versteht, mußte also annehmen, daß die Bakers die Absicht hatten, Tuck decken zu lassen, und auch Kelly hätte wissen müssen, daß ich das gemeint hatte. Aber sie wußte es anscheinend nicht, denn sie erstickte fast an ihrem Petit Pain, ihr Gesicht verzog sich, und ihre Augen füllten sich mit Tränen.

»Kelly, es tut mir so leid. Ich meinte doch Tuck, ich meinte vierbeinige Eltern. Es tut mir wirklich schrecklich leid. Ich wußte nicht ...«

Sie unterbrach meine Entschuldigungen. »Aber ich bitte Sie. Ich bin bei diesem Thema einfach überempfindlich geworden. Verdammt, ich höre es schon überall, auch wenn es um etwas ganz anderes geht. Es war nicht Ihre Schuld. Natürlich haben Sie Tuck gemeint. Dieses Problem mit meiner Unfruchtbarkeit ist so schrecklich gewesen. Es ist eine furchtbare Belastung. Und Sie haben recht, wir planen tatsächlich, vierbeinige Eltern zu werden, wir hoffen es jedenfalls.«

Als sie ein Papiertaschentuch aus einer der Seitentaschen ihrer Schürze zog, bemerkte ich, daß es gar keine Kittelschürze war, sondern ein Umstandskleid.

»Ach, verflucht«, sagte sie dann. »Lassen Sie uns lieber über Hunde reden.«

Also sprachen wir über Pearsall, was nicht der Name für eine seltene Züchtung ist, sondern der Familienname von Milo und Margaret, die die Hundeausbildung in den Vereinigten Staaten revolutioniert haben. Ihr Buch trägt den Untertitel »Gehorsamkeitsübungen aus der Perspektive des Hundes«, und wenn die Hunde ihr eigenes Trainingsprogramm aussuchen könnten, würden sämtliche Hundehalter wahrscheinlich nur noch nach Pearsall arbeiten. Ich glaube zwar nicht, daß alle Pearsallschen Schritt-für-Schritt-Übungen und alle die von ihnen empfohlenen Tricks und Kniffe bei einem intelligenten Hund wirklich notwendig sind, aber ich mag ihre Einstellung. Kelly Baker war jedoch geradezu eine Pearsall-Fanatikerin. Wir unterhielten uns lange darüber.

Als ich gerade gehen wollte, kam Joel herein. Er begrüßte mich mit einem herzlichen Lächeln, gab Kelly einen Kuß und hörte sich meine Geschichte über die Ridgeback-Kolumne an. Ich mochte ihn und fragte mich, warum Donna Zalewski ihn nicht ebenfalls gemocht hatte. Er war nur etwa ein Meter sechzig groß, aber neben Kelly, die allenfalls ein Meter zweiundfünfzig groß war, sah er geradezu hochgewachsen aus. Obwohl nach den Standards meiner ländlichen Herkunft aus Maine sein blondes Haar zu gut frisiert, sein Gesicht zu glattrasiert, und sein Mund zu sanft geschwungen war, konnte man ihn sicher als einen gutaussehenden Mann bezeichnen. Mir fiel etwas ein, das ich in einem der Bücher, die Elaine Walsh mir gegeben hatte, gelesen habe, irgend etwas darüber, daß Männer sich am meisten als Männer fühlen, wenn die Frauen offensichtlich und eindeutig Frauen sind, und ich fragte mich, ob es das war, was Joel an Kelly anziehend fand. Wenn es so war, wie es in dem Buch stand, fühlte sich Joel möglicherweise neben Kellys zarter Weiblichkeit männlich und vielleicht besonders männlich, wenn er arbeitete und sie zu Hause in dieser wundervollen Küche war. Elaine Walsh hatte zu mir gesagt, daß jede Ehe eine Form von Sklaverei sei, aber das war nicht der Eindruck, den ich von der Beziehung der Bakers hatte, die, wie ich jetzt wußte, auf eine harte Probe gestellt worden war, weil sie keine Kinder bekommen konnten. Jetzt war mir meine blöde Bemerkung sogar noch peinlicher als vorher.

Ich wußte nun, daß es in Kimis Vergangenheit kein Geheimnis gab. Sie hatte ein paar geringfügige Schäden angerichtet und eine allem Anschein nach harmlose und exzentrische Hundehasserin geärgert. Als sie Elaine Walsh gehörte, war sie kaum jemals über den Vorgarten hinausgekommen und hatte deshalb nicht viel Gelegenheit, jemanden gegen sich aufzubringen. Vielleicht hatte Donna Zalewski einen Milchmann gehabt, vielleicht aber auch nicht. Ich hatte nichts über ihr Verhältnis zu Joel Baker erfahren, und auch nichts weiter über Kimi oder über Donna selbst herausgefunden. Es schien, als hätte ich an diesem Nachmittag nichts erreicht, außer daß Kelly Baker traurig geworden war. Allmählich begann ich daran zu zweifeln, daß irgend jemand die Absicht gehabt hatte, Kimi umzubringen. Aber, vielleicht weil ich immer noch mit dieser verdammten Wiedergeburtsgeschichte beschäftigt war, konnte ich den Verdacht nicht abschütteln, daß Kimi irgend etwas mit der Sache zu tun hatte, und daß sie etwas wußte, etwas getan hatte oder mir etwas mitteilen könnte. Ich wußte nur nicht, was.

»Also, dann erzähl' mir etwas über Sinequan«, bat ich.

Rita und ich saßen an meinem Küchentisch und teilten uns eines der natürlichsten und ausgewogensten Nahrungsmittel, die es gibt: Pizza. Wenn man bei der Bestellung alles richtig macht, bekommt man etwas von jeder Nahrungsmittelgruppe, über die wir in der Grundschule ausgiebig belehrt wurden: Käse als Protein, der Teig als Stärke plus Tomaten und Sardellen. Pizza ist so etwas wie Eukanuba für Menschen, und wenn man die Peperoni wegläßt, wird sie auch von Hunden sehr geschätzt. Rowdy lag ausgestreckt auf dem Linoleumboden und sah mit großen Augen, aber regungslos zu uns auf. Aus Rücksicht auf Rita hatte ich Kimi in ihre Kiste in meinem Schlafzimmer eingesperrt.

»Man hört heutzutage nicht mehr viel darüber«, antwortete Rita. »Es ist nicht mehr schick, weißt du? Seit es Valium gibt, hört man auch praktisch nichts mehr von Librium, und Valium ist eigentlich auch nicht mehr schick, weil Unruhe und Nervosität zur Zeit ›out‹ sind.«

Im Gegensatz zu einigen rezeptpflichtigen Medikamenten ist Rita niemals ›out‹. Seit kurzem trägt sie statt einer dauergewellten Löwenmähne ihr Haar kurz und gerade geschnitten, was sie zwar alle zwei Wochen vom Frisör nachschneiden lassen muß, aber es ist die Mühe und das Geld wert, denn sie sieht phantastisch aus. Außerdem sieht sie immer so aus, als ob sie die Pizza mit Messer und Gabel essen würde, aber sie benutzte dazu ihre Hände wie alle anderen auch.

»Und was ist ›in‹?«

»Depressionen«, sagte sie fröhlich. »Prozac.« Sie zerdehnte das Wort, während sie es aussprach und wiederholte es noch einmal. »Prozac.«

Sogar ich hatte bereits von Prozac gehört. Man konnte in Cambridge keine Party mehr besuchen, ohne daß einem dort sechs oder acht Leute versicherten, wie viel besser es ihnen ginge, seit sie es nehmen.

»Macht dir das nicht das Geschäft kaputt?« wollte ich wissen. Rita ist keine Ärztin. Sie läßt die Leute sich gesund reden.

»Nein, eigentlich nicht. Es hilft nicht bei jedem. Und die Leute nehmen es nicht für immer. Und bei einigen ist es so, daß sie zwar finden, es hilft ihnen, weil sie sich weniger depressiv fühlen, aber sie mögen es trotzdem nicht, weil sie sich davon irgendwie fremdbestimmt vorkommen. Vielleicht sind das aber auch Menschen, die sich auch nicht frei und unabhängig fühlen können, wenn sie es nicht einnehmen.«

»So ging es mir nach Vinnies Tod. Bevor ich Rowdy bekam.«

Vinnie war mein letzter Golden Retriever, ein Geschenk des Himmels, das mir meine Mutter gemacht hatte. »Ohne einen Hund fühlte ich mich irgendwie auch nicht frei und unabhängig.«

»Tatsächlich? Aber einige dieser Menschen, von denen ich spreche, haben schon einen Hund.«

»Wie Donna Zalewski.«

»Nein.« Sie fing an, die halbe Pizzascheibe in ihrer Hand zu studieren. Ein Champignon hatte sich vom Belag gelöst und baumelte an einem Mozzarella-Faden. Sie fixierte ihn und beobachtete seine Bewegungen, als ob die Pizzascheibe einer ihrer Patienten und der Champignon ein nervöses Gesichtszucken wäre, das sie gerade interpretierte.

»Habe ich dich etwa was gefragt? Ich sagte nur, sie hatte einen Hund. Kimi.«

Rita verzog das Gesicht.

»Ich will nur eins wissen, und es geht nicht um sie. Also, hör' zu: Wo könnte sich jemand so was wie Sinequan beschaffen? Joel Baker ist doch kein Psychiater, stimmt's? Er kann also keine Rezepte ausstellen. Und Elaine Walsh konnte es auch nicht.«

»Joel ist Psychologe.«

»So wie Elaine, richtig? Und so wie du.«

»Ja.«

»Gut. Rein theoretisch: Angenommen, du hast eine Patientin, und sie kann nicht schlafen, oder so was. Was machst du dann?«

»Ich rede mit ihr darüber«, gab Rita zur Antwort.

»Ach komm, Therapeuten sollten nicht moralistisch werden. Stell' dir doch mal vor, daß jemand Prozac möchte, und du hältst das für eine gute Idee. Könnte das nicht mal vorkommen?«

»Natürlich. Es kommt vor.«

»Okay. Und was machst du dann? Rufst du bei dem Hausarzt des Patienten an?«

»Nein. Man würde den Patienten an einen Mediziner verweisen. Jeder Arzt kann ein Rezept ausstellen, und viele Leute bekommen Prozac oder Valium oder was auch immer von ihrem Internisten oder praktischen Arzt und gehen überhaupt nie zu einem Therapeuten. Manchmal ist das ein Teil des Problems, mit dem man es zu tun hat. Es ist nicht schwer, ein Rezept zu bekommen. Du weißt das bloß nicht, weil du ja nie zum Arzt gehst.«

»Das ist nicht wahr.«

»Der Tierarzt gilt nicht. Jedenfalls habe ich schon Patienten angenommen und mit ihrer Therapie begonnen, bevor ich herausfand, daß sie Valium und Seconal, Ativan oder Xanax nehmen. Und dann gibt es da noch einen richtigen Scheißtyp namens Arsenault. Die Leute gehen in Scharen zu ihm, und er gibt ihnen einfach alles, was sie wollen. Der reinste Doctor Feelgood.«

»Ein Psychiater?«

»Ein Arschloch.«

»Durch sein Studium?«

»Von Geburt an. Er ist praktischer Arzt, glaube ich. Seine Praxis ist in Arlington. Glücklicherweise gibt es nicht allzu viele von seiner Sorte. Weißt du, die Medizin ist eine hohe Kunst, wenn man es richtig macht und sorgfältig und gewissenhaft arbeitet. Und ich bin übrigens auch keine Moralistin. Es gibt Patienten, die Medikamente brauchen, und denen dadurch geholfen wird, Menschen, die ohne Medikamente nicht funktionieren können.«

»Und wenn du so einen Patienten hättest, was würdest du in diesem Fall tun? Gibt es jemanden, zu dem du ihn schicken würdest?«

»Ja schon, aber es kommt immer darauf an: Wenn das Problem etwas Leichtes, Vorübergehendes ist, überweise ich an Ben Moss. Und sonst gibt es eine Frau in Brooklin, die den Patienten, die ich zu ihr geschickt habe, sehr geholfen hat.«

»Ben Moss. Das ist der, von dem Donna Zalewski ihr Rezept für Sinequan hatte. Das hat mir Kevin erzählt.«

»Wenn du das schon weißt, was willst du dann aus mir rausquetschen?«

»Okay, Rowdy«, rief ich. Das war sein Stichwort, und er sprang auf die Füße. »Fang!« Er ist ganz verrückt nach Pizzakruste, und seine Augen-Mund-Koordination funktioniert tadellos. Er hat noch nie ein Stück verfehlt. Ich zerteilte den Pizzarand in kleine Stückchen, warf sie in die Luft, und er fing eins nach dem anderen mit dem Maul auf. »Ich will wissen, wer Ben Moss ist«, sagte ich zu Rita, »und ob du Donna Zalewski zu ihm geschickt hast.«

»Du kennst ihn wahrscheinlich«, meinte Rita, »sie haben einen Hund.«

»Du wirst es nicht glauben, aber ich kenne wirklich nicht jeden Menschen, der einen Hund besitzt. Es gibt mehr als fünfzig Millionen Hunde in diesem Land. Ich kann mich allerdings nicht daran erinnern, wie viele Hundehalter es gibt.«

»Da hast du's.«

»Aber wie sollte ich die alle kennen? Rowdy, fang!«

»Der Hund von den Mosses ist auch einer von diesen Hatchbacks wie die von den Bakers.«

»Ridgebacks. Rhodesian Ridgebacks«, gab ich zurück. Daran, daß sich eine so gebildete Frau wie Rita diesen Namen einfach nicht merken kann, sieht man mal wieder, wie es um unser menschliches Ausbildungssystem bestellt ist. Und ich fuhr fort: »Man nennt die Rhodesian Ridgebacks auch Afrikanische Löwenhunde.«

»Sollte es nicht Simbabwe heißen?«

»Versuch' doch mal, das dem American Kennel Club zu erklären. Willst du noch ein Beispiel dafür, wie politisch progressiv sie dort sind? Der AKC hat bis 1974 keine weiblichen Delegierten zugelassen. Der Ladies Dog Club mußte einen Mann entsenden. Du lachst? Aber es ist die Wahrheit, ich hab' das nicht etwa erfunden. Und wenn du je versucht hast, den Verband dazu zu bringen, den Namen für einen einzelnen Hund zu ändern ...«

»Hab' ich nicht.«

»Aber wenn du es erlebt hättest, würdest du gar nicht erst daran denken, sie zu bitten, die Bezeichnung für eine ganze Hunderasse zu ändern. Selbst wenn es dir gelingen würde, wärst du längst tot, bis der neue Name wirklich gültig ist. Außerdem sind viele Hundehalter äußerst unpolitische Menschen.«

Natürlich nur, solange es nicht um die Vereinspolitik des AKC geht. »Und wie sieht nun dieser Hund aus?«

»Groß«, sagte Rita entschieden. »Ist dir eigentlich schon einmal aufgefallen, daß du kaum danach fragst, wie die Leute aussehen? Wenn du jemanden identifizieren willst, erkundigst du dich immer zuerst danach, wie der Hund dieser Person aussieht. Weißt du, die Welt da draußen ist voller Menschen, die finden, daß alle Hunde mehr oder weniger gleich aussehen.«

»Das muß eine Welt von Idioten sein«, meinte ich. »Ist es ein wirklich übergroßer Ridgeback? Hochbeinig und ein bißchen schlaksig? Hellbraun bis beige, kaum rot dabei? Kann ich Rowdy deine Pizzakruste geben?«

Sie nickte.

»Aber mit einem schönen Rückenkamm und perfekten Kronen«, fügte ich hinzu.

»Genau den meine ich«, antwortete Rita. »Fabelhaftes Gebiß. Strahlendes Lächeln.«

»Aha, wer von uns beiden ist jetzt die größere Hundenärrin? Aber ich glaube, ich kenne den Hund tatsächlich. Und wenn es der ist, den ich meine, ist es ein ganz süßer Hund. Und du hast recht: Er lächelt wirklich. Die Besitzerin ist vielleicht Anfang Vierzig, trägt lange Haare, lange Röcke und Birkenstock-Sandalen im Winter, richtig?«

»Sheila Moss«, erklärte Rita. »Sie ist Sozialarbeiterin.«

»Erzähl' mir noch etwas über Ben Moss. Tut mir leid, Rowdy, das war's.«

Es ist meistens leichter, einen intelligenten Hund zu halten, als einen dummen. Rowdy hatte die Pizza seit dem Moment, als wir die Schachtel öffneten, nicht mehr aus den Augen gelassen, und er wußte ganz genau, daß ich die Wahrheit sagte. Er hatte präzise registriert, wieviel von der Pizza in unsere Münder und wieviel in seine Schnauze gewandert war. Ein dummer Hund hätte möglicherweise geglaubt, daß ich noch etwas von der Pizza zurückhalte und nach mehr gebettelt. Aber nicht Rowdy.

»Daß Ben Moss einen Hund besitzt, macht doch wohl seine gesamte Identität für dich aus. Was würdest du denn sonst noch von ihm wissen wollen?«

»Hör' auf damit. Ich glaube nicht, daß ich ihn kenne. Und ich kenne den Hund auch nur deshalb, weil sie mit ihm eine Zeitlang in unserem Anfängerkurs war, und er ist mir aufgefallen. Ich mag Ridgebacks. Man sieht nicht viele von ihnen in der Ausbildung. Ich wußte noch nicht einmal, daß sie verheiratet ist. Und du glaubst, wenn ich sie kenne, müßte ich auch ihren Mann kennen? Als ob sie so eine Art Anhängsel von ihm wäre? Was hätte Elaine wohl dazu gesagt?«

»Ich hab' nur gedacht, wenn du den Hund kennst ...«

»Rita, bitte. Ich kann nicht verstehen, warum du dich so anstellst. Donna Zalewski war doch schließlich eine Klientin von dir.«

Ich weiß bei Rita nie so genau, ob ich *Patient* oder *Klient* sagen soll. Manchmal sagt sie selbst *Patient*, aber wenn ich das tue, sieht sie mich komisch an. Das Problem mit *Klient* ist aber, daß es wahrscheinlich zu sehr nach *Kunde* klingt, so, als ob sie einen Laden hätte oder den Leuten die Haare schneiden würde. *Konsument* geht natürlich auch nicht, Rita ist schließlich keine neue Sorte Ketchup oder ein Haushaltsgerät. Als ich sie einmal fragte, ob die Leute, die zu ihr kommen, Patienten oder Klienten seien, sagte sie, daß es darauf ankäme, wie krank sie wären. Aber dann meinte sie, ich solle diese Bemerkung vergessen, es sei eine ernste Angelegenheit, und sie hätte darüber nicht so frivol reden sollen.

»Und«, setzte ich hinzu, »Elaine war auch eine Freundin von dir.«

»Ich habe Elaine bloß gekannt«, sagte sie. »Wie gesagt, wir waren zusammen in einer Supervisionsgruppe. Und es tut mir wirklich leid, was mit ihr passiert ist. Aber schau mal: Du bist schon losgezogen und hast Kelly Baker in Aufruhr versetzt. Als nächstes willst du jetzt wahrscheinlich die Mosses aufsuchen und ihnen erklären, du wolltest ihren Hund für *Dog's Life* interviewen, und einen Star aus ihm machen. Hab' ich recht?«

»So ungefähr.«

»Also ich finde, es reicht, daß du bereits auf eine

Wunde Salz gestreut hast. Wenn du mit Sheila Moss sprichst, erwähne nie, ich wiederhole: niemals, Elaine Walsh.«

»Möchtest du mir nicht sagen, warum?«

»Nein, um ehrlich zu sein, das will ich nicht.«

»Dann habe ich keinen Grund, Elaine nicht zu erwähnen, oder?«

»Doch, hast du. Der Grund ist, daß ich dich gebeten habe, es nicht zu tun.«

»Und wenn ich es nicht getan habe, tätschelst du mir dann die Wange und lobst mich, weil ich so ein braves Mädchen war?«

»Holly, du kannst es bleibenlassen. Würdest du mir einfach mal glauben? Es gibt da eine Beziehung, von der du nichts weißt. Und du willst den Leuten doch nicht weh tun.«

»Also war sie eine Patientin von Elaine?«

»Nein. Holly ...«

»Rita, wenn sie und Elaine sich sehr nahe gestanden haben, tröstet es sie vielleicht, wenn sie mit jemandem über Elaine reden kann. Wenn man jemanden verliert, den man sehr gemocht hat, tut es gut zu hören, daß andere ebenfalls um diesen Menschen trauern. Und wenn sie vielleicht eine spezielle Art von Beziehung miteinander hatten, das macht mir nichts. Ich meine, ich bin nicht so provinziell, wie du glaubst. Ich weiß, daß Elaine sich nicht um bürgerliche Konventionen gekümmert hat.«

Rita unterbrach mich: »Hör' zu, Elaine hatte keine Affäre mit Sheila. Sie hat etwas viel Bürgerlicheres getan als das. Sie hatte nämlich eine Affäre mit Ben. Sie selbst hätte wahrscheinlich nicht Affäre dazu gesagt, aber ich weiß nicht, wie sie es genannt hat.« Rita reckte ihren

Hals und sah zur Decke hinauf, als ob Elaines Stimme von dort erklingen und ihr den richtigen Begriff soufflieren könnte. Sie erklang aber nicht.

»Elaine hat mir gesagt, daß sie nicht an die Ehe glaubt. Vielleicht war das wirklich so.«

»Hat sie dir auch mal etwas über den schwesterlichen Umgang unter Frauen erzählt?« fragte Rita, und es klang wütend.

»Nicht viel.«

»Aber mir, und es kam mir jedesmal fast hoch dabei«, sagte Rita. »Aber natürlich hat sie sich in letzter Zeit etwas mehr damit zurückgehalten. Das Thema ist nicht mehr so ganz aktuell.«

»Hat Sheila Moss von Elaine gewußt?«

»Ich habe sie nie gefragt«, antwortete Rita. »Und du wirst es auch nicht tun.«

»Weiß es Kevin?«

»Ihn habe ich auch nicht gefragt.«

Nachdem Rita gegangen war, und ich Kimi aus ihrer Hundebox ließ, bekam ich ein schlechtes Gewissen. Rowdy hatte den ganzen Pizzarand gefressen, und es war mir nicht einmal eingefallen, Kimi etwas davon aufzuheben.

»Du bist auch mein Hund, Kimi, ehrlich«, versicherte ich ihr. »Es tut mir leid, daß ich nicht daran gedacht habe.«

Dann rief ich Steve an.

»Ich bin's, Holly. Da ist eine Sache, die mich beunruhigt. Es ist wahrscheinlich blöde, aber ich muß dich etwas fragen.«

»Wegen Kimi? Es ist ganz normal, daß sie das Bein hebt. Sie ist eine völlig gesunde Hündin.«

»Das weiß ich«, sagte ich.

»Schäferhündinnen tun es auch. Und viele andere Rassen.«

»Ich weiß.«

»Wo ist dann das Problem?«

»Na gut, ich werde das jetzt einfach mal so ausspucken, okay? Elaine Walsh hat nicht an die Ehe geglaubt. Ich habe eben noch mal in einem ihrer Bücher geblättert, und sie sagt dort, daß sie die Ehe nicht anerkennt. Und zwar mit der Begründung, daß es sich dabei um eine Form der Sklaverei handelt. Und wenn man die Ehe anerkennt, würde man auch die Sklaverei akzeptieren.«

»Wovon redest du eigentlich?«

»Ich meine, wenn sie die Ehe nicht anerkannte, hat sie wohl auch kaum die Beziehung zwischen Tierarzt und Hundehalterin für sakrosankt gehalten, nicht wahr?«

»Das glaubst du doch nicht im Ernst?«

»Oh doch. Das ist genau das, was ich glaube. Aber ich habe eine etwas andere Weltanschauung als Elaine. Was mir heilig ist, war ihr vielleicht ganz schnuppe. Und umgekehrt.«

»Du willst also wissen, ob sie mich verführt hat?«

»Nein«, widersprach ich. »Nur, ob sie Interesse gezeigt hat.«

»Nein«, war seine Antwort. »Und wenn sie es gezeigt hätte, wäre ich nicht interessiert gewesen. Das mußt du doch wissen. Ich wäre noch nicht einmal interessiert gewesen, wenn es dich nicht gäbe. Diese Frau war eine Ignorantin.«

Er mußte mir nicht erklären, was er damit meinte, nämlich daß sie nicht das kleinste Bißchen von Hunden verstand.

Später, als ich am Spülbecken stand, die Teller von Menschen und die Schüsseln von Hunden abwusch und mir eine feministische Theorie über Eifersucht ausdachte, hörte ich eines dieser Geräusche, die mir nur allzu vertraut sind: das Aufschlagen eines Plastikblumentopfes auf dem Küchenfußboden, unmittelbar gefolgt von dem klirrenden Aufprall einer Metalldose, die früher Kaffee enthalten hatte, und in der ich nun Pennies sammelte. Seit Kimi bei uns eingezogen war, hatte ich den Deckel des Mülleimers fleißig mit Hundeabschreckungsspray präpariert, aber Malamutes sind nicht so leicht abzuschrecken. Ich hörte das verstohlene Rascheln, mit dem der Hund den Inhalt des Eimers durchwühlte. Bevor ich mich umdrehen konnte, war aus Kimi ein undeutlicher, grauer Schatten geworden, der auf meine Schlafzimmertür zuraste, ein Schatten mit einem von Öl und Käse durchweichten Pizzakarton in der Schnauze.

Ich drehte den Wasserhahn zu, trocknete mir die Hände und begann mit einer Meditationsübung, die ich einmal in einem Zen-Seminar gelernt hatte. Alle meine negativen Gedanken verschwanden von selbst und machten der Vorstellung Platz, wie Kimi zurück in die Küche getrottet kommt und mir ihre Beute zu Füßen legt. Das Bild war da, aber sie nicht. Ich ging mit langsamen und bedächtigen Schritten ins Schlafzimmer. Zuerst schien Kimi gar nicht dort zu sein, aber dann hörte ich das knirschende Geräusch von Zähnen auf Karton aus dem engen Tunnel zwischen meinem Bett und der Wand. Dort lag sie wie in einer Räuberhöhle, hielt die Schachtel zwischen ihren Vorderpfoten fest und nagte kräftig daran. Rowdy, der ihr in das Zimmer gefolgt war, stand nun in der Mitte des Raums, und ich hatte den Eindruck, daß er überlegte, ob er Kimi die Beute rauben oder die folgende Show genießen sollte. Wenn es mir nicht gelingen würde, aus der Auseinandersetzung mit Kimi als Siegerin hervorzugehen, hätte ich nicht nur in *ihren* Augen meine Position in der Rudelhierarchie verloren.

»Rowdy, Sitz!«, befahl ich ihm mit derselben ruhigen Stimme, mit der ich immer zu ihm spreche. Er gehorchte. »Guter Junge. Bleib da!«

Kimi hatte einen entscheidenden Fehler begangen, indem sie ein großes Beutestück in eine kleine Höhle gezerrt hatte. Eine Ecke des Kartons ragte ein paar Zentimeter aus ihrem Schlupfwinkel hervor. »Kimi, das gehört mir«, sagte ich zu ihr und versuchte, dabei ganz sachlich zu klingen. Dann bückte ich mich, packte den Karton mit beiden Händen und zog mit einem festen Ruck daran, so daß ich ihn fast ganz herausbekam. Und weil Kimi, genau wie ich es vorausgesehen hatte, hinter dem Bett festgekeilt war, konnte sie nicht schnell genug reagieren und sich das Teil zurückschnappen. Obwohl ich versucht war, den Karton aus ihrer Reichweite zu bringen, bevor sie sich aus ihrer Lage befreit hatte, blieb ich damit vor dem Bett stehen und schaute ihr zu, wie sie sich dahinter hervorwand. Und so sah sie mich dann mit meinem Eigentum in der Hand. Auch Rowdy hat es gesehen. Ich war also immer noch der Boß, jedenfalls vorläufig.

Seit Steve Delaney die Praxis des alten Dr. Draper übernommen hatte, hat sich die Zahl der Patienten verdoppelt, und ungefähr drei Viertel der neuen Klienten waren Frauen, ein Phänomen, das Steve ebensowenig verstehen konnte, wie den plötzlichen Anstieg trivialer, psychosomatischer Beschwerden bei den Patienten, die er von Dr. Draper geerbt hatte. Vielleicht ist psychosomatisch allerdings der falsche Begriff, denn bei dem Psychischen geht es um die Menschen und beim Somatischen um die Tiere.

»Warum will mich jemand dafür bezahlen, daß ich die Krallen einer Katze schneide?« fragte er mich verständnislos. »Ich habe ihr gezeigt, wie es gemacht wird, und ich habe gesehen, daß sie es kann. Ich bin doch keine Maniküre. Und dann gibt es da noch diese Verrückte, die ständig will, daß ich bei ihrer Boxerhündin einen Schwangerschaftstest mache, dabei habe ich sie letztes Jahr sterilisiert.«

Steves dichtes Haar ist braun und leicht gewellt, wie das Fell auf der Schulter und am Hals eines Chesapeake Bay Retrievers. Seine Augen sind so grün, wie die eines

Sibirischen Huskies blau sind und strahlen mindestens genauso intensiv wie diese.

»Sie tun das nicht bewußt«, erklärte ich ihm. »Sie verspüren bloß das Verlangen, in deiner Nähe zu sein.«

»So, wie du das sagst, komme ich mir vor wie ein obskures Objekt der Begierde«, protestierte er. »Es ist entwürdigend. Ich hasse das.«

»Na, dann weißt du ja jetzt, wie das ist«, gab ich zurück.

Bevor ich Kimi bekam, hatten wir uns sehr oft gesehen, und es hatte nie wirkliche Probleme gegeben. Rowdy und die zwei Hündinnen von Steve, India, der Schäferhund, und Lady, der Pointer, kamen gut miteinander aus, jedenfalls solange wir sie getrennt fütterten, und, aus Fairneß gegenüber Rowdy, auch keinen anderen Hund in unserem Schlafzimmer übernachten ließen, wenngleich immer er derjenige war, der darüber heulte. Kimi war immer noch wild und ungebärdig. Ich arbeitete fast ausschließlich daran, ihr beizubringen, auf mich zu hören und hatte gerade mit dem Üben von Sitzen und Bei-Fuß-Gehen begonnen. Inzwischen hatten sie und Rowdy sich immerhin ansatzweise aneinander gewöhnt, wenigstens, wenn es nicht gerade um das Futter ging. Aber India oder Lady gegenüber benahm sie sich einfach scheußlich. Sie sprang die beiden Hündinnen knurrend und zähnefletschend an, versetzte damit India in Rage und Lady, die sich heulend hinter Steve versteckte, in Angst und Schrecken.

»Warum zum Teufel läßt er die Hunde nicht einfach zu Hause?« fragte Rita, als ich ihr von dem Problem erzählte.

»India würde es nicht verstehen, und Lady braucht ihn.«

»Und du nicht?«

»Nein. Jedenfalls nicht so sehr wie India und Lady.«

Trotzdem kam er gegen neun Uhr ohne seine Hunde, kurz nachdem ich Kimi den Pizzakarton weggenommen hatte, und wir konnten endlich einmal länger miteinander reden, als das am Telefon oder mit vier Hunden um uns herum möglich gewesen wäre.

»Also«, sagte ich, als wir auf dem Wohnzimmerfußboden saßen – ich hatte immer noch keinen passenden Kaminvorleger gefunden, aber die Birkenstämme aus Maine gaben ein prächtiges Feuer – »es gibt also kein Geheimnis um Kimi, und falls sie einen Nachbarn oder sonst jemanden geärgert hat, war es nicht mehr als jeder andere Hund. Ich habe mich deshalb wieder auf Elaine Walsh konzentriert und frage mich, ob der Mörder nicht doch hinter *ihr* her war und nicht hinter Kimi. Aber das würde bedeuten, daß es jemand war, der sie gar nicht, oder nicht sehr gut kannte. Einer, der nicht wußte, daß sie Hüttenkäse nicht mochte und ihn nur für Kimi gekauft hatte.«

»Da ist noch etwas mit Kimi.« Steve spricht langsam und mit einem Akzent, dem man seine Herkunft aus dem Mittleren Westen anhört.

Nach meinem Pizza-Sieg war Kimi ruhig und zufrieden geworden. Sie lag jetzt langgestreckt neben Steve auf dem Boden und hatte ihm eine ihrer Pfoten in die Hand gelegt. Bedächtig und liebevoll strich er über den Streifen schwarzer Haare, der von ihrem Kopf über ihre Schnauze verlief und zog mit dem Finger die Konturen ihrer schwarzen Augenmaske nach. »Es ist ... Nun ja. Als ich sie die ersten paar Male sah, stimmte irgendwas nicht mit ihr. An ihrem Körper waren kahle Stellen. Nicht groß, nur ein paar kleine Stellen, wo sie fast ganz kahl war. Als ob sie ein paar Büschel Haare verloren hätte, vielleicht in einem Kampf.«

»Das verstehe ich nicht.«

»Ich auch nicht.«

»Hitzeflecken?«

Hitzeflecken sind rote und nässende Hautpartien, die sich meistens bei heißem Wetter bilden. Sie jucken so schrecklich, daß der Hund sie, in dem vergeblichen Versuch, sich Erleichterung zu verschaffen, leckt und kratzt, was es nur noch schlimmer macht und außerdem seinem Fell schadet.

»Nichts dergleichen. Ich schwöre dir, es sah aus, als ob es einfach herausgerissen worden wäre.«

»Was hat Elaine dazu gesagt?«

»Das war vor Elaine, bei der anderen.«

»Donna Zalewski? Ich wußte nicht, daß du Kimi damals untersucht hast.«

»Ja, doch. Jedenfalls schien sich die Besitzerin darüber nicht allzu viele Sorgen zu machen. Manchmal, besonders, wenn es ein so schöner Hund ist wie sie, regen sich die Besitzer furchtbar auf, wenn irgend etwas mit dem Fell ist, und sie wollen, daß man alle möglichen Tests macht. Einige fürchten auch, es könnte ansteckend sein, und sie würden es auch bekommen. Und wenn es Räude ist, werden manche Hundehalter vollends hysterisch. Aber es war bei Kimi keine Räude, und was immer die Ursache gewesen sein mag, die Besitzerin schien es nicht sonderlich zu kümmern.«

»Aber dich hat es gekümmert.«

»Ja, ich denke schon.«

»Warum? Hätte es nicht eine Allergie oder so etwas sein können? Ich meine, es ist doch wieder verschwunden.«

»Es hat nicht wie eine Allergie ausgesehen. Und es gab keine Wunden, nichts, was darauf hingedeutet hätte, daß es bei einem Kampf passiert ist. Wie mir die Besitzerin sagte, hat Kimi auch nicht an ihrem Fell herumgeknabbert, und ich habe auch nicht gesehen, daß sie sich selbst gebissen oder gekratzt hätte. Es sah aus, als hätte ihr jemand büschelweise das Fell herausgerissen. Das war der Eindruck, den ich hatte.«

»Mißbrauch?«

Er hielt Kimis Kopf in beiden Händen. »Manchmal sind die Spuren von Mißhandlungen nicht zu übersehen, und manchmal kann man sie überhaupt nicht sehen. Aber meistens läßt sich feststellen, ob ein Hund getreten wurde, oder er zuckt zusammen, wenn sich ihm eine Hand nähert. Und es gibt Fälle, da kann man es eben nur vermuten.«

»Hat Donna Zalewski so auf dich gewirkt?«

»Könnte ich nicht sagen. Nein. Ich meine, sie war eine von denen, die mit einer ganzen Liste von Anweisungen vom Züchter in die Praxis kommen. Geld war kein Thema. Sie wollte nur, daß alles richtig gemacht wird. Und sie wußte, daß Kimi eine sehr dominante Hündin war, und daß sie mit dem Gehorsamstraining anfangen mußte. Daß das überfällig war, war ihr klar. Aber sonst lief es nicht so schlecht. Die Probleme fingen erst mit der nächsten Besitzerin an. Kimi hat bald kapiert, daß sie mit ihr machen konnte, was sie wollte. Die Hunde merken immer ganz genau, wer sich unterkriegen läßt.«

»Also hat sie Elaine untergekriegt, aber nicht Donna Zalewski? Jedenfalls nicht so sehr.«

»So hat es auf mich gewirkt, aber ich habe ja nicht viel Zeit mit ihnen verbracht.«

»Und vielleicht hat Donna Zalewski ...«

»Vielleicht.«

»Aber warum würde jemand so etwas tun? Ich habe noch nie von so einem Fall gehört.«

»Ich auch nicht.«

Sheila Moss sah genau so aus, wie ich sie in Erinnerung hatte, nur älter und dünner. Ihr langes, braunes Haar, das vor zwanzig Jahren wahrscheinlich dicht bis auf die Schultern gefallen war, hing nun in grauen Strähnen herab. Ihr Gesicht paßte zu den Haaren: schlaff und blaß mit dunklen Rändern unter den Augen und bräunlichen Flecken. Vielleicht war es verschmiertes Makeup, vielleicht aber auch Müdigkeit und Erschöpfung.

Wir saßen auf einem Sofa mit Baumwollstoffbezug, der einmal weiß gewesen sein mußte, aber nun zahllose Spuren eines roten Filzstifts trug. Auf dem Fußboden lagen riesige Kissen verstreut, alle in einem Muster, das ich noch aus meiner Kindheit kannte, als meine Mutter mich oft zu dem alten Einrichtungsgeschäft am Harvard Square mitnahm. Auch die Jalousien an den Fenstern trugen das gleiche Muster, wirbelige Formen in Grün und Orange, die sich unter einer Schicht von Staub und Schmutz vergeblich um eine fröhliche Note bemühten. An der Wand gegenüber dem Sofa hing eine lange und breite Stoffbahn mit einem blauen, zwiebelförmigen Muster.

»Sie müssen entschuldigen, aber ich hatte noch keine Zeit, die Spielsachen der Kinder wegzuräumen«, sagte Sheila zu mir. »Mein letzter Klient kam um sechs Uhr, und ich bin erst um halb acht nach Hause gekommen. Und dann mußte ich noch den Babysitter heimfahren.«

Natürlich hatte sie keine Zeit zum Aufräumen gehabt. Das hätte auch mindestens einen Monat in Anspruch genommen, und wir hatten uns erst am Morgen verabredet. Wo man ging und stand, lagen Spielsachen herum – mehrere Dreiräder, ein Satz überdimensionaler, orangefarbener Pappwürfel, eine hölzerne Rutschbahn, ein grünes Plastikboot, zahllose Bauklötze, Springseile, Puppen, Lokomotiven und Schienen aus Holz, Teddybären in allen Größen, Bilderbücher und so viele Legosteine, daß man daraus ein detailgetreues Modell von New York City hätte bauen können. Auf dem ziemlich mitgenommenen Couchtisch lagen eine halbgegessene Toastscheibe, eine sorgfältig zusammengefaltete Windel (offensichtlich benutzt, und Urin war es nicht), eine angeschlagene Teekanne aus Keramik mit schmutzig-beigefarbener Glasur und zwei passende, weil ebenfalls lädierte, Teetassen, unter deren abgeblätterter blauer Glasur der braune Ton hervorschimmerte.

»Das ist völlig in Ordnung.« Es klang aufrichtig, und eigentlich war es das auch. »Ich habe auch noch nicht hinter meinen Hunden aufgeräumt, und ich bin Ihnen wirklich dankbar, daß Sie sich Zeit für mich genommen haben.«

»Es hat mir immer leid getan, daß ich mit dem Training von Es nicht weitergemacht habe.«

Ach ja, richtig: »Es« war der Name ihres Ridgebacks. Auf so einen Namen kann man wohl nur in Cambridge kommen, weshalb es ein demütigender Ort für Hunde sein kann. Sheila muß meine Gedanken erraten haben, denn sie rechtfertige sich: »Der Name war anfangs nur ein Scherz, weil er soviel geschlafen hat. Sie wissen ja, Schlaf ist Unterbewußtsein, und Unterbewußtsein ist »Es«. Ich weiß, es klingt blöde, aber jetzt ist es wohl zu spät, ihn noch umzunennen. Jedenfalls hat es mir Spaß gemacht, mit ihm zum Gehorsamstraining zu gehen, aber das hat dann so viel Zeit in Anspruch genommen, daß ich es irgendwann nicht mehr geschafft habe.«

Der Ridgeback, dessen Namen auszusprechen mir schwerfällt, lag zusammengerollt auf dem Fußboden, den Kopf auf eines der Kissen gebettet. Er war sogar noch größer und hochbeiniger, als ich ihn in Erinnerung hatte, und er sah aus wie ein junges Kalb.

»Viele Leute hören nach etwa zwei Monaten wieder auf«, meinte ich. »Es ist wirklich recht zeitaufwendig. Und für jemanden mit Familie und Beruf kann es leicht zuviel werden.«

»Besonders damals«, fuhr sie fort. »Ich machte gerade meinen Universitätsabschluß, und die Kinder waren noch in den Windeln.«

»Alle gleichzeitig?« Sie hatte mir gesagt, daß sie vier Kinder hat. »Haben Sie Zwillinge?«

Sie lachte. »Nein. Aber Ben ist der festen Überzeugung, daß man die Kinder nicht zu früh auf den Topf setzen soll. Er meint, man muß ihnen Zeit lassen, bis sie es selbst wollen. Und sie waren ja noch so klein. Josh, unser Ältester, war erst drei. Und ich habe das Baby noch gestillt. Daß wir uns gerade dann den Hund angeschafft haben, war wohl nicht gerade der beste Zeitpunkt.«

»Wie sind Sie auf einen Ridgeback gekommen?«

»Freunde von uns hatten welche, und wir wollten einen besonders kinderfreundlichen Hund. Und das ist er wirklich. Wir hatten keine Ahnung, daß er so groß werden würde, aber das macht nichts. Er ist der sanfteste Hund, den ich kenne. Er kämpft noch nicht einmal mit anderen Hunden. Manchmal kuschelt sich die Katze zum Schlafen neben ihn. Wir haben auch eine

Katze, sie heißt Adler.« Dieser Name hatte wahrscheinlich eine tiefere Bedeutung, aber sie ist mir entgangen. Irgendwo im Haus befand sich auch ein Katzenklo, das dringend geleert werden mußte.

»Und wenn er sie bemerkt, leckt er sie und säubert ihr Fell.«

»Wer waren Ihre Bekannten mit den Ridgebacks?«

»Kelly und Joel Baker.«

Obwohl sie bis dahin freundlich und sehr gesprächig war, und die Bakers als ihre Freunde bezeichnet hatte, sprach sie nicht weiter von ihnen, und da ich nicht mehr wußte, von welchem Aspekt des Ridgeback-Hundes meine fiktive Kolumne handeln sollte, fiel mir nichts mehr ein, was ich sie über das riesige, schlafende Tier auf dem Fußboden hätte fragen können.

Deshalb erklärte ich, daß ich jetzt gehen müsse. »Sie wollen sicher ins Bett, und ich habe sie schon lange genug aufgehalten«, entschuldigte ich mich.

Sie lachte. »Ich habe noch nicht einmal angefangen, das Abendessen zu kochen.«

Es war beinahe zehn Uhr.

»Ben – mein Mann – ißt gerne spät zu Abend. Er hat einige Jahre im Ausland gelebt und sich den Rhythmus dort angewöhnt. Heute Abend hat er noch ein Seminar, das erst um zehn zu Ende ist. Und nach dem Abwasch muß ich noch mit dem Hund rausgehen, und dann muß ich auch noch unsere Buchhaltung machen. Ben schafft das nicht. Also keine Sorge, der Abend ist noch jung.«

»Das Superfrau-Syndrom«, war Ritas Kommentar. »Hast du es erkannt?«

Nach meinem Besuch bei Sheila Moss hatte ich noch bei Rita reingeschaut und ihr davon erzählt.

»Mein Gott, vier Kinder, ein großer Hund, die Arbeit als Therapeutin. Und das Haus platzt aus allen Nähten, dabei ist es riesig. Es sieht aus wie ein Museum für Design-Geschichte mit gebrauchten Objekten als Anschauungsmaterial und einer Dekoration aus Spielsachen im Wert von ein paar hunderttausend Dollar. Um zehn Uhr abends fängt sie an, das Essen für ihren Mann zu kochen, und danach macht sie noch den Abwasch. Und das ist noch längst nicht alles.«

»Superfrau zu sein ist eine Lebensaufgabe«, meinte Rita. »Das kann nicht jede. Es gibt Frauen, denen es nur gelingt, so zu tun, als ob sie es schaffen, aber sie zahlen einen hohen Preis dafür.«

»Ich glaube, wenn sie von seiner Affäre mit Elaine gewußt hätte, wäre das ein starkes Motiv gewesen, nachdem sie sich für diese Ehe so furchtbar abgerackert und mit so vielen Dingen abgefunden hat. Aber ich kann es einfach nicht begreifen. Wenn ich mich in so einer Ehe wiederfinden würde, würde ich doch nicht die andere Frau umbringen. Ich würde erst gar nicht so lange warten, bis dieser Mann eine Affäre hat. Ich denke, ich würde ihn schon vorher umbringen. Welche andere Möglichkeit hätte man denn sonst, wenn man überleben will?«

»Na, es gäbe wohl noch die eine oder andere Alternative«, antwortete Rita, »aber keine davon wäre einfach.«

»Also, ich würde als erstes eins oder zwei von diesen Kindern nehmen und sie den Bakers geben. Apropos Bakers, was ist eigentlich mit denen? Und sieh mich nicht so an, Elaines Name ist kein einziges Mal gefallen, und Sheila hat die Bakers selbst erwähnt, ohne daß ich sie danach gefragt hätte. Aber dann hatte ich den Eindruck, daß sie nicht weiter über sie reden wollte, obwohl sie sagte, es wären Freunde von ihnen.«

»Sie kennen sich, aber ich glaube, nicht sehr gut. Sie und Kelly haben sich früher manchmal zum Lunch getroffen. Jetzt wohl nicht mehr.«

Ich wußte gleich, daß es da etwas gab, was sie verschwieg.

»Und?« fragte ich also.

»Ich weiß nur, daß Ben Sheila gesagt hat, sie soll keine Patienten mehr zu Joel Baker schicken. Sheila hat mir das selbst erzählt.«

»Und das ist das Gerücht, das du über Joel gehört hast?«

»Ja.«

»Ja und?«

»Du kapierst es nicht. Aber wie solltest du auch, das Ganze ist so eine Art Geheimcode. Wenn man mir sagt, daß ich keine Patienten mehr zu einem bestimmten Therapeuten überweisen soll, brauche ich nicht erst nach dem Grund zu fragen. Manchmal werden die Leute auch noch deutlicher und sagen, daß man keine weiblichen Patienten mehr zu ihm schicken soll.«

»Joel Baker?«

»Ich wollte von dem Gerücht nichts wissen, und ich wollte es eigentlich auch gar nicht weitererzählen. Also tu du es auch nicht.«

»Natürlich nicht. Aber ist es denn wahr?«

»Woher soll ich das wissen? Es ist schon mal vorgekommen, daß ich so etwas über einen männlichen Therapeuten gehört habe, und es hat im Grunde nur bestätigt, was ich vorher bereits vermutet hatte. Aber Joel? Nein. So ein Fall ist mir noch nie untergekommen. Ich erzähle dir das aber wirklich nur unter dem strengsten Siegel der Verschwiegenheit.«

»Und schickst du jetzt keine Patientinnen mehr zu ihm?«

Rita schaute bekümmert drein. »Ich habe mich noch nicht entschieden«, sagte sie schließlich.

»Sheila Moss wirkte auf mich nicht wie ein boshaftes Klatschmaul.«

»Oh nein, das ist sie wirklich nicht. Ich bin sicher, sie hat diese Information nur aus Sorge um die Frauen weitergegeben. Sie wollte einfach vermeiden, daß irgendeiner Frau etwas angetan wird.«

»Ich nehme an, sie weiß, wie das ist, wenn einem so was angetan wird.«

Am nächsten Morgen verplemperte ich etwas Zeit mit der Frau, die sich immer noch weigerte, ins Leben zurückzukehren, jedenfalls in meiner Geschichte. Dann schrieb ich an einer Kolumne über ein Programm des AKC, mit dem man die Hundehalter zu einer verantwortungsbewußten Erziehung aufrufen wollte, indem für die Hunde Benimm-Wettbewerbe veranstaltet und bei bestandener Prüfung Zertifikate ausgegeben werden sollten. Hierbei ging es lediglich um ein ganz normales, gutes Benehmen, nicht um eine formale Ausbildung des Hundes. Meine Kolumne begrüßte dieses Programm und appellierte an die einzelnen Hundevereine, es zu unterstützen. Im Grunde meines Herzens hielt ich es jedoch mit dem Motto von Winifred Gibson Strickland, dem Autor von *Expert Obedience Training for Dogs*, der sagt, wenn etwas wert sei, getan zu werden, sei es wert, daß man es richtig tue. Gehorsamswettbewerbe sind so etwas wie eine Eliteauswahl, und die Hunde sollten die Chance bekommen, ihre Titel zu verdienen, besonders die Könige der Hunde, die Alaskan Malamutes. (Aber das konnte ich in der Zeitschrift *Dog's Life* natürlich nicht sagen.)

Bis ich meinen Prinz und meine Prinzessin ausgeführt und ein wenig mit ihnen trainiert hatte, war es dunkel und fast Zeit für das Abendessen. Ich ließ die beiden im Palast, während ich zu dem Fischgeschäft an der Ecke Huron Avenue und Appleton Street lief, um mir eine kräftige Fischsuppe zu kaufen. Die Fischhändlerin macht ihre Sache so gut, daß es mir egal ist, wenn der Laden ein Geheimtip für Yuppies geworden ist, und ihre Meeresfrüchte schmecken immer frisch, sogar für jemanden aus Owls Head, Maine, der lieber Hundefutter essen würde als Fisch aus dem Supermarkt, und der sogar einmal eine Wette damit gewonnen hat, daß sie genau das tat.

Als ich aus dem Fischgeschäft trat, sah ich die Ridgebacks der Bakers, Nip und Tuck, an einer Laterne festgebunden. Joel und Kelly kamen gerade aus dem Geschäft nebenan. Es hatte begonnen zu schneien.

»Ganz allein?« fragte Kelly.

»Die Hunde hatten schon ihren Ausflug«, antwortete ich und fügte zu Joel gewandt hinzu: »Allerdings nicht ganz so ausgiebig wie die Wanderungen, die Sie mit Ihren Hunden machen. Kein Wunder, daß sie so fit sind.«

Da die Rhodesian Ridgebacks aus Afrika kommen, sollte man annehmen, daß ihnen der Winter in Neuengland ganz und gar nicht behagt, aber Nip und Tuck sahen den Schneeflocken mit Malamute-artig glänzenden Augen zu. Mit ihrem rotschimmernden Fell und ihren rassigen, muskulösen Körpern sahen sie aus wie eine neue und verbesserte Rentier-Rasse.

»Dieses Lob gebührt allein Kelly.« Joels Worte klangen stolz. Es gibt in Cambridge ein paar Ehemänner, die an seiner Stelle geantwortet hätten, daß ihre Frau halt nichts Besseres zu tun habe, als mit den Hunden spazieren zu gehen.

»Ich verwöhne mich damit ebensogut selbst«, meinte Kelly.

Als sie das sagte, bemerkte ich, daß sie wirklich verwöhnt aussah oder zumindest sehr gepflegt. Die Ärmel und der Saum ihres dicken Daunenparkas waren nicht von Hunden zerfetzt, und die Taschen nicht eingerissen, wahrscheinlich weil sie, wie mir bei unseren Begegnungen aufgefallen war, mindestens sechs oder acht dieser Parkas besaß, und jedes Kleidungsstück, das mit Nips und Tucks Krallen Bekanntschaft gemacht hatte, einfach ablegen konnte. Sie trug ein Paar äußerst teurer Wanderschuhe, und ihre Füße waren so klein, daß sie sogar hübsch aussahen, fast zierlich. Außerdem waren alle ihre Kleidungsstücke farblich aufeinander abgestimmt: roter Hut, roter Schal, rote Handschuhe, alles andere in Beige. Aber Rita hat mir mal erklärt, daß es für die meisten Menschen außer mir nichts Besonderes ist, wenn sich ihre Kleiderfarben einmal zufällig nicht beißen.

»Hören Sie nicht auf sie«, sagte Joel zu mir. »Sie haßt es ebensosehr wie jeder andere, in der klirrenden Kälte herumzulaufen.«

Er selbst sah ebenfalls recht distinguiert aus. Sein Wollmantel kam offensichtlich nicht aus dem Kaufhaus, und er mußte auch in der nächsten Zeit nicht zum Frisör.

»Genau«, lächelte sie. »Ich bin bloß eine Hunde-Märtyrerin.«

Während ich so mit ihnen plauderte und dabei hoffte, daß sie mich zum Abendessen einladen würden – was sie nicht taten –, kam ein neuer Volvo-Kombi im absoluten Halteverbot an der Gehsteigkante neben uns zum Stehen, und Sheila Moss stieg aus. Ihr Mantel stammte wahrscheinlich aus Afghanistan oder Nepal und war in einem der Ethno-Läden am Harvard Square gekauft worden. Er war aus einem rupfenartigen Stoff geschnitten und mit aufgenähten Lappen aus Leder oder Fell dekoriert. Anstelle von Knöpfen hatte er reichverzierte Schnurverschlüsse, von denen zwei fast abgerissen waren. An ihren Füßen trug sie diese entsetzlichen, gesunden Sandalen über dicken Wollsocken. In jeder anderen amerikanischen Stadt, außer vielleicht in Berkeley, Kalifornien, hätte man sie für eine etwas extravagant gekleidete Bettlerin gehalten, aber nach Cambridge-Standard war ihr Aufzug Beweis von Wohlstand und Prestigebewußtsein.

Mir fiel ein, daß Sheila den Leuten erzählt hatte, sie sollten keine Patienten mehr zu Joel schicken und erwartete jetzt beinahe, daß sie etwas so Altmodisches und Peinliches tun würde, wie ihn zu ignorieren, oder so etwas Modernes und Peinliches, wie ihn mit dem Problem zu konfrontieren, um mit Ritas Worten zu reden. Aber alles, was Sheila tat, war, Kelly und mich zuerst und dann Joel zu begrüßen, und die Bakers haben wahrscheinlich nicht einmal das Geringste bemerkt.

Sie hielt in ihrem Redefluß inne und fuhr dann nervös fort: »Aber was rede ich da? Sie kaufen natürlich keine fertigen Nudeln, nicht wahr? Sie machen sie sicher selbst.«

»Nicht sehr oft«, erwiderte Kelly. »Und wenn ich vier Kinder hätte, würde ich es wohl nie tun.« Ihr hübsches

Gesicht zeigte keine Spur von Traurigkeit, aber sie beugte sich zu Tuck nieder und kraulte den Kopf des Hundes.

»Da fällt mir ein«, sagte Sheila, »Ich muß meine noch holen.«

Ich wußte nicht, ob sie damit die Tortellini oder ihre Kinder meinte. Rita hat wohl recht mit ihrer Theorie über die Superfrau. Es ist einfach unmöglich, das immer durchzuhalten. Und wenn man es trotzdem versucht, riskiert man, so zu reden, als könne man die eigenen Kinder nicht mehr von irgendeiner Nudelsorte unterscheiden. Aber vielleicht ist das einfach so, wenn man Hausfrau und Mutter ist.

»Oh Gott«, rief Sheila dann. »Ich bin mal wieder zu spät, wie üblich. Und ich habe nichts zu Essen im Haus, außer Hotdogs für die Kinder, und das ist nicht gerade Bens Vorstellung von einem Abendessen. Die Tortellinis von Formaggio sind gar nicht so schlecht, besonders die mit Spinat. Haben Sie sie mal probiert?«

Obwohl es auf der Concord Avenue, nur eine Straße von meinem Haus entfernt, einen Waschsalon gibt, habe ich Ron Coughlin, der nicht nur mein Installateur, sondern auch einer meiner Freunde im Cambridge Dog Training Club ist, damit beauftragt, im Keller eine Münzwaschmaschine für mich und meine Mieter zu installieren. Im Winter sind die Gehsteige von Cambridge vereist und glatt. Zwischen Straße und Trottoir bilden sich aus schmutzigschwarzem Matsch, der einmal Schnee gewesen war, steinharte Barrikaden, die ziemlich schwer zu überwinden sind, wenn man mit einem Wäschekorb beladen ist. Da die meisten Kleidungsstücke von Rita in die chemische Reinigung gehören (eine Kategorie, in die sie auch ihr einziges Paar Jeans einordnet), verwendet sie die Waschmaschine kaum, während ich meine gesamte Wäsche darin wasche. Das taten auch die Mieter im dritten Stock meines Hauses, ein Schweizer Ehepaar, das sich die Hausarbeit so exakt teilt, daß keiner von beiden ohne die Hilfe des anderen seine Wäsche von der Wohnung in den Keller und wieder hochschleppte, oder sie aus der

Waschmaschine in den Trockner lud. Die beiden Schweizer waren es auch, die den Schlüssel im Trockner scheppern gehört und mir zurückgegeben hatten. Er mußte aus der Tasche meiner Jeans gefallen sein, die ich getragen hatte, als ich Elaine Walsh das erste Mal besuchte.

Der Lattenzaun schirmte Elaines Haus immer noch zur Straße hin ab, und das Schloß war nicht ausgewechselt worden. Kevin Dennehy hatte sich geweigert, mir etwas über den Inhalt der Geschäftsunterlagen, die er in Elaines Büro gefunden hatte, zu erzählen, und als ich ihn bat, mir eine Kopie von Donna Zalewskis Abschiedsbrief zu überlassen, hat er bloß herumgedruckst.

Die Polizei hatte Elaines Heizung abgestellt und der Putzfrau gekündigt. Das Haus war kalt und roch wie ein Kühlschrank, den seit Wochen niemand mehr geöffnet hatte, und überall lag eine dicke Schicht Staub, die an einigen Stellen aussah wie grauer Puder. Im zweiten Stock befand sich Elaines Schlafzimmer. Das Bett war abgezogen, und eine der Steppdecken lag auf dem Boden. Dann gab es dort noch ein weißgekacheltes Bad und das Arbeitszimmer, das ich gesucht hatte, ein kleiner Raum ohne Fenster, den jemand anderer als Elaine wahrscheinlich als begehbaren Kleiderschrank verwendet hätte. Es war eingerichtet mit einem kleinen Bücherregal, einem Stuhl, einem Panasonic-Drucker auf einem Gestell und einem Schreibtisch, auf dem eine futuristisch aussehende Schwanenhals-Lampe und ein Zeos 286-Computer standen.

Die Schreibtischschubladen waren leer, bis auf etwas Büromaterial, Kugelschreiber und Bleistifte. Die Polizei hatte zwar offensichtlich auch alle Disketten, die Elaine besaß, mitgenommen, jedoch den Computer zurückgelassen. Hätte Elaine gewußt, wie sehr ich einen neuen Computer brauchte und wie gut ich zu Kimi sein würde, hätte sie mir sicher ihren Zeos-286 vermacht, so daß ich mich ermächtigt fühlte, den Computer einzuschalten und den Inhalt ihrer Festplatte zu prüfen. Sie hatte mit Word Perfect gearbeitet, aber keine ihrer Dateien gesperrt. Ich rief einige von ihnen ab und sah, daß sie ihre Patientenunterlagen nicht im Computer archiviert hatte. Bei einigen Dateien schien es sich um mehrere Kapitel für ein neues Buch zu handeln, bei den meisten anderen um Briefe. Zwei davon waren an Joel Baker adressiert, wovon der erste einige Monate zuvor datiert und geschrieben worden war.

Sehr geehrter Dr. Baker,
im Verlauf meiner Behandlung einer ehemaligen Klientin von Ihnen, Frau Donna Zalewski, haben sich schwerwiegende Fragen ergeben, die Ihr Verhalten im Hinblick auf die Beziehung zwischen Therapeut und Patient betreffen.
Bitte kommen Sie in mein Büro, damit wir diese äußerst ernste Angelegenheit besprechen können.

Sie nannte ihm ein Datum und eine Uhrzeit für das Treffen und fragte erst gar nicht, ob ihm dieser Termin passen würde.

Der zweite Brief war ein paar Tage vor Elaines Tod geschrieben worden:

Sehr geehrter Dr. Baker,
da Sie auf meinen früheren Brief nicht zufriedenstellend geantwortet haben, und ich mich nach dem tragischen Tod von Donna Zalewski veranlaßt sehe, Maßnahmen einzuleiten, um zukünftige Vorkommnisse dieser Art zu verhindern, habe ich

keine andere Wahl, als die mir zugetragene Information dem Vorstand der Massachussetts Psychological Association zu unterbreiten.

Aus Gründen der beruflichen Verantwortung halte ich es für angebracht, Ihre Patienten auf derartige Enthüllungen über einen Therapeuten vorzubereiten. Deshalb werde ich aus Rücksicht auf Ihre Klienten und in der Hoffnung, daß Sie entsprechende Vorsorge treffen, erst zehn Tage ab heutigem Datum den Vorstand benachrichtigen.

»Ich verstehe ja, daß du auf deinem Berufsethos bestehst«, sagte ich zu Rita. »Und ich finde das auch ganz in Ordnung. Das würde wohl jeder. Wenn ich zu einer Therapeutin ginge, würde ich auch nicht wollen, daß sie mit anderen über mich spricht. Noch nicht einmal, nachdem ich tot wäre, würde ich das wollen, sogar wenn ich eines natürlichen Todes gestorben wäre. Und ich bitte dich ja nicht darum, es öffentlich zu machen. Ich bin nicht Kevin Dennehy. Und ob du's glaubst oder nicht, aber das ist auch nicht die Art von Story, die üblicherweise in *Dog's Life* erscheint. Ich glaube, das würde da niemanden interessieren.«

Rita hatte ihren linken Ellbogen auf meinen Küchentisch gestützt und strich sich mit den gespreizten Fingern ihrer linken Hand immer wieder durch die Haare. Sie war blaß und knabberte nervös an den Lippen. Alte Angewohnheiten legt man nur schwer ab, sogar nach so vielen therapeutischen Sitzungen, wie Rita sie gehabt hatte.

»Ich weiß wirklich nicht, was ich machen soll«, antwortete sie, während sie die Kopie des ersten Briefes wieder zur Hand nahm. Ich hatte beide Briefe ausgedruckt und mit nach Hause genommen. »Offensichtlich hat er auf ihren ersten Brief nicht geantwortet, oder ist zumindest nicht zu dem Termin erschienen. Es fällt mir schwer, das zu begreifen.«

Ich nahm den zweiten Brief zur Hand. »Hier steht: ›nicht zufriedenstellend geantwortet‹. Das klingt so, als hätte er reagiert, aber nicht so, wie sie es erwartet hat. Vielleicht hat er sie nur angerufen und gesagt, die Vorwürfe wären aus der Luft gegriffen. Wäre das nicht auch das naheliegendste gewesen, wenn er unschuldig war? Warum sollte er sich denn von Elaine befehlen lassen, zu ihr zu kommen, wann und wo es ihr paßt? Dieser erste Brief hier ist doch praktisch eine Vorladung. Wenn mir jemand so einen Brief schicken würde, würde ich sofort bei dieser Person anrufen und sie fragen, wovon sie eigentlich redet. Du nicht auch?«

»Ja, aber das hier ist etwas anderes. Bei Frauen gibt es so etwas nicht. Weibliche Therapeuten nutzen ihre männlichen Klienten einfach nicht sexuell aus. Es ist eine dieser Sachen, die Frauen nicht tun. So ähnlich wie Erdrosseln, wußtest du das? Das habe ich bei einer Konferenz über die Unterschiede zwischen den Geschlechtern gehört. Männer erdrosseln Männer. Männer erdrosseln Frauen. Frauen erdrosseln niemanden.«

»Und es hat auch niemand Elaine erdrosselt.«

»Ich kann mir nicht vorstellen, daß Joel jemanden erdrosseln könnte«, überlegte Rita, »oder daß er überhaupt jemandem weh tun könnte. Er wirkt immer so ruhig und ausgeglichen. Und er kann so gut mit Menschen umgehen. Sogar Patienten, die schon fast psychotisch sind, fühlen sich bei ihm in der Regel sicher. Es fällt mir wirklich schwer, all das zu glauben, ganz besonders von Joel. Ich hatte immer den größten Respekt vor ihm. Sheila war eine Sache, aber das ist, nun ja ... Offensichtlich hat Donna Elaine davon erzählt, und Elaine hat es Ben gesagt. Dann hat Ben es Sheila weitererzählt, und Sheila mir und Gott weiß wem noch alles. Es war also nicht so, daß Sheila bloß phantasiert hätte.«

»Vielleicht ist es aber auch gar nicht wahr. Könnte sich Donna Zalewski die Sache nur ausgedacht haben?«

Rita sah geflissentlich auf Kimi, die zur Abwechslung einmal friedlich unter dem Tisch zusammengerollt lag und schlief.

»Na schön«, sagte ich. »Du kannst nicht über Donna Zalewski sprechen. Aber fühlst du dich nicht ein bißchen verantwortlich ihretwegen? Das klingt jetzt sicher gemein, aber ich meine, du warst doch diejenige, die sie zu Joel Baker geschickt hat. Wäre es also jetzt nicht deine Pflicht, etwas zu tun, statt über das, was sie dir erzählt hat, immer nur zu schweigen?«

»Vielleicht«, meinte Rita nur.

»Na gut, denk' mal drüber nach.« Dann probierte ich einen Trick, den ich von Rita gelernt hatte. »Möglicherweise bist du noch nicht so weit«, sagte ich zu ihr, »aber in der Zwischenzeit kannst du mir doch einfach etwas über jemanden wie sie erzählen. Nicht über Donna Zalewski. Nur über so eine Art Mensch wie sie. Okay? Zum Beispiel glaube ich, daß es Frauen gibt, die sich einfach nicht von einem Therapeuten verführen lassen würden, egal was passiert. Frauen wie Elaine Walsh. Ach, ich weiß nicht, vielleicht ist sie ein schlechtes Beispiel. Jedenfalls gibt es solche Frauen. Und dann gibt es die anderen, die, bei denen ich jede Wette eingehen würde, daß sie sich rumkriegen lassen.«

»Es gab Fälle, wo den Frauen erzählt wurde, das sei Teil ihrer Therapie, und daß es für die Bewältigung ihrer Probleme notwendig wäre«, erklärte Rita.

»Ja, aber offensichtlich würde nicht jede Frau so etwas glauben. Du nicht und ich auch nicht.«

»Und manchmal wird die Gegenübertragung so stark, daß der Therapeut selbst machtlos ist. Es ist nicht immer ein Soziopath, der die Frauen nur ausnutzt. Manchmal ist es anscheinend so, daß diese Männer ehrlich glauben, sie wären in die Frauen verliebt. Und auf gewisse Weise sind sie das natürlich auch. Aber das ist keine Rechtfertigung. Es rechtfertigt so ein Verhalten noch nicht einmal ansatzweise.«

»Was ist eine Gegenübertragung?«

»Das ist, äh, es ist ein wenig kompliziert.«

»Das sind die Ausbildungsvorschriften des American Kennel Club auch.«

»Das ist ja wohl eine etwas andere Art von Komplexität.« Rita räusperte sich. »Also, es hat damit zu tun, wie der Therapeut auf den Klienten oder die Klientin reagiert, was er projiziert, und wie er die Beziehung verzerrt.«

»Das ergibt doch keinen Sinn«, widersprach ich. »Warum würde jemand zu einem Therapeuten gehen, der das tut? Ich meine, der Zweck der Übung ist doch psychische Gesundung, richtig?«

»Manchmal ist der Zweck der Übung einfach ein anderer Mensch«, sagte Rita. »Und jeder Mensch hat eine Vergangenheit, eine Geschichte. Und jeder, der eine Geschichte hat, hat etwas, das er auf die neue Beziehung überträgt. Das ist vielleicht ganz unvermeidlich. Allerdings ist es sicher vermeidlich, das auszuleben.«

»Ja, aber hör' mal: Angenommen, dieser Typ, der Therapeut, fängt an, einer seiner Patientinnen zu erzählen ...«

Rita unterbrach mich: »Klientinnen.«

»Gut, Klientinnen. Also angenommen, er erzählt ihr, daß er sich ganz wahnsinnig in sie verliebt hätte. Ich meine, wenn das passiert, dann würde vielen Frauen doch klarwerden, daß da mit dem Therapeuten etwas nicht stimmt. Was würdest du tun, wenn dir dein Therapeut sagt, er ist verrückt nach dir?«

»Ich würde zu einer psychologischen Beratung gehen. Und zwar sofort«, antwortete Rita und fügte hinzu: »Zu einem anderen Therapeuten, einem Außenstehenden, der nicht darin verwickelt ist und der beurteilen könnte, was da vor sich geht, und wie man sich verhalten soll.«

»Aber sogar, wenn du das nicht weißt, wenn du dich mit Therapien nicht gut auskennst, müßtest du doch merken, daß da irgendwas faul ist, und daß Therapien eigentlich nicht so laufen sollten. Und das Gegenteil muß ebenfalls stimmen: daß es Frauen gibt, die das eben nicht kapieren. Entweder sie hatten keine Ahnung von Therapie und haben nicht begriffen, wie tabuisiert das ist, oder sie haben sich ebenfalls verliebt oder sich eingeredet, es wäre zu ihrem Besten.«

»Ja.«

»Also war Donna Zalewski die Art Frau, die gewußt hätte, was los ist? Hätte sie so einem Therapeuten gesagt, er soll sich zum Teufel scheren und wäre gegangen? Oder war sie sexuell manipulierbar?«

»Ich hätte geglaubt, sie wäre in einem solchen Fall zu mir zurückgekommen«, sagte Rita.

»Ist sie aber nicht. Und war sie manipulierbar?«

»Es gibt Menschen, deren Grenzen allem gegenüber sehr unklar sind.« Rita stützte beide Ellbogen auf den Tisch. Sie faltete ihre Hände und legte das Kinn darauf. »Für solche Leute sind zwischenmenschliche Beziehungen niemals klar definiert. Und das drückt sich in allen Aspekten ihres Lebens aus. Es gibt keine Grenzen zwischen dem einzelnen und den anderen. Manchmal wird dieses Symptom zum Beispiel in Familien sichtbar, wo alle Kinder jederzeit, und wann immer es ihnen gerade paßt, das Schlafzimmer der Eltern betreten dürfen, wo es keine Schlösser an der Badezimmer- und Klotür gibt. Und so ähnlich ist es dort mit dem Verhältnis der Individuen zueinander: Es gibt auch darin keine Türen, Schlösser, Wände und Grenzen. Weißt du, ich dachte immer, das sei eine von Joels besonderen Qualitäten als Therapeut, die Fähigkeit, die Grenzen sehr klar zu bestimmen, was ja auch der Grund ist, warum sich die Leute bei so jemandem sicher fühlen.«

»Für dich klingt das vielleicht blöde, aber auf gewisse Weise ist das genau das, was Elaine bei Kimi nicht getan hat.«

»Wir führen hier ein ernsthaftes Gespräch«, wies Rita mich zurecht.

»Nein, wirklich, da gab es keine Grenze zwischen Halterin und Hund. Als ich zum ersten Mal bei ihr war, hat Elaine einen Krug Milch auf den Tisch gestellt und ist einfach dagestanden und hat zugesehen, wie Kimi ihn ausschleckte. Und so etwas macht einen Hund äußerst nervös. Sie wollen genau wissen, wer wer ist, und was die Regeln sind. Sie wollen wissen, wo ihr Platz im Rudel ist, und was sie sich erlauben und nicht erlauben dürfen. Nur dann sind sie zufrieden, und wenn das nicht so ist, verstehen sie die Welt nicht mehr und versuchen die ganze Zeit, irgendeine Form von Ordnung herzustellen.«

»Ich habe Donna nicht zu Elaine Walsh geschickt«, fuhr Rita fort. »Es gibt wesentlich schlechtere Psychologen als Elaine, aber sie hatte diese Tendenz, ihren Theorien den Vorrang vor ihrer Urteilskraft zu geben.«

»So wie diese Theorie, daß die Ehe Sklaverei sei. Also hat für sie die Ehe der Mosses einfach nicht existiert. Und damit haben auch die Grenzen nicht existiert. Aber das war so, als hätte auch Sheila Moss nicht existiert, oder als hätten ihre Gefühle nicht gezählt. Aber Elaine war offensichtlich stinkwütend auf Joel Baker. Dieses Tabu war also scheinbar eine Regel, die sie sehr wohl beachtet hat. Sie wollte ihn anzeigen.«

»Das hätte sein ganzes Leben ruiniert. Und es gab eigentlich gar nichts, was er dagegen hätte tun können.«

»Und wenn er unschuldig war?«

»Wie hätte er das beweisen sollen? Da hätte ganz einfach Donnas Wort gegen seines gestanden. Das ist eine Ebene, auf der Therapeuten sehr verwundbar sind.«

»Und Donna Zalewski?«

»Wenn für jemanden alles unklar ist, werden auch die Grenzen zwischen Wirklichkeit und Phantasie sehr diffus.«

»Sie war also äußerst manipulierbar?«

»Ja, aber auf eine gewisse Weise war Elaine das auch. Sie war anfällig dafür, es zu glauben.«

Eine Weile später, als Rita aufstand, um zu gehen, kroch Kimi unter dem Tisch hervor, schüttelte sich kräftig und steckte ihre große, schwarze und feuchte Schnauze direkt in den Schritt von Ritas dunkelblauen Jerseyhosen.

»Nein«, sagte ich bestimmt und zog sie weg. Das Ärgste an dieser Angewohnheit ist wohl, daß eine öffentliche Zurechtweisung die beschnüffelte Person meistens noch mehr in Verlegenheit bringt, als es der Hund bereits getan hat. In jedem Fall ist wohl die beste Methode, unerwünschtes Verhalten zu unterbinden, nicht negativ, sondern positiv: Man sollte dem Hund beibringen, was er tun *soll.* Platz. Sitz. Gib die Pfote. Was auch immer. Wenn Kimi einmal das Bei-Fuß-Gehen, Sitzen und Bleiben gemeistert hätte, würde sie damit aufhören, sich selbst, mich und andere in peinliche Situationen zu bringen. Ich würde sie schon noch so weit bringen. In der Zwischenzeit entschuldigte ich mich bei Rita.

Aber Rita hat ja selbst einen Hund. Sie lächelte und schüttelte den Kopf. »Ich habe gerade meine Periode. Hunde können das immer riechen.«

»Ja, schon«, meinte ich, »aber sie müssen es ja nicht unbedingt allen anderen auf die Nase binden.«

»Grenzen«, sagte Rita nur.

In meiner Nachbarschaft gibt es zwei altehrwürdige höhere Bildungsanstalten. Die eine ist der Cambridge Dog Training Club und die andere die Harvard University, berühmt wegen der nie verfehlten Wirkung, die bei der beiläufigen Erwähnung ihres Namens entsteht.

In Cambridge selbst wird diese Wirkung jedoch wegen der hohen Anzahl von ehemaligen Studentinnen und Studenten um einiges gedämpft. Meistens ist nämlich sofort ein Harvard-Absolvent zur Stelle, um dem sterblichen Rest der übrigen Konversationsteilnehmer die Bedeutung von allem und jedem zu erklären. Eine der Lektionen, die Harvard den Studenten beibringt, besteht darin, jede Annahme seit Jesus Christus in Frage zu stellen, und die Universitätsabgänger haben sich diese Lektion gut gemerkt. Zum Beispiel nehmen die Harvard-Absolventen durchaus nicht an, daß jeder weiß, wo sie studiert haben und trotz ihrer zahlenmäßigen Präsenz gehen sie auch nicht davon aus, daß jeder in Cambridge Harvard besucht hat. Ebensowenig übrigens, wie der Besitzer eines reinrassigen

Hundes von hoher Abstammung und einem renommierten Züchter davon ausgehen würde, daß ein anderer Hund von gleichem Rang ist. Gibt man zu, daß man eine Universität besucht hat, deren Name nicht ganz so laut klingt, wenn man ihn fallen läßt, senken die typischen Harvard-Absolventen in einer Geste des schweigenden Mitleids langsam den Blick und gehen prompt nicht mehr länger davon aus, daß man weiß, was sie wissen, oder gelesen hat, was sie gelesen haben. Tatsächlich beginnen einige von ihnen zu vermuten, daß man gar nichts weiß und weder lesen noch schreiben kann.

Aber ich habe mich daran gewöhnt. Hundeliebhaber fragen auch immer, von welchem Züchter mein Hund kommt, und manchmal ist ihr Interesse sogar mehr als bloße Neugierde. Was die Zuchthunde-Snobs in Wirklichkeit mit den Elite-Uni-Snobs gemeinsam haben, ist, daß sie ihrem eigenen Urteil mißtrauen. Einige von den Hunde-Interessierten wollen nur wissen, wo das Tier herkommt, weil sie sich nicht zutrauen, auf den ersten Blick zu wissen, ob sie einen reinrassigen Hund vor sich haben, während die Harvard-Snobs unsicher sind, ob sie eine intelligente Person auch ohne das Etikett ihrer Elite-Universität erkennen würden. Aber ich schweife wohl wieder einmal ab.

Ich fragte mich immer noch, welche Art Mensch Donna Zalewski gewesen war, aber meine erste Vermutung, daß sie Harvard besucht hatte, erwies sich als richtig. Nachdem ich viel Zeit mit dem Verzeichnis der ehemaligen Harvard-Studenten verbracht hatte, rief ich im Adams House an, um mir Namen und Telefonnummer ihrer einstigen Zimmergenossin geben zu lassen. Sie lebte jetzt in einem Wohnheim für Graduierte in der Wendell Street, zehn Gehminuten vom Harvard-Campus entfernt. Cambridge ist wie eine große Wurfkiste, gefüllt mit Welpen, die inzwischen ausgewachsen, aber immer noch nicht entwöhnt sind. Eine vernünftige Hündin würde bei solchen Welpen ein bißchen kneifen und knurren, bis sie gelernt hätten, für sich selbst zu sorgen.

Ich erzählte Donnas ehemaliger Zimmergenossin Sarah Goldberg, ich besäße jetzt Donnas Malamute, und da ich ein paar Probleme mit dem Hund hätte, wäre ich auf die Idee gekommen, es könnte vielleicht hilfreich sein, wenn ich etwas mehr über Donna und Kimi wüßte. Mir kam diese Geschichte selbst weit hergeholt vor, aber sobald ich den Hund erwähnt hatte, schien Sarah merkwürdigerweise viel daran zu liegen, mit mir zu reden. Wir verabredeten uns, und sie lud mich ein in die Wendell Street zu kommen.

Ich habe Wurfkisten gesehen, die weniger vollgestopft und besser eingerichtet waren als das Appartment, das Sarah Goldberg zusammen mit vier oder fünf anderen Studentinnen bewohnte. Die vielen Möbel kamen offensichtlich von der Heilsarmee und irgendwelchen Trödlern. Es gab buntgewürfelte Polstersessel in blau-grün gemusterten und fleckigen Bezügen aus einem kratzigen Stoff, Bücherregale mit durchhängenden Brettern, von denen die Farbe abblätterte, wacklige Holzstühle, alte Tische und darunter zusammengestückelte Teppichüberreste. Aber irgendwie wirkte das Ganze nicht trostlos, sondern eher wie eine fröhliche, unterfinanzierte Kinderkrippe für Halbwüchsige. Graduierte Studenten sind so etwas wie erwachsene Kinder. Erwachsene Kinder von Akademikern.

Sarah war eine große, dünne Frau von Mitte Zwanzig, die ihr langes, blondes Haar zu einem Mozartzopf zusammengebunden trug. Sie hatte ein ausdrucksloses, grobknochiges Gesicht und trug Kleider, die sie dort aufgelesen haben mußte, wo sie die Möbel gekauft hatte. Als wir eintraten, stürzte sie sich in aufrichtiger Begeisterung auf Kimi, und ich mochte sie sofort. Auch Kimi mochte sie, aber Malamutes mögen eigentlich jeden, besonders wenn er mit ihnen spielt und sich mit ihnen beschäftigt.

Schließlich wandte sich Sarah zu mir: »Oh Gott, sie ist wunderbar. Ich hätte so gerne einen Hund, aber es wäre nicht richtig, hier einen zu halten. Wir sind die ganze Zeit unterwegs, und wir sind alle pleite. Das ist auch ein Grund, warum ich es kaum erwarten kann, endlich meinen Abschluß zu machen.«

»Und was für eine Rasse hätten Sie gerne?« fragte ich sie, während wir uns am Küchentisch niederließen. Vielleicht stammten die Sitzbänke, auf denen wir saßen, aus einem ehemaligen Kirchengestühl, oder das Ensemble war aus der Konkursmasse eines Restaurants gerettet worden.

»Einen von diesen, einen Malamute.« Außerdem sah sie intelligent aus. »Ich habe Malamutes immer besonders gern gemocht. Als ich klein war, hatten Nachbarn bei uns in der Straße so einen, der praktisch halb mir gehörte. Sein Name war Nicky. Ich bin immer mit ihm rausgegangen und habe mit ihm gespielt. Er war mein bester Freund. Wir sind zusammen aufgewachsen.«

»Das ist ja merkwürdig«, rief ich aus. »Daß Sie beide, Sie und Donna ...«

»Hat Donna Ihnen davon erzählt?«

Ich schüttelte den Kopf. »Nein, ich habe Donna nie persönlich kennengelernt.«

»Woher wissen Sie dann ...?«

»Die Züchterin, von der sie Kimi bekam. Donna hat ihr erzählt, daß sie mit einem Malamute aufgewachsen ist. Darum wollte sie einen haben.«

Sarah kräuselte die Lippen und neigte ihren Kopf ein wenig zur Seite, als ob ihr diese Geschichte bekannt vorkäme. »Sie haben Donna also nicht gekannt?« fragte sie.

»Nein.«

»Sie hat so etwas öfters gemacht.«

Ich sah sie fragend an.

»Sie hatte so eine Angewohnheit, die Erfahrungen anderer für die eigenen auszugeben. Manchmal war es ganz harmlos, aber dann wieder bekam man das Gefühl, sie würde einem das eigene Leben stehlen.«

»Sie ist also nicht ...?«

Sarah sprach mit sanfter Stimme. »Nein, sie ist nicht mit einem Malamute aus der Nachbarschaft aufgewachsen. Das war ich.« Sie zuckte mit den Schultern. Dann lächelte sie plötzlich. »Sie fragen sich jetzt sicher, wer von uns beiden sich den Nachbarhund der anderen ausgeborgt hat.«

Ich lachte nervös. »Ich bin bloß ein bißchen durcheinander.« Ich versuchte, Kimi auf mich aufmerksam zu machen und sie zu veranlassen, zu mir zu kommen, aber sie starrte immer nur Sarah an.

»Ich nehme an, man kann es am besten damit erklären, daß Donna ein Mensch war, der sich leer fühlte«, sagte Sarah. »Und wenn sie sich besonders leer fühlte, nahm sie etwas Fremdes, um diese Leere in sich zu füllen. Sie benutzte gelegentlich die Erfahrungen von anderen und schluckte deren Leben wie ein Beruhigungsmittel oder ein Antidrepressivum. Auf gewisse

Weise war man sogar geschmeichelt, wenn sie sich das eigene Leben aussuchte. Allerdings war es manchmal schwer, das so zu sehen. Donna hatte nicht viele Freunde.«

»Sie haben doch die Wohnung geteilt.« Ich versuchte, neutral zu klingen, aber Sarah verstand sofort, was ich meinte.

»Frage: Warum würde irgend jemand mit Donna zusammen wohnen? Antwort: Sie hatte die Wohnung. Meine Freundin und ich sind in ein Appartment im Adams House gezogen, und Donna lebte bereits dort. Sie bewohnte eins der drei Zimmer. Und zuerst dachten wir, sie wäre so intelligent und cool.« Sarah lächelte wehmütig und fuhr dann fort: »Sie kam aus New York, trug immer schwarze Klamotten und Make-up und las Kierkegaard. Wir waren schrecklich beeindruckt. Sie hatte damals organische Chemie belegt, weil sie sich in dem Semester erholen wollte. Und das stimmte. Sie war einfach unglaublich intelligent und hat Mathematik- und Chemiekurse belegt, wenn sie keine Lust hatte, besonders viel zu arbeiten. Sie ist bloß hingegangen und hat immer die besten Noten gekriegt, egal wie depressiv sie sich fühlte oder wie durcheinander sie war. Sie war manchmal so fertig, daß ihre Hände zitterten, und sie bekam in den Prüfungen immer noch die besten Noten. Das ist wirklich wahr.«

»Und?«

»Und ihre Coolness war nur das, was wir – zwei High-School-Zöglinge aus einer Kleinstadt im Mittleren Westen – dafür gehalten haben. Und sogar wir haben ziemlich bald begriffen, was mit ihr los war, und dann hat sie uns wirklich angst gemacht. Sie hat zum Beispiel oft Heulkrämpfe und Zitteranfälle gekriegt.

Und sie hat sich ständig in ganz irre, dramatische Liebesgeschichten gestürzt und behauptet, daß alle Männer sie verführen wollten. Teilweise stimmte das wahrscheinlich sogar. Sie war sehr attraktiv, und wenn sie gut drauf war, war sie himmelhoch jauchzend und unwiderstehlich.«

»Und wenn sie nicht gut drauf war?«

»Dann war sie zu Tode betrübt, absolut am Boden zerstört und verzweifelt.«

»War sie mal in einer Therapie?«

»Sie ist zu jemandem beim Psychosozialen Dienst der Universität gegangen. Anne Marie und ich sind einmal bei ihm gewesen. Anne Marie war meine Mitbewohnerin. Die ganze Situation mit Donna war für Anne Marie irgendwie schwieriger als für mich. Sie hat zuerst mit den Leuten im Adams House darüber gesprochen, und dann wollte sie, daß ich mit ihr zu dem Psychiater gehe, um mit ihm zu reden. Aber er schien sich eigentlich nur darüber zu freuen, daß Donna überhaupt irgendwelche Freundinnen hatte. Dabei waren wir ja eigentlich gar keine. Aber im Laufe dieses Jahres ging es Donna ein bißchen besser, und für uns wurde es dadurch auch einfacher. Und außerdem wußten wir, daß es nur noch ein paar Monate dauern würde, bis sie ihren Abschluß machte.«

»Aber Sie sind in Kontakt mit ihr geblieben?«

»Eigentlich nicht. Es war nur, weil wir beide in Cambridge wohnten und uns manchmal über den Weg liefen, und deshalb wußte ich auch, daß sie einen Malamute hatte. Wir haben einmal zusammen Mittag gegessen. Ich mochte sie nicht besonders, aber ich nehme an, sie hat mich neugierig gemacht. Außerdem hatte ich ihretwegen, seit wir mit ihrem Psychiater gesprochen haben, immer ein schlechtes Gewissen. Und wenn wir schon Freundinnen für sie waren ...«

»Wie ist es ihr da gegangen?«

»Zuerst dachte ich, es ginge ihr besser. Sie hat sogar davon gesprochen, sich einen Job zu suchen.«

»Sonst hat sie nicht gearbeitet?«

»Sie war finanziell unabhängig. Von ihr habe ich diesen Ausdruck erst gelernt. Ich hatte vorher nicht gewußt, daß es so etwas überhaupt gibt. Es war wie ein Titel – Marquise oder Gräfin. Ich wußte zwar theoretisch, daß solche Leute existierten, aber praktisch? Jedenfalls nicht die Leute, die ich kannte. Ich glaube, das Geld war ein Teil von Donnas Problem. Wenn sie jemals für sich selbst hätte sorgen müssen, oder wenn sie gewußt hätte, daß das eines Tages auf sie zukommen würde, hätte sie sich vielleicht am Riemen gerissen. Und als wir uns damals zum Mittagessen trafen, dachte ich schon, sie hätte es langsam geschafft. Aber dann fing sie wieder mit den alten Geschichten an.«

»Welchen Geschichten?«

»Noch so eine Verführungsgeschichte. Nein, diesmal war es keine Verführung, und auch keine Vergewaltigung, sondern sexuelle Nötigung. Und der Typ war diesmal ein Therapeut.«

»Warum sind Sie so sicher, daß es nur eine erfundene Geschichte war?«

»Na ja, hauptsächlich weil ich sie schon vorher gehört hatte. Die Mitspieler wechselten, aber das Szenario blieb immer dasselbe. Einmal war es ein Kunstprofessor, ein anderes Mal jemand von der chemischen Fakultät.«

»Hat sie so etwas jemals öffentlich gemacht? Ich meine, abgesehen davon, daß sie es Ihnen erzählt hat. Ist sie damit zur Uni-Verwaltung gegangen?«

»Wie denn?« Sarah hob ihre Augenbrauen. »Sie hatte sich doch alles nur eingebildet, jedenfalls das meiste davon.«

Inzwischen saß Kimi halb auf Sarahs Schoß.

»Könnte Donna vielleicht bestimmte Dinge falsch verstanden haben?« fragte ich. »Ich meine, sie ist mit einem Mann allein in seinem Büro, und er schüttelt ihr zum Beispiel beim Abschied die Hand, oder so ...?«

»Wer weiß? Möglicherweise waren solche Anlässe die Auslöser. Aber eines können Sie mir glauben, das war sicher nicht die Situation, wie sie sie mir beschrieben hat. Ich mußte mir jedes Detail anhören, und das Händeschütteln hat dabei keine besonders große Rolle gespielt. Nachdem sie alles in den schillernsten Farben ausgemalt hatte, begriff ich, daß sich bei ihr ein paar Dinge geändert hatten und andere nicht, diese Geschichten jedenfalls nicht.«

»Und was hatte sich geändert? Daß sie darüber gesprochen hat, sich eine Arbeit zu suchen?«

»Das war eine Sache. Eine andere war ... Es ist ziemlich ekelhaft. Wollen Sie's wirklich hören?«

»Nein«, gab ich zur Antwort. »Aber erzählen Sie's mir trotzdem.«

»Eines der Symptome war eine, na, ich nehme an, eine Zwangshandlung. Sie hat sozusagen auf sich herumgehackt.«

»War sie überkritisch mit sich selbst?«

»Das wäre die abstrakte Version, und sie war tatsächlich äußerst unzufrieden mit sich. Aber ich meinte das eigentlich ganz wörtlich und in einem körperlichen Sinn. Sie hat immer an ihren Nägeln herumgestochert, bis die Nagelhaut ganz rissig und blutig war, und sie hat ihre Haut auch an anderen Stellen so traktiert. Oder sie hat sich die Haare ausgerissen.« Sarah machte mit dem Daumen und Zeigefinger ihrer rechten Hand eine zupfende Bewegung.

Ich zeigte auf meine Haare.

»Manchmal«, sagte Sarah als Antwort auf meine stumme Frage.

»Aber eigentlich nicht so sehr. Es war fast noch schlimmer als das. Sie hat sich nämlich hauptsächlich die Haare auf ihren Armen herausgerissen. Die Haut war schon ganz rot und gereizt, und sie hat dann immer an diesen Stellen gerieben. Es war wirklich widerlich. Aber an dem Tag im letzten Sommer, als wir zusammen zu Mittag gegessen haben, hat sie ein Kleid mit kurzen Ärmeln getragen, und ich konnte sehen, daß sie mit dieser Angewohnheit aufgehört hatte. Also dachte ich, es müßte ihr wirklich besser gehen. Donna war eine sehr kranke Frau. Ich weiß, dieser Begriff ist ziemlich verpönt, aber bei Donna trifft es zu. Ich war nicht besonders überrascht, als ich von ihrem Tod gehört habe.«

»Rede mit mir«, sagte ich zu Kimi. »Erzähl mir davon.« Sie ging mit mir bei Fuß die Appleton Street in Richtung Huron Avenue entlang. Ich hielt ihre Leine in der linken Hand und benutzte meine Stimme, damit ihre Aufmerksamkeit nicht nachließ. Jedenfalls hauptsächlich meine Stimme. Marissa hatte immer darauf geschworen, bei der Ausbildung an die gesunden Instinkte eines Hundes und an sein Bedürfnis zu appellieren, es dem Ausbilder recht zu machen. Allerdings hat Marissa mit Golden Retrievern gearbeitet. Auch Malamutes wollen es recht machen. Sich selbst. Und sie haben auch gesunde Instinkte – gesund, um in der Arktis zu überleben. Ich hatte gelernt, daß Rowdys Appetit einer seiner gesündesten Instinkte war, und das war bei Kimi genauso. Falls Marissa und all ihre Retriever jetzt vom Himmel auf uns niederschauten, wovon Buck ganz fest überzeugt war, hoffte ich, daß sie die getrocknete Leber in den Taschen meines Parkas und in meinen Handschuhen entweder nicht sehen oder sie mir verzeihen würde. Aber ich gebrauchte auch meine Stimme.

»Braves Mädchen. Sehr schön. Bei Fuß. Gut. Prima. Los! Fein. Es hat nicht weh getan, stimmt's? Ich glaube, nicht. Wenn es dir weh getan hätte, hättest du *ihr* wohl auch irgendein Stück rausgerissen. Meine schöne Kimi. Sitz.« Ich zog sanft an der Leine und brachte sie in eine gerade Sitz-Position zu meiner Seite. »Braves Mädchen. Kimi, bei Fuß! Sie hat nur ein bißchen gerieben und gezupft, nicht wahr? Sie hat dir nicht weh tun wollen, und wahrscheinlich konnte sie gar nicht anders. Kimi, bei Fuß! Ganz ruhig. Gut gemacht.«

Dann kehrten wir um und gingen nach Hause zurück. Mit einer Anfängerin wie Kimi ist es wichtig, daß die einzelnen Ausbildungsabschnitte kurz und unterhaltend bleiben. Außerdem waren es minus zwanzig Grad, und ich mußte noch zwei Hunde scheren. Wir wollten zu einer Hundeschau gehen. Kimi war allerdings noch nicht einmal so weit, daß sie an einer Haustierparade für Kinder hätte teilnehmen können. Und ich hatte auch Rowdy diesmal nicht für die Wettbewerbe angemeldet, weil er bereits seinen C.D.-Titel hatte und für den C.D.X. noch nicht ausreichend trainiert war. Also warum der Aufwand mit dem Scheren? Es ist noch nicht einmal obligatorisch für eine solche Schau, aber es gab immer die Möglichkeit, daß Buck recht hatte. Marissa konnte vielleicht die Leber in meinen Taschen verzeihen, aber wenn sie gesehen hätte, wie ich mit zwei ungebadeten Hunden auf eine Schau gehe, wäre sie sofort auf die Erde zurückgekommen und hätte mir die beiden weggenommen.

Wenn Malamutes ihren Winterpelz verlieren und man bürstenweise die weiche, wollige Unterwolle entfernt, ist das genauso, als würde man ein Schaf scheren, und der einzige Ort für eine solche Prozedur ist im

Freien, aber da weder Rowdy noch Kimi ihr Fell verloren, erledigten wir es diesmal auf dem Küchenfußboden. Das Problem dabei war nur, daß die beiden, nachdem sie erst einmal auf dem Rücken lagen, sich nur ihre Bäuche mit der weichen Bürste aus Naturborsten kraulen lassen wollten und keine Lust mehr hatten, aufzustehen. Ich habe sie beide hintereinander geschoren, denn ich wollte ihre Reaktionen vergleichen. Würde Kimi zurückzucken? War ihr etwas unangenehm, was Rowdy nicht störte? Aber nichts dergleichen. Es schien, als sei sie zwar auf schlimme Weise für etwas benutzt, aber nicht wirklich mißbraucht worden.

Ich bin stärker, als ich aussehe. Ich zwang Rowdy in die Badewanne, hielt ihn dort fest, bis er sauber war und wurde auch nicht gebissen, allerdings völlig durchnäßt. Während ich sein Fell trocknen ließ, füllte ich die Wanne erneut für Kimi. Ich war nicht sicher, ob ich noch die Kondition für einen zweiten Kampf hatte, aber es stellte sich bald heraus, daß jemand – und bestimmt nicht Elaine Walsh – ihr beigebracht hatte, in eine Badewanne zu steigen und es sogar ein wenig zu genießen.

»Entweder hat Donna dir das selbst beigebracht«, erklärte ich Kimi, während ich das Wasser durch ihr Fell laufen ließ, »oder sie hat dich regelmäßig in einen Hundesalon gebracht, wo man sehr nett zu dir war. Aber ich glaube eher, daß sie es selbst gemacht hat.« Professio nelle Hundepfleger setzen ihre Klienten nämlich für gewöhnlich nicht in die eigene Badewanne. Schließlich wollen sie keine Rückenschmerzen bekommen. Sie haben dafür speziell konstruierte, hochstehende Wannen, in die die Hunde nicht von selbst gehen, so wie Kimi in meine Badewanne geklettert ist. »Ich glaube, sie hat versucht, gut zu dir zu sein. Sie hat dich von Faith gekauft, dich zu Steve gebracht und dich sauber gehalten. Sie hat dir nicht wirklich weh getan. Sie hat dich geliebt. Sie war bloß sehr krank.«

»Donna hat aufgehört, an sich selbst herumzuzupfen und statt dessen bei Kimi damit angefangen«, erklärte ich Rita.

Die beiden schönsten Malamutes der Welt sprangen herum und posierten vor Rita. Ich sah hingegen furchtbar aus. Ich hatte die Badewanne geschrubbt, aber das Abflußmittel mußte noch mindestens zwanzig Minuten einwirken, bevor ich selbst ein Bad nehmen konnte. Das Sieb im Abfluß fängt zwar Haare ab, aber nicht alle.

»Hätte Kimi sich das denn gefallen lassen?« fragte Rita. »Oder irgendein anderer Hund?«

»Bei manchen Rassen gehört es zur Pflege, daß man Haare auszupft«, antwortete ich. »Und außerdem bin ich sicher, daß sie Kimi nicht wirklich verletzt hat. Zuerst, als Sarah mir das über Donna erzählte, und mir klar wurde, was sie mit Kimi gemacht hat, war ich stinkwütend. Aber dann habe ich festgestellt, daß sich Kimi einfach nicht so verhält wie ein Hund, der mißbraucht worden ist. Wäre sie von jemandem verletzt worden, würde sich das in ihren Reaktionen zeigen, und das tut sie nicht. In der Erziehung, beim Spielen, Waschen und allem ist sie kein bißchen anders als Rowdy, und sie ist viel leichter zu baden. Weißt du, woran mich diese Geschichte erinnert? An Kinder, die das Fell ihrer Stofftiere abrubbeln.«

»Das ist allerdings eine sehr wohlwollende Interpretation«, meinte Rita.

»Ich glaube aber, daß es so etwas war. Das ist natürlich immer noch ziemlich krank, aber ist es denn überhaupt möglich, daß sie erst dann aufgehört hat, an sich herumzumachen, nachdem sie statt dessen Kimi dazu benutzte? Ich meine, rein theoretisch: gibt es Leute, die so etwas tun?«

»Du meinst, ein Fall von Übertragung? Das ist durchaus möglich, obwohl es mir persönlich noch nicht untergekommen ist. Aber ich kann dir noch etwas sagen, was dir vielleicht hilft: Ein Symptom wie dieses bedeutet niemals nur eine Sache, und es dient nie nur einer Funktion. Freud sagt auch, daß jedes Symptom ein Kompromiß ist, sozusagen der äußerste Kompromiß, den ein Mensch eingehen kann. Kannst du damit was anfangen?«

»Du meinst, daß es vielleicht beides war: Indem sie das mit Kimi macht, ist es so, als würde sie es sich einerseits selbst antun und gleichzeitig einer Art Stofftier?«

»Möglicherweise. Aber ich muß sagen, daß ich mir mehr Sorgen wegen Joel Baker mache. Ich war diejenige, die Donna zu Joel geschickt hat, und ich muß die ganze Zeit daran denken, daß ich damit auch diejenige war, die ihn in Schwierigkeiten gebracht hat. Ich frage mich, wie viele Leute wohl von der Geschichte wissen.«

»Sarah hat erzählt, daß Donna nicht viele Freunde hatte. Und wir wissen jetzt auch, warum. Also kannte sie wahrscheinlich nicht allzu viele Leute, denen sie es hätte erzählen können. Und du hast es nie richtig geglaubt, nicht wahr?«

»Ich war im Zweifel. Ich würde gern sagen können, daß ich es nicht geglaubt habe, aber ich war unsicher. Weißt du, so ein Gerücht ist wie eine ansteckende Krankheit. Wenn man sie einmal hat, geht sie nicht so einfach wieder weg. Und wenn du einmal gehört hast, daß ein Therapeut mit seinen Klientinnen geschlafen hat oder mit einer von ihnen, beeinflußt es dein Denken und dein Urteil. Ich habe immer noch Zweifel.«

»Glaubst du wirklich, daß er ...?«

»Nein. Ich habe lange darüber nachgedacht, und ich glaube, daß er es wahrscheinlich nicht getan hat. Ich denke, ich kenne ihn gut genug, um das sagen zu können. Und es wäre sogar statistisch gesehen ziemlich unwahrscheinlich. Er ist Psychologe. Ich meine, darum ist unsere Haftpflichtversicherung gegen Fehlbehandlung schließlich so billig. Meine kostet zum Beispiel nur dreihundertfünfzig Dollar im Jahr, während sie für Psychiater wesentlich teurer ist. Psychologen werden einfach nicht so oft verklagt, jedenfalls nicht so häufig wie Ärzte oder Psychiater. Aber trotzdem habe ich immer noch Zweifel und Mißtrauen. Man muß also nur ein paar Leute wie mich dazu bringen, unsicher zu werden und ihm keine Patienten mehr zu schicken, und das war's dann für ihn.«

»Weißt du, was ich nicht begreife? Warum hat Elaine ihr so vorbehaltlos geglaubt?«

»Woher hätte Elaine es besser wissen sollen? Therapeuten haben normalerweise nicht die Gelegenheit, die Freunde und Bekannten ihrer Klienten ins Kreuzverhör zu nehmen. Wir arbeiten mit den Klienten, nicht mit ihren Freunden.«

»Und wie erfährt man dann jemals die Wahrheit? Ich meine, als Therapeut kennt man doch immer nur die Version der Klienten.«

»Das ist genau die Wahrheit, die wir herausfinden wollen. Wir sind keine Detektive in dem Sinne, daß wir nach einer sogenannten objektiven Realität suchen.«

»Aber was ist, wenn der Klient oder die Klientin wirklich völlig daneben ist?«

»Nach wessen Kriterien?«

»Nach den allgemeinen Kriterien.«

»Nach den Kriterien einer Menge Leute ist deine Wirklichkeit aber auch ziemlich daneben. Im Leben der meisten Menschen sind Hunde nämlich nicht gerade der wichtigste Teil.«

»Stimmt«, sagte ich.

»Und das ist eben der Grund, warum du statt in eine Therapie zu gehen, Hunde ausbildest, weil dieser Hundetick kein Problem für dich ist, oder es ist sozusagen eine erfolgreiche Verarbeitung des Problems. Es ist befriedigend für dich, und es macht dir Spaß. Die Leute, die zu einer Therapie kommen, können ihr Problem aber nicht so verarbeiten, daß es funktioniert. Oder sie kommen, wenn sie mit ihren Bemühungen auf einen völlig falschen Weg geraten sind, oder einen Rückschlag hatten, oder wenn sie von der Realität der Menschen in ihrer Umgebung derart abweichen, daß es sie in Schwierigkeiten bringt.«

»Ich hätte gedacht ...«

»Daß die Anschaffung eines Hundes jedes Problem lösen würde?«

»Nun ja, sie hat schließlich damit aufgehört, sich selbst zu verletzen«, meinte ich. »Wenn Kimi gewußt hätte, daß sie Donna damit gewissermaßen hilft, sich etwas besser zu fühlen, hätte sie bestimmt nichts dagegen gehabt, besonders wenn sie gewußt hätte, wie verzweifelt Donna war. Aber ich kann eigentlich immer noch nicht verstehen, wie sie das tun konnte. Es hat einfach so was Widerliches.«

Rita zuckte mit den Achseln.

»Glaubst du, daß Elaine davon wußte?« fragte ich.

»Keine Ahnung.«

»Und wieso hat sie nicht gemerkt, daß Donna diese Geschichte mit Joel erfunden hat? Und warum hat Donna sie überhaupt angelogen? Ich meine, was hatte sie davon? Warum sollte jemand zu einer Therapeutin gehen und sie dann anlügen? Und noch etwas: Warum hat sich Donna von allen Männern ausgerechnet Joel Baker ausgesucht? Er ist doch ein ausgesprochen sympathischer Mann. Und davor ist sie auch noch nie so weit gegangen. Alles, was sie tat, war, eine Show für ihre Mitbewohnerinnen abzuziehen. Vielleicht wollte sie bei Elaine auch nicht mehr erreichen.«

»Ich würde Elaine deswegen keine allzu großen Vorwürfe machen«, antwortete Rita. »Teilweise hat sie nur so reagiert, wie es dem veränderten sozialen Klima entspricht. Es ist ja wahr, daß Frauen mißbraucht werden, und bis vor noch nicht allzu langer Zeit bekamen viele dieser Frauen nicht die geringste Unterstützung. Sie konnten nichts dagegen unternehmen und mußten es meistens für sich behalten. Oder wenn sie darüber sprachen, wurde ihnen oft sogar noch unterstellt, daß sie selbst schuld daran waren, beziehungsweise man hat sie in ihren Selbstvorwürfen bestätigt.«

»Und da hat Elaine gedacht, Donna wäre auch so eine Frau.«

»Elaine war davon überzeugt, daß man die Dinge öffentlich machen müsse. Sie hat an Mut zur Auseinandersetzung und zur Aktion geglaubt. Und es gibt immer noch die Möglichkeit, daß sie recht hatte. Es ist möglich, daß Joel irgendwie ... So etwas gibt es.«

»Und weißt du, was ich so schrecklich finde?« sagte ich, »daß es eigentlich egal gewesen wäre, ob er unschuldig war oder nicht. Wenn Elaine zum Vorstand der Berufsvereinigung gegangen wäre und ihn angezeigt hätte, und die ganze Geschichte wäre in die Zeitung gekommen, wer hätte sich denn die Mühe gemacht, herauszufinden, was wirklich passiert ist? Wie hätte man je sicher sein können? All diese Leute hätten doch bestimmt gesagt, was du gerade gesagt hast: daß es möglich war. Er könnte also in Wirklichkeit ein Heiliger sein, und die Leute würden es trotzdem mit einem Achselzucken abtun und sagen: ›Na ja, es ist schon möglich.‹ Egal wie, es gab also für ihn nicht die geringste Chance, sich zu verteidigen. Und es macht mir zu schaffen, daß er sich nicht selbst hätte verteidigen können.«

»Ja, das ist ein Problem«, meinte Rita.

»Ich nehme an, er hat dann schließlich doch eine Lösung gefunden«, überlegte ich laut. »Aber es wäre doch schrecklich unfair, wenn ein Mord sein einziger Ausweg gewesen sein soll.«

Für einen verläßlichen Personenschutz empfehle ich besonders für Frauen einen Alaskan Malamute. Am Tag der Hundeschau waren es allerdings nicht die Vergewaltiger und Straßenräuber, die mir angst machten. Ich spülte mit einer Tasse Kaffee zwei Tabletten gegen Regelschmerzen herunter.

Die Schau fand im Northeast Trade Center in Woburn statt, genau an der Abfahrt vom Highway, den in Massachusetts alle Route 128 nennen, obwohl sie schon vor Jahren in Route 95 umbenannt wurde. Auf den Einladungen und Anmeldeformularen wird dieser Ort immer als besonders schön beschrieben, und vielleicht war er das auch einmal als die Route 95 noch Route 128 hieß. Aber alle Messen sind aus mehreren Gründen als schön zu bezeichnen. Zuerst einmal sind Plätze, die groß genug sind, um darauf eine Hundeschau abzuhalten, und die eine solche aushalten, so rar gesät, daß man es bereits schön finden muß, überhaupt einen gefunden zu haben. Deshalb steht auch in allen Veranstaltungsprogrammen, daß man sich anständig benehmen soll, damit der Hundeverein den Platz wieder anmieten kann. Wenn die Aussteller ihre Hunde nämlich alles beschmutzen lassen, muß sich der Sponsor der Schau das nächste Mal etwas anderes suchen.

Hauptsächlich ist jeder Platz jedoch dann besonders schön, wenn die Hunde eingetroffen sind. Was Ästhetik betrifft, kann daneben jedes Museum einpacken. Für das Erlebnis von Schönheit braucht man Lebendigkeit, Bewegung, Wechsel, Gefühl, Aufregung, Spannung, Vielfalt, Kontrast, Bedeutung und Liebe, ganz zu schweigen von Eintracht, Proportion, Ordnung und Harmonie. Marmor und Bronze sind kalt, und man darf sie wahrscheinlich nicht einmal berühren. Bilder sind statisch, und sie lecken einem auch nicht übers Gesicht. Und außerdem weiß man in einem Museum immer schon, wer gewonnen hat. Was ist Schönheit? Ordnung. Die Sporthundegruppe, die Turnierhundegruppe, die Schutzhundegruppe, die Hütehundegruppe, die Jagdhundegruppe und die Haushundegruppe. Proportion? Man betrachte die Bestplazierten in der Hundeschau. Ausgewogenheit? Zucht und Ausbildung. Kontrast? In Größe, Form, Farbe und Herkunft: Irische Wolfshunde, Scottish Terrier, Italienische Spioni, Collies. Eintracht? Die Eintracht ist überhaupt das Schönste dabei: Kuvasoks, Dobermanns, Irish Spaniel, Basenjis, King Charles Spaniel, Akitas, Malteser, Belgische Malinois, Dalmatiner, Tibet Terrier ... Ob riesig, winzig, laut, ruhig, haarlos oder buschig, es sind alles Hunde. Wenn die Welt um einen herum wieder einmal schrecklich häßlich aussieht, sollte man nicht in einer Grabstätte nach Schönheit suchen, sondern zur größten multimedialen und multisensorischen Kunstausstellung der Welt gehen: zu einer Hundeschau.

Kimi war von soviel Schönheit überwältigt, und obwohl es nicht die erste Schau für Rowdy war, hatte sich sein Sinn für Ästhetik keineswegs abgestumpft, so daß er jede dieser Veranstaltungen aufs neue genoß. Und aus dem Grund waren wir natürlich da: um meine Ästheten in Pragmatiker umzuwandeln. Man muß die Hunde zu so vielen Schauen mitnehmen, daß sie mit der Zeit lernen, all die Schönheit zu ignorieren und damit anfangen, sich auf das praktische Geschäft der guten Ergebnisse bei den Wettkämpfen zu konzentrieren.

Und wieder manifestierte sich die Schönheit in Form eines wohlgefüllten Messestandes mit den Produkten einer namhaften Firma für die Herstellung von Katzenfutter, Hundekuchen und Hundefutter aller Art. Kimi schnüffelte an einer der großen Tüten mit Eukanuba, die vor dem Stand aufgereiht waren, aber Rowdy, ganz der anspruchsvolle Gourmet, zeigte sich fasziniert von einer Pyramide aus Kostproben, die in Malamute-Schnauzen-Höhe auf einem der Tische aufgestapelt war. Ich hatte gerade ein langes und interessantes Gespräch mit einem der Firmenvertreter über Ethoxyquin beendet (und eine Broschüre über dieses äußerst umstrittene Konservierungsmittel sowie einige Probepackungen kalorienverminderten Hundefutters eingesteckt), als ich Joel und Kelly Baker bemerkte, die sich am benachbarten Stand der »Science Diet« ein paar Probierhappen mitgeben ließen.

Kelly trug einen handgestrickten irischen Pullover, der aussah wie der, den ich im Katalog von L. L. Bean so bewundert, aber nicht gekauft hatte, weil er zu teuer war. Statt dessen hatte ich mir ein Lexikon der seltenen Hunderassen, zwei Bücher über Gehorsams-Training, eines über Hundegenetik, ein Handbuch für die Hundepflege, vier Liter Hundeshampoo, Zahnseide für Hunde und einen Hundeknochen mit Schinkenduft bestellt; und es war sogar noch etwas Geld übrig. Ich habe diese Wahl auch nicht bereut, jedenfalls bis ich Kelly in dem Pullover sah.

»Hallo«, begrüßte ich die beiden. »Wie geht's?«

Bei der Frage konnte ich nichts falsch machen, denn Joel und Kelly hatten diese entspannten und zufriedenen Gesichter, die die Halter immer aufsetzen, wenn ihre Hunde gut abgeschnitten haben. Für jemanden, der noch nie auf einer Hundeschau war, muß ich allerdings noch hinzufügen, daß ich meine Frage eher brüllte, um mir bei dem allgemeinen Treiben um uns herum Gehör zu verschaffen. Jede Schau erzeugt natürlich einen gigantischen Lärm, der aber hauptsächlich menschengemacht ist: Die Lautsprecher dröhnen ständig mit irgendwelchen Informationen, die Leute plappern unablässig, und die meisten Hunde sind ziemlich still.

»Tuck hat einen BOS gemacht«, verkündete Kelly. BOS ist die Abkürzung für Best of Opposite Sex, also »Bester des anderen Geschlechts«. Wenn der erste Platz einer Zuchtauswahl an einen Rüden geht, erhält eine Hündin den Titel BOS und umgekehrt.

»Gratuliere. Das ist großartig«, sagte ich zu beiden und fügte dann, zu Joel gewandt, hinzu: »Sie führen sie selbst vor, nicht wahr?«

Joel nickte. Er trug das perfekte Outfit für einen Hunde-Wettkampf – einen feinen Wollanzug in einem rötlichen Ridgeback-Beige, ein wollweißes Hemd und eine braune Krawatte – aber im Gegensatz zu den meisten Hundehaltern war er immer so angezogen, allerdings war seine Kleidung natürlich nicht immer farblich auf die Hunde abgestimmt. Sein blondes Haar sah frischgeschnitten aus, und ich habe ihn auch noch nie anders als glatt rasiert gesehen. Es steht zwar nirgendwo in den Bestimmungen des American Kennel Club geschrieben, daß sich die Halter feinmachen sollen, wenn sie den Preisrichtern ihre Hunde vorführen, aber die Leute tun es trotzdem alle, zumindest die bei den Zuchtwettbewerben. Bei den Gehorsamswettkämpfen ziehen sich diejenigen von uns, die einen gewissen Respekt für diese Disziplin bezeugen wollen, immer recht präsentabel an, aber es gibt da auch andere, die schrecklich schlampig daherkommen.

»Das finde ich gut, daß sie es selbst machen, denn es soll doch keine Veranstaltung nur für Profis sein«, sagte ich zu Joel.

»Ich führe Rowdy in den Gehorsamswettkämpfen auch selbst vor, und nur für die Zuchtläufe nehme ich einen Profi. Aber wir haben uns für heute gar nicht angemeldet. Wir sind also nur zum Vergnügen hier.«

Bis dahin hatten meine beiden Hunde ganz harmlos den Duft von Science Diätfutter mit dem herkömmlichen von Eukanuba verglichen, aber jetzt hatte Kimi damit angefangen, an einem Zwanzig-Pfund-Beutel zu scharren, und ich hatte wenig Lust, für dieses Probehäppchen aufkommen zu müssen.

»Rowdy, bei Fuß«, sagte ich. Er kam prompt an meine linke Seite und setzte sich. »Kimi, Aus!« Ich ging ein paar Schritte auf sie zu und zog sie so sanft und unauffällig wie möglich von dem Hundefutterbeutel fort. Man darf vor einem Gehorsamswettkampf den Hund zwar aufwärmen, aber Trainieren ist auf dem Wettkampfgelände streng verboten.

»Wollen Sie aus den beiden ein Turnierpaar machen?« fragte Joel. »Sie sehen wirklich phantastisch aus.«

Natürlich war mir der Mann auf Anhieb sympathisch.

»Danke für das Kompliment. Ich weiß noch nicht, wie es mit Kimi weitergeht. Ich habe sie noch nicht lange und gerade erst damit angefangen, mit ihr zu arbeiten.«

»Sie ist wirklich ein Goldstück«, sagte Kelly, die Kimi gerade unter dem Kinn und am Hals kraulte und sanft mit ihr sprach. Kellys dunkelglänzendes und gelocktes Haar vermischte sich mit Kimis glänzendem Wolfsgrau, und Kellys weißer Pullover wurde von Kimis weißem Bauchfell ergänzt.

Joel langte in die Tasche seines Jacketts, zog die geschlossene Faust wieder heraus und fragte mich: »Darf ich?«

Es ist eigentlich untersagt, Futter mit in den Wettkampfring zu bringen, aber im Zuchtlauf verwenden es alle Vorführer, um die Hunde damit zu locken. Wenn man zum ersten Mal zu einer Hundeschau geht und sich fragt, warum die Tiere alle so einen aufmerksamen Eindruck machen, dann ist die Antwort darauf: Leber.

»Ja, natürlich«, antwortete ich. *Nein. Ich bin mir ziemlich sicher, daß du zwei Frauen umgebracht hast, und da soll ich dir trauen, wenn es um meine Hunde geht?* Aber offensichtlich traute ich ihm doch. Jedenfalls, was Hunde betraf.

Er schnalzte mit der Zunge, hielt seine geschlossene Faust nahe an Kimis Nase, um ihre Aufmerksamkeit zu erregen, hob dann die Faust in die Luft und streckte den anderen Arm aus. Sie nahm die Beute, indem sie sich auf ihre kräftigen Hinterläufe erhob und ihre Tatzen auf Joels ausgestrecktem Arm abstützte. Ihre Muskeln vibrierten und ihre Augen glänzten. Sogar wenn man sein ganzes Leben mit prächtigen Hunden verbracht hat, gibt es immer noch Momente, wo man sie wie zum ersten Mal sieht. Und Kimi sah einfach umwerfend aus. Joel öffnete seine Faust und gab ihr das Stück Leber.

»Siehst du, wieviel Spaß so eine Hundeschau macht?« sagte ich zu ihr.

Rowdy saß immer noch so bei Fuß, wie ich es ihm beigebracht hatte, nämlich ohne sich dabei an mich anzulehnen, aber ich konnte spüren, wie er vor Erregung zitterte. Ich sah, wie ihm Geifer aus dem Maul tropfte.

»Haben wir dich etwa vergessen?« fragte ich ihn.

»Natürlich nicht«, meinte Kelly, langte nun ihrerseits in die Manteltasche und bot ihm seinen Anteil an dem Schmaus. »Was für ein schöner Hund du bist. Und bist du auch ein braver Hund? Ja, sicher bist du das.« Sie langte noch einmal in ihre Tasche.

»Das ist wahrscheinlich genug«, sagte ich zu Kelly. »Sie haben immer noch Schwierigkeiten miteinander, wenn es ums Fressen geht. Ich muß sie getrennt füttern.«

Rowdy verstand sofort den Ton meiner Stimme – und vielleicht, aber auch nur vielleicht, sogar meine Worte – und sah in der Hoffnung, daß ich es mir anders überlegen würde, zu mir auf, aber Kimi schnüffelte immer noch heftig herum. Sie überprüfte Kellys Hände, leckte sie und nahm für den Fall, daß Rowdy ein Stückchen Leber fallengelassen hatte, eine gründliche Untersuchung des Bodens vor. Ihre Suche verlief allerdings ergebnislos. Dann hob sie ihren schönen Kopf und entdeckte einen neuen, faszinierenden Duft. Wie Rita schon gesagt hatte, Hunde riechen es immer. Kimis Nüstern bebten und ihr Gesicht nahm diesen ganz verzückten Ausdruck an, der mich jedesmal an ein Bild in diesem Kinderbuch erinnert, wo Ferdinand der Stier den Duft der Blumen genießt. Rote Blumen. Das wiederum ließ mich an eines der Bücher denken, die Elaine Walsh mir zum Lesen mitgegeben hatte: ein ganzes Buch über das Thema Menstruation. Ich hatte Elaine darauf gesagt, daß ich es mir einmal anschauen wolle, gleich nachdem ich die drei- oder viertausend Bücher, die es über Hunde gibt, alles, was jemals über die Celtics geschrieben wurde, und dann noch jedes Buch mit einer guten Handlung gelesen hätte.

Aber offensichtlich hatte ich noch nicht einmal die Hundebücher, die ich bereits gelesen hatte, verarbeitet, denn in diesem Moment reagierte ich einfach nicht schnell genug, und so preßte Kimi ihre Schnauze in den Schritt meiner Hose. Elaine hätte mir vermutlich einen Vortrag darüber gehalten, wie idiotisch meine Verlegenheit sei. Aber Elaine war nun nicht mehr da.

»Sch! Fort!« sagte ich ruhig zu Kimi und zog an ihrer Leine, dann kam mir Kelly zu Hilfe.

»Kimi!« rief sie in einem Ton, von dem sie genau wußte, daß er die Aufmerksamkeit der Hündin auf sie lenken würde, und Kimi drehte sich auch prompt nach ihr um. Aber dann wurde sie von etwas anderem abgelenkt, einem neuen Geruch.

Nein. Nicht ganz. Sie wandte ihren Kopf wieder zu mir zurück, schnupperte, und dann schoß sie plötzlich pfeilschnell auf Joel zu und preßte ihre Nase in seinen Schritt. Es war, als hätte sie wie ein vorwitziges Kind lauthals verkündet: »Aha, du auch!« Ich zog heftiger an der Leine, als es der American Kennel Club gerne auf einer Hundeschau gesehen hätte.

»Na, herzlichen Glückwunsch jedenfalls für Tuck«,

rief ich, und meine Stimme klang gekünstelt. »Wir müssen jetzt los. Nett, daß wir uns getroffen haben.«

Was hätte ich denn auch sagen sollen? Etwa all das, was mir plötzlich durch den Kopf ging? Das konnte ich nicht. Selbst wenn Kimi Englisch gesprochen hätte, hätte sie mir nicht klarer und deutlicher sagen können, daß auch Joel seine Periode hatte. Sie glauben mir nicht? Ein Mensch hat ungefähr fünf Millionen Geruchsnervenzellen. Ein Hund hat zweihundert Millionen davon, und sie sind wesentlich empfindlicher als unsere. Außerdem verarbeitet ein Hund Geruchsinformationen besser als wir, weil der dafür zuständige Teil des Gehirns beim Hund besser ausgebildet ist als beim Menschen. Alles in allem funktioniert die Hundenase ungefähr eine Million mal besser als das menschliche Riechorgan. Und zu all dem kommt hinzu, daß ich einfach verstehe, was sie mir sagen, wenn meine Hunde mir eine ihrer Beobachtungen mitteilen. Sie glauben mir immer noch nicht? Egal. Nachdem Kimi es also gesagt hatte, war mir auf einmal völlig klar, was mit Joel los war, und alles an ihm bekam die richtige Bedeutung: sein hübsches Aussehen, seine Statur, seine Kleidung – Anzüge, Krawatten, Überzieher, Herrenschuhe, nichts Androgynes und nichts, was vielleicht auch eine Frau tragen würde. Er mußte sich so kleiden wie ein Mann, weil es genau das ist, was er nicht war.

Diese erschütternde Erkenntnis versetzte mich zunächst in einen Zustand vollständiger Verwirrtheit, den Rita später als einen typischen Fall von Dissoziation bezeichnete. Ich erinnere mich, wie ich laut zu mir sagte: »Also gut, er hat seine Periode, und ich habe meine.« Woran ich mich als nächstes erinnere, ist, daß ich an einem Stand haltmachte, um einen hellroten

Verbindungshaken für die beiden Hundeleinen zu kaufen, so daß ich Rowdy und Kimi an einer Leine führen und vielleicht – eines Tages – als Turnierpaar präsentieren konnte. Das war ja noch ein vernünftiger, wenn auch vielleicht etwas optimistischer Kauf, aber dann erstand ich außerdem eine Flasche Goldbronzetönungs-Shampoo für meine ganz und gar nicht bronzefarbenen Lieblinge, einen großen Beutel Katzenstreu, ein Buch über Hundedressur, das ich bereits besaß, und ein T-Shirt mit der Aufschrift »Liebe ist eine Dänische Dogge.« An einem Süßwarenstand kaufte ich mir eine große Tüte Nüsse von einer Sorte, die ich überhaupt nicht mochte, und zum guten Schluß erwarb ich einen scheußlichen Teller mit dem handgemalten Portrait eines Labrador Retrievers, der einen toten Vogel im Maul hält. Weiß der Himmel, für wen und warum ich all diese Dinge haben wollte.

Aber schließlich brachten mich die Hunde wieder zur Besinnung, was überhaupt eine ihrer ganz speziellen Fähigkeiten ist. Rowdy fing an, zu wuuh-wuuhen, und Kimi fiel freudig ein. Wenn Alaskan Malamutes dieses Wuuh-Wuuh von sich geben, lassen sie damit nicht nur ihren Gefühlen freien Lauf. Nein, sie sprechen dann ausdrücklich jemanden an, und man sollte ihnen unbedingt zuhören. Was ich auch tat.

Am nächsten Tag überbrachte ich Rita die Neuigkeit. Sie war noch weniger überzeugt von meiner Theorie, als ich es selbst war, will sagen, sie hat mir schlichtweg nicht geglaubt. »Hunde schnuppern halt«, meinte sie nur. »Sie beschnuppern jeden.«

»Weißt du, ich spreche die Hundesprache«, gab ich zurück. »Und zwar fließend. Es ist sozusagen meine Muttersprache. Angenommen, du wüßtest, daß ich in Budapest aufgewachsen bin, und ich würde dir erzählen, was jemand auf ungarisch gesagt hat, würdest du mir dann auch erklären, ich hätte es mißverstanden?«

Wir aßen zusammen im Pentimento zu Mittag, das ein paar Straßen weiter auf der Huron Avenue liegt und noch ein phantastisch gutes Restaurant werden wird, wenn die Geschäftsleitung erst einmal aufgehört hat, vor dem Gesundheitsamt zu Kreuze zu kriechen. Gesundheit! Würde die Regierung es wirklich ernst damit meinen, Gaststätten von einer Spezies frei zu halten, die Krankheiten verbreitet, dann sollten die Beamten besser vor solchen Speiselokalen warnen, die Angehörige der Gattung *Homo sapiens* den Zutritt erlauben. Sind es denn etwa die Hunde, die Grippe, Tuberkulose oder Streptokokken übertragen? Nein. Man kann sich von einem Hund ja noch nicht einmal einen Schnupfen fangen. Steve ist natürlich ebenfalls meiner Meinung, aber er ist zu sehr um den Ruf seiner Praxis besorgt, um eine öffentliche Aktion zu starten. Er fürchtet, daß seine menschlichen Patienten einem radikalen Tierarzt nicht mehr vertrauen würden.

Aber bis dahin, und trotz des hundelosen Ambientes, schafft es das Pentimento doch immerhin, einen großartigen Nachtisch zu servieren – Denver Chocolate Pudding – eine Kombination aus Schokoladenkuchen und Pudding, auf Wunsch mit ungefähr einem halben Pfund Schlagsahne garniert.

»Du wirst dir wahrscheinlich noch einen Nachschlag nehmen, stimmt's?« fragte Rita. Als sie kürzlich bemerkte, daß der Reißverschluß ihres einzigen Paar Jeans nur noch schwer zu schließen war, hatte sie sofort mit einer Diät begonnen, bei der sie nur hochproteinhaltige Flüssigkeit zu sich nahm, aber den heutigen Tag zu einem Feiertag erklärt, den sie mit fester Nahrung beging. Ich weiß gar nicht, worüber sie sich Sorgen macht. Sie ist äußerst zierlich und trägt sowieso kaum Jeans. Meistens ist sie nämlich in solche Outfits gekleidet wie an diesem Tag, an dem sie ein olivgrünes Kostüm mit einem hellbeigefarbenen Pullover und schweren Goldschmuck trug. Ich selbst hatte Jeans und einen Wollpullover an, die beide kurz vor ihrer Degradierung zu dem passenden Aufzug für das Hundetraining standen.

»Nein, ich bin für mindestens die nächste Stunde satt«, gab ich gemeinerweise zurück. Rita behauptet, daß die Hunde mir eine Art Parasit übertragen haben, der mir die Einnahme proteinhaltiger Flüssigkeiten erspart.

»Das Problem ist, daß du immer davon ausgehst, es würde eine klare Trennung zwischen Therapeut und Klient geben, und ich versuche dir zu erklären, daß diese scharfe Trennungslinie nicht existiert. Es ist wirklich komisch, daß du das einfach nicht begreifen willst.«

»Wer hat dir noch mal gesagt, daß dein Hunde-Tick eine gesunde Art der Problembewältigung wäre? Man sollte ihr die Zulassung entziehen. Kann ich einen Bissen davon haben?«

»Iß es auf. Oder ich bestell' dir noch einen.«

»Nein, bitte nicht.« Sie schob die Schale weit von sich, tauchte ihren Löffel aber tief in das süße Zeug und arbeitete sich langsam hindurch, während wir weitersprachen.

»Zum einen, ist er sehr klein. Jedenfalls für einen Mann.«

»Das heißt doch nichts«, widersprach Rita und fügte hinzu, indem sie ihre Stimme zu einem Flüstern senkte: »Du solltest hier keine Namen nennen.«

»Tue ich nicht. Und du hast recht, für sich betrachtet, bedeutet es wirklich nichts. Spud Webb ist kleiner als ich.«

»Wer ist Spud Webb?«

»Ach, vergiß es!«

»Oh nein«, rief sie, »ein berühmter Hund.«

»Nein. Hunde sind schließlich nicht mein einziges Interesse.«

»Ein Basketballspieler.«

»Wie hast du das denn herausgefunden? Auf jeden Fall ist es für einen Mann, und nicht nur für einen Basketballspieler, eher ungewöhnlich, so klein zu sein. Und dann sieh dir sein Gesicht an: Die Gesichtszüge sind ausgesprochen fein. Und auch sein ganzer Körper ist so zartgliedrig. Zum Beispiel die schmalen Schultern.«

»Das ist doch ganz normal.«

»Und was ist mit seiner Stimme?«

»Findest du die immer noch so außergewöhnlich?«

»Ja. Aber mein Hauptargument ist sein Bartwuchs.«

»Er hat eine sehr helle Haut und ganz hellblonde Haare. Vielleicht kommen seine Vorfahren aus Schweden oder so. Jemand mit einer solchen Haut und Gesichtsfarbe hat einfach keinen starken Bartwuchs. Außerdem bin ich sicher, daß ich es bemerkt hätte, wenn er ein völlig glattes Gesicht hätte.«

»Du vielleicht nicht, aber ich habe es bemerkt«, sagte ich. »Ich meine, mir ist aufgefallen, daß er immer aussieht wie gerade frisch rasiert. Und weißt du was? Ich bin sicher, daß er sich wirklich rasiert. Viele Frauen haben einen leichten Haarwuchs im Gesicht, und wenn es sie stört, lassen sie es sich mit Wachs entfernen. Und warum verwenden sie Wachs? Weil Frauen, die sich rasieren, aussehen, als hätten sie einen Bartwuchs. Man kann die Stoppeln fühlen und sehen. Und das ist auch genau das, was wir auf Joels Gesicht sehen, und was jeder sieht. So macht er es. Ich habe mir das alles ganz genau überlegt, würdest du also vielleicht mal nur die Möglichkeit in Betracht ziehen?«

»Ich kenne ihn und seine Frau seit Jahren. Und sie sind so ziemlich die beiden konventionellsten Menschen, die mir jemals begegnet sind. Ihre Ehe ist doch so traditionell, daß sie sich damit, jedenfalls in Cambridge, praktisch schon wieder auffällig machen.«

»Oh, entschuldige, dann muß ich mich natürlich geirrt haben.«

»Na ja, so etwas ist wohl schon mal vorgekommen«, gab Rita zu. »Es gab da ein paar aufsehenerregende Fälle. Wie zum Beispiel, ... wer war das noch, der kürzlich gestorben ist? Irgendein Musiker, er war ziemlich berühmt, der immer als Mann gelebt hat, und von dem es sich dann herausstellte, daß er eine Frau war. Es stand in allen Zeitungen. Und jetzt fällt mir auch ein, daß es ein neues Buch über dieses Phänomen gibt. Ich habe irgendwo eine Besprechung darüber gelesen. Ich hab das Buch aber nicht gekauft. Und weißt du auch warum? Weil ich nichts darüber lesen wollte. Und soll ich dir noch etwas sagen? Ich will auch nichts darüber hören, weil ich das Ganze nämlich total absurd finde.«

»Aber Rita, Absurditäten sind dein Beruf.«

»Du hast es erfaßt. Hast du eine Ahnung, wie oft ich mir Sachen anhören muß, die sonst niemand hören will? Wie du sagst: Das ist mein Beruf. Es gibt Leute, denen ganz, ganz schreckliche Dinge passieren, und sie müssen dann die Möglichkeit haben, jemandem davon zu erzählen. Die eine Hälfte von mir ist auch dieser Jemand, aber die andere Hälfte ist genau wie jeder andere. Und es gibt Momente, wo ich am liebsten sagen würde: ›Hören Sie zu, ich kann damit nicht umgehen. Es ist zuviel für mich. Ich will nichts mehr hören.‹«

»Worauf ich hinaus will«, erklärte ich, »ist, daß du mal darüber nachdenken solltest, in welcher Klemme er gesteckt haben muß.«

»Er?«

»Er.«

Rita nickte. »Okay. Er.«

»Kannst du dir das vorstellen? Angenommen, Du-weißt-schon-wen-ich-meine geht zum Vorstand der Berufsvereinigung, so wie sie es in ihrem Brief angekündigt hat, und er wird vorgeladen. In dem Fall hat er ein perfektes Alibi. Ich meine, die meisten Männer könnten rein gar nichts gegen eine solche Anschuldigung unternehmen. Es würde einfach sein Wort gegen ihres stehen, und heutzutage wäre man eher zugunsten der Frau voreingenommen. Aber in diesem Fall kann er doch ganz eindeutig beweisen, daß sie gelogen hat.«

»Aber er müßte einen hohen Preis dafür zahlen«, meinte Rita, und es klang immer noch zweifelnd.

»Das ist die Klemme, die ich meine. Magst du noch einen von diesen Denver Chocolate Puddings mit mir teilen?«

Rita stöhnte. »Nein. Mir ist schon ganz schlecht von dieser ganzen Geschichte.«

»Also, es gibt für ihn nur zwei Möglichkeiten, und in beiden Fällen würde er alles verlieren, richtig? Entweder hat er eine Klientin mißbraucht, oder er führt ein bizarres Leben, das jetzt natürlich gar nichts Bizarres hat, weil niemand etwas davon weiß. Aber wenn es erst einmal in den Zeitungen steht, wäre er für die Öffentlichkeit entweder ein Krimineller oder ein Freak. Und es geht ja nicht nur um ihn. Er würde doch nie zulassen, daß *ihr* diese Schmach angetan wird. Eben noch die phantastischste Ehefrau und Köchin der Welt, die sich um die Hunde kümmert und sich ein Baby wünscht, so daß jeder annimmt, daß sie über kurz oder lang eines adoptieren werden, und im nächsten Moment steht die ganze Geschichte als Schlagzeile im *Globe* und im *Herald.*«

»Ganz zu schweigen vom *National Esquire.*«

»Ich will nicht, daß er es getan hat«, sagte ich. »Ich glaube, vorher hatte ich eine Spur von Zweifel über ihn. Weißt du, ich dachte, es hätte doch sein können. Ich meine, daß er das, was Donna behauptet, wirklich getan hat. Daß sie es immer heraufbeschworen hat, und daß es nun vielleicht tatsächlich passiert ist. Oder, daß sie es diesmal so eingerichtet und ihn verführt hat. Und daß er sie dann zum Schweigen gebracht hat.« Ich senkte meine Stimme, obwohl sich das Restaurant inzwischen fast geleert hatte. »Aber dann ist Elaine der Sache nachgegangen. Aus Prinzip. Sie glaubte, es war Selbstmord, und das hat sie in ihrem Entschluß, ihn anzuzeigen, wahrscheinlich nur noch bestärkt, denn sie mußte ja annehmen, daß er für diesen Selbstmord verantwortlich war. Aber jetzt? Mein Gott, er muß Elaine wirklich gehaßt haben. Man kann es ihm kaum verdenken, denn es ist so schrecklich unfair.«

»Hast du Kevin schon von deiner neuen Theorie erzählt?«

»Ich habe ihn noch nicht gesehen. Um die Wahrheit zu sagen: Ich bin ihm aus dem Weg gegangen. Wenn *du* den Gedanken schon so monströs und absurd findest, daß du ihn nicht zuläßt ...«

Wenn es etwas gibt, das einen Therapeuten wütend macht, dann ist es der Vorwurf, irgend etwas nicht zuzulassen. Rita unterbrach mich auch prompt: »Es hat überhaupt nichts damit zu tun, daß ich den Gedanken nicht zulasse, wenn ich mich weigere, etwas völlig Unwahrscheinliches zu glauben. Ich prüfe ihn einfach nur auf seinen Realitätsgehalt.«

»Du hast Kimi nicht erlebt.«

»Kimi, die zu dir gesprochen hat.«

»In ihrer eigenen Sprache.«

Rita betrachtete eingehend die Decke.

»Siehst du?« sagte ich zu ihr. »Wenn das deine Antwort ist, was glaubst du wohl, wird mir Kevin sagen? Vorurteilsfreie Aufgeschlossenheit gegenüber den extremen Erscheinungsformen menschlichen Verhaltens ist nicht gerade das, was man von ihm erwarten kann.«

»Er ist ein Bulle aus Cambridge. Er ist hier aufgewachsen, wobei er wohl kaum eine behütete Kindheit hatte, und er kennt das Leben. Das ist auch der Grund, warum er deiner Theorie keinen Glauben schenken wird, denn sogar für Cambridge und im Vergleich zu allem, was er hier erlebt und gesehen hat, ist sie einfach zu weit hergeholt. Aber du hast ihm doch diese Briefe gezeigt, oder?«

»Ehrlich gesagt, nein. Und ich weiß nicht, ob er in Elaines Computer nachgesehen hat. Oder vielleicht hatte sie sonst irgendwo noch Kopien ihrer Korrespondenz, die die Polizei hätte finden können.«

»Und warum hast du nicht ...?«

»Das Motiv ist so stark«, antwortete ich. »Besonders jetzt. Kannst du dir Kevins Reaktion darauf vorstellen? Angenommen, ich hätte wirklich recht mit meiner Theorie, und er würde es mir abnehmen, was dann? Dann würde sich doch niemand mehr die Mühe machen, nach weiteren Beweisen zu suchen. Niemand würde es mehr für möglich halten, daß er unschuldig sein könnte.«

»Hältst du es für möglich?«

»Ja«, sagte ich bestimmt. »Na gut, er hatte so ziemlich das stärkste Motiv, das man sich vorstellen kann. Aber vielleicht ist das auch alles. Vielleicht hat ihm jemand anderer einen großen Gefallen getan.«

»Und wer?«

»Jemand, der eine Menge von diesem Medikament, Sinequan, bekommen konnte. Jemand, der nicht wußte, daß sie keinen Hüttenkäse mochte. Aber wo hat er das Zeug herbekommen? Und wie hat er es in den Milchbehälter geschmuggelt? Wer hätte die Gelegenheit dazu gehabt? Und wer, außer ihm, hatte einen Grund dafür? Die beiden führen ein ausgesprochen merkwürdiges Leben. Und weißt du, was das merkwürdigste daran ist? Es sind einfach zwei schrecklich nette, liebenswerte Leute, und ich mag sie. Wenn ich jetzt Kevin alles erzähle, haben sie doch keine Chance mehr, und absolut jeder in Cambridge wird es erfahren. Warst du eigentlich schon mal bei ihnen zu Hause?«

»Ja.«

»Und?«

»Holly, wenn du wirklich davon überzeugt bist, daß er schuldig ist, dann kannst du es nicht für dich behalten. Das ist nicht so wie mit dieser anderen Vermutung über ihn, mit der du übrigens doch recht haben könntest.«

»Danke sehr.«

»Wenn ich darüber nachdenke, paßt einiges zusammen. Ich glaube zwar nicht daran, daß Kimi mit dir gesprochen hat, aber wenn man einmal die Möglichkeit in Betracht zieht ... Es sind aber auf jeden Fall zwei ganz verschiedene Dinge: Menschen umzubringen ist nicht bloß so etwas wie ein alternativer Lebensstil. Wenn er das getan hat, will ich nicht, daß er ungestraft davonkommt. Du hast Donna nicht gekannt.«

»Aber ich kannte Elaine. Und ich mochte sie, sehr sogar. Möglicherweise hat sie einen Riesenfehler gemacht, aber sie hat immer alles ehrlich gemeint, was sie sagte. Und wegen der anderen Sache: Ich glaube nicht, daß sie jemandem weh tun wollte. Sie hat ganz einfach wirklich nicht an die Ehe geglaubt, und sie hat sie nicht anerkannt, aber sie wollte niemanden absichtlich verletzen. Und nach allem, was ich erfahren habe, hat sie es vielleicht auch gar nicht. Ich bin nicht sicher, ob Du-weißt-schon-wer von dieser Affäre wußte.«

»Diese Du-weißt-schon-wer in den Birkenstock-Sandalen ist übrigens mit einem Mediziner verheiratet«, meinte Rita. »Hast du darüber schon mal nachgedacht?«

»Nicht sehr lange, obwohl sie mir an diesem Abend, als ich sie besucht habe, erzählt hat, daß sie seine Buchhaltung macht. Wenn sie also seinen Patienten die Rechnungen schickt, wußte sie auch, daß Donna zu ihm ging. Sie hatte Donnas Adresse, und es war ihr natürlich auch bekannt, wo Elaine wohnte. Vielleicht wußte sie auch, was ihr Mann Donna verschrieben hatte.«

»Ich weiß nicht, was sie gegen Donna hätte haben sollen, aber das war nicht unbedingt ...«

»Ich weiß es auch nicht. Es sei denn ...«

»Es sei denn, was?«

»Du hast mir doch mal erzählt, daß Psychiater eine Menge Geld für ihre Versicherung bezahlen, für den Fall, daß sie verklagt werden. Und sie werden vermutlich öfter verklagt als andere, weil sie öfter Fehler machen.«

»Ja aber, nur weil sie hohe Versicherungsprämien zahlen, heißt das doch noch lange nicht, daß sich alle einer Verfehlung schuldig gemacht haben. Aber was ist mit ihr und ihrer Buchhaltung? Das ergäbe vielleicht eine Möglichkeit. Allerdings hast du ganz recht mit deiner Annahme, daß Kevin das wohl alles nicht ernst nehmen würde.«

»Ich hoffe, daß ich mich, was Joel betrifft, irre. Falls aber nicht, muß ich es Kevin erzählen.«

»Ich hoffe auch, daß du dich irrst.«

Die Kellnerin erschien und fragte, ob wir Kaffee wollten.

»Einen koffeinfreien Kaffee mit Sahne, bitte«, bestellte Rita.

»Und ich hätte gerne einen richtigen Kaffee«, sagte ich.

Die Kellnerin verschwand.

»Ich finde, koffeinfreier Kaffee ist wie Safe Sex«, meinte Rita wehmütig.

»Ein Feminist und Pillendealer«, sagte Kevin ärgerlich. »Er ist beides und auch noch stolz darauf.« Wir sprachen über Dr. Ben Moss, während wir den Fresh Pond in einem Tempo umrundeten, das ich als Laufen bezeichnen würde. Dabei ging Kevins Atem noch nicht einmal um eine Spur heftiger. Rowdy, der hübsch brav neben Kevin bei Fuß lief, allerdings an der Leine, konnte leicht mit seiner Geschwindigkeit Schritt halten, ließ aber trotzdem seine rosarote Zunge aus dem Maul hängen. Das tut er immer, wenn er lächelt. Unterdessen mußte ich Kimis Leine ständig von einer Hand in die andere nehmen, während sie um mich herumsprang, nach vorne zog, hinter mir zurückblieb und vor Freude förmlich tanzte.

»Rita sagt, es ist eine eigene Kunst«, keuchte ich. »Sie meint, daß es Menschen gibt, die ohne Medikamente nicht funktionieren können, und es wäre eine Kunst, das richtige Zeug zu finden. Aber sie sagt auch, daß Ben Moss darin kein Experte ist.«

»Psycho-«, begann Kevin und betonte dann jede weitere Silbe: »phar-ma-ko-lo-ge.«

»Sag mal, bist du auf einer Art Gesundheitstrip?« fragte ich ihn. Plötzlich steckte Kimi ihre Nase in ein blattloses Gesträuch und brachte mich mit einem Ruck zum Stehen. »Los, Kimi, weiter.«

»Nein.« Kevin machte eine wegwerfende Handbewegung. »Aber dieser Typ ist einfach ein arroganter Blödmann.«

»Könnten wir vielleicht etwas langsamer rennen?«

»Entschuldige.«

»Schon gut. Er hat übrigens eine Affäre mit Elaine Walsh gehabt. Rita hat mir davon erzählt.«

»Mmhh«, meinte Kevin.

»Du hast davon gewußt?«

»Ja.«

»Woher? Hat er es zugegeben?«

»Himmel, du willst wissen, ob er es *zugegeben* hat?« Kevin schüttelte den Kopf.

»Er hat also damit angegeben. Und das macht dir zu schaffen, ja?«

Kevin hat eine blasse, fast durchscheinende Haut, die im Sommer zahllose Sommersprossen bekommt, aber da es jetzt tiefer Winter war, überzog sich sein Gesicht mit einer gleichmäßigen, tiefen Röte. Vor dem Hintergrund des wintergrauen Himmels und der Wasserspiegelungen auf dem See hob sich Kevins roter Haarschopf bestens ab. Als er nun auch noch errötete, leuchtete sein ganzer Kopf in einem lodernden Glühen.

»War das so ein typisches Männergespräch?« Ich versuchte, wieder zu Atem zu kommen. »Und du hast sein Gerede obszön gefunden?«

»Zuerst er, und jetzt auch noch du.«

»Hat er gemeint, du bist prüde, oder was?«

»Er hat mir erklärt, alle Frauen wären gleich. Und

dann hat er mir ganz genau und mit allen Details beschrieben, wie sie gleich sind.«

»Du bist ja tatsächlich prüde.« Ich verlangsamte meine Schritte. »Was hat er gesagt? Daß sie phantasievoll war? Oder unkonventionell? Ist das fein genug umschrieben?«

»Er hat's sicher nicht mit diesen Worten gesagt.« Kevin lief in einem kurzen Abstand vor mir weiter.

»Ich finde, das ist beleidigend«, antwortete ich. »Elaine hätte das auch nicht gefallen. Ich glaube nicht, daß sie das Ausplaudern einer sexuellen Affäre für einen wesentlichen Beitrag zur Emanzipation gehalten hat. Würdest du bitte etwas langsamer laufen? Und es hat außerdem etwas Unanständiges. Ich kann verstehen, daß du daran Anstoß nimmst. Aber warum hat er denn nicht den Mund gehalten? Hat er nicht gemerkt, daß er damit einen schlechten Eindruck macht? Worauf wollte er hinaus?«

»Oh, ich hab' schon kapiert, worauf er hinaus wollte.« Kevin lief immer noch ein paar Schritte vor mir. Er drehte jetzt den Kopf nach hinten, so daß ich ihn besser hören konnte, und fuhr fort: »Worauf er hinaus wollte, kann ich dir sagen: Warum würde ein Typ wie er eine Frau umbringen, die so eine phantastische Nummer im Bett ist?«

»Oh Gott, Kevin, Elaine hätte euch beiden eine Überdosis verpaßt, wenn sie das gehört hätte. Und lauf jetzt endlich langsamer, verdammt noch mal. Ich trainiere nicht für den Marathon.« Aber Kevin tut es. Fast ständig. »Aber was ist mit dem Medikament, dem Sinequan?«

»Da war nichts zu holen. Ja, er hat es Miss Zalewski gegeben. Nein, er hatte nicht den Eindruck, daß sie selbstmordgefährdet war. Er hat sich später lange gefragt, warum er dieses Medikament ausgewählt hat und ist sogar zu einem anderen Psychiater gegangen, um, ich zitiere: ›an dem Problem zu arbeiten‹. Gemeinsam mit diesem anderen Psychiater hat er dann, ich zitiere noch einmal: ›eine Erinnerung wieder in das Bewußtsein geholt‹.«

»Eine Erinnerung an was?«

»Es scheint, daß vor einiger Zeit ein Pharmakonzern, der dieses Medikament herstellt, versucht hat, die Ärzte dazu zu bringen, es verstärkt zu verschreiben. Also haben sie nicht nur eine Anzeigenkampagne gemacht, sondern sie haben sogenannte Kaufanreize geboten.«

»Was denn zum Beispiel?«

»Sie haben Schallplatten mit klassischer Musik verschenkt.«

»Soll das ein Witz sein?«

»Nein, wirklich. Und Moss holte die Erinnerung in sein Bewußtsein, daß er sich angewöhnte, Sinequan zu verschreiben, weil ihm die Schallplatten gefielen. Ich wette, wenn er ein Rezept ausgeschrieben hat, erklangen in seinem Kopf lauter Geigen. Und er mag Geigen.«

»Und weil er gleich ein ganzes Orchester haben wollte, hat er Elaine auch welche gegeben?«

»Nein, Miss Walsh nicht.«

»Kein ›Miss‹ bitte«, sagte ich. »Was soll eigentlich dieses Machogehabe? Mußt du denn immer ein bißchen zu schnell für mich gehen? Wenn du Lust auf einen Wettlauf hast, such dir jemanden in deiner Größe und gib' mir Rowdy. Ich komme besser mit den beiden Hunden klar.«

»Entschuldige.«

»Ich bin keine tolle Läuferin, weißt du. Ich mache das hier nur, weil die Hunde den Auslauf brauchen. Also, hat er einmal jemandem, der Elaine kannte, Sinequan verschrieben? Hat er dazu was gesagt?«

»Daß mich das nichts angehen würde«, antwortete Kevin.

»Das mußte er sagen. Therapeuten dürfen nicht über ihre Klienten reden. Oder Patienten, oder wie immer sie sie nennen. Es ist wirklich alles streng vertraulich.«

»Was du nicht sagst. Willst du eine Pause machen?«

»Nein. Du bist ganz schön sauer darüber, nicht wahr?«

»Die Nachbarn haben auch nichts bemerkt«, fuhr Kevin fort. »Sie haben keine verdächtigen Gestalten in der Upland Road herumlungern sehen, und Elaine wurde auch von keinem Verrückten bedroht. Die einzige Verrückte, die uns in diesem Fall bisher begegnet ist, ist eine Frau, die glaubt, daß sich alle Hunde in Cambridge gegen sie verschworen haben, und weil sie jetzt meinen Namen kennt, ruft sie mich zwanzigmal am Tag an, um mir zu sagen, daß wieder einer bei ihr im Garten ist und fragt, ob ich nicht jemanden vorbeischicken kann, um den Hund zu verhaften.«

»Das ist wohl diese Frau in der Lakeview Avenue, die mit dem komischen Felsengarten, der aussieht wie eine Grabstätte. Warte mal einen Moment.« Kimi hob ihr Bein an einem Zaun zwischen dem Weg und dem See. Fresh Pond ist ein Wasserreservoir. Das Schwimmen darin ist verboten. Alle Frischwasserquellen in Massachusetts sind Wasserreservoirs, und manchmal denke ich mit Heimweh an die frei zugänglichen Gewässer in Maine. Als Kimi fertig war, bedeckte Rowdy ihren Duft mit seinem.

»Ihr Name ist Green«, bemerkte Kevin und nahm sein Joggingtempo wieder auf. »Rowdy, bei Fuß!«

»Ja, was für ein passender Name.«

»Miss Zalewski«, sagte Kevin betont, »hat im selben Häuserblock gewohnt. Und diese Green ist einfach total verrückt.«

»Rowdy soll nicht so ziehen«, ermahnte ich ihn. »Hätte diese Frau eine Möglichkeit gehabt, an Sinequan zu kommen? Ich meine, wenn sie wirklich so gestört ist, hat man es ihr vielleicht verschrieben. Übrigens, ich habe keine Angst mehr wegen Kimi. Ich meine, weil ich dachte, daß jemand sie vergiften könnte. Aber es ist überhaupt nichts passiert in dieser Richtung. Also bin ich da jetzt sehr viel entspannter.« In Wahrheit habe ich natürlich nur deshalb aufgehört, mir Sorgen zu machen, weil ich wußte, daß Joel Baker einem Hund nichts zuleide tun würde, aber davon wollte ich Kevin nichts sagen. Ich hatte nicht vor, Joel ihm gegenüber zu erwähnen. »Könnte diese Frau also irgendwie an Sinequan gekommen sein? Hast du das überprüft?«

»Daran habe ich überhaupt nicht gedacht«, antwortete Kevin. »Du warst ja leider nicht da, um mir zu sagen, was ich tun soll.«

»Du hast es also überprüft. Und, hatte sie das Medikament?«

»Nicht, daß wir wüßten.« Und dann wiederholte er noch einmal: »Nicht, daß wir wüßten.«

»Ja gut, und was hältst du von ihr? Meinst du, es wäre möglich, daß sie es beide Male auf Kimi abgesehen hat?«

»Meiner Meinung nach ist sie harmlos. Aber wenn dir noch mal etwas in der Art auffällt, laß es mich wissen!«

»Natürlich. Hör' mal, da ist noch was, was ich dich fragen wollte, wegen dem Hüttenkäse.«

»Ja?«

»Du hast doch den Karton gefunden, stimmt's?«

»Ja, genau.«

»Und du hast darin auch Spuren von dem Medikament gefunden, Sinequan, richtig?«

»Richtig.«

»Gut. Dann hat es also jemand untergerührt. Es wurde nicht bloß drübergestreut. Wenn es nur obendrauf gewesen wäre, hätte man in dem leeren Karton keine Spur mehr davon gefunden. Wie wurde das angestellt? Und wann? Und dann auch: wo? Mit anderen Worten: hat der Mörder vor Elaines Tür gestanden und das Zeug in aller Ruhe untergemischt? Wäre das nicht ein bißchen auffällig gewesen? Was, wenn Elaine zurückgekommen wäre? Oder sonst jemand?«

»Ich kann nur raten«, meinte Kevin: »Jemand hat es vorher in einen anderen Karton gemischt und diesen dann gegen den von Elaine ausgetauscht.«

»Hat denn vielleicht woanders ein Karton Hüttenkäse gefehlt? Wurde einer aus einer anderen Lieferung oder aus dem Lieferwagen gestohlen?«

»Nein. Nicht auf dieser Route.«

»Bist du sicher?«

»Ja.«

»Also muß der Mörder einer von Jims Kunden sein. Oder jemand von einer anderen Route. Jedenfalls einer, der sich seine Milchprodukte liefern läßt, weil man diese Sorte Hüttenkäse nicht im Laden kaufen kann. Es gibt sie nur von Pleasant Valley. War Donna Zalewski eine von Jims Kunden? Hat sie ihre Sachen auch ins Haus geliefert bekommen?«

Kevin nickte.

»Und wer noch? Diese Frau mit dem Garten, Frau Green?«

»Nein.«

»Also, wer sonst?«

»Jede gottverdammte Person, die Elaine Walsh kannte«, knurrte Kevin. »Und dann noch eine Menge Leute, die sie nicht kannten.«

Joel Baker? Ich habe in ihrem begehbaren Kühlschrank keine Milchflaschen von Pleasant Valley gesehen. Die Mosses? Sie standen bestimmt auf Kevins Liste der gottverdammten Personen, zusammen mit vielen, vielen anderen.

Die Observatory-Hill-Zweigstelle der öffentichen Bücherei befindet sich auf der Concord Avenue, beinahe direkt gegenüber von meinem Haus, an der Ecke des neuen Harvard-Häuserkomplexes. Rita hatte mir eines ihrer Bücher von Elaine Walsh geliehen, und nun wollte ich noch ein anderes durchsehen. Ich las noch etwas mehr über Elaines Ansichten über die Ehe und versuchte, es aus der Perspektive von Sheila Moss zu lesen, und, obwohl ich fast nichts über ihn wußte, aus der von Ben Moss.

Elaine schrieb in diesem Buch, daß es notwendig sei, Männer zu einer Nebensache im Leben von Frauen zu machen. Damit eine Frau zum Mittelpunkt ihres eigenen Lebens werden könne, müßten sich die Männer an die Peripherie begeben, oder dorthin abgeschoben werden. Elaine war der Meinung, daß Präsenz Macht sei. Und um Macht zu erlangen, müßten die Frauen Wut und Destruktion akzeptieren und beides einsetzen. Sie schien noch weniger Geduld für Frauen aufzubringen, die versuchten, Kompromisse zwischen der Vergangenheit und der Zukunft herzustellen, als andere Feministinnen, die ich gelesen hatte (was nicht viele waren). Wäre ich Sheila Moss, würde ich mich davon herabgesetzt fühlen. Und Ben Moss? Nach allem, was mir Kevin erzählt hat, hat er in Elaine wahrscheinlich nur eine unbekümmerte Draufgängerin gesehen.

»Haben Sie Elaine Walsh gekannt?« fragte mich Sheila Moss, die gerade eine Packung Pleasant-Valley-Hüttenkäse in der Hand hielt.

Ich muß zusammengezuckt sein und stotterte: »Ja. Nicht allzugut. Ich hatte sie erst kurz bevor sie starb kennengelernt.«

Ein paar ziemlich direkte Fragen an Jim, den Milchmann, hatten mir ermöglicht, meinen Besuch bei Sheila Moss zeitgleich mit der Lieferung von Pleasant Valley einzurichten. Ich glaube allerdings nicht, daß Jim etwas bemerkt hat. Er hatte sich inzwischen vermutlich daran gewöhnt, Fragen über den Hüttenkäseverbrauch seiner Kunden zu beantworten. Der Vorwand für meinen Besuch war, daß ich ein paar Photos von dem Ridgeback, Es, machen wollte, der sich auf dem Linoleumboden zu einem riesigen, weizenfarbenen Knoten zusammengerollt hatte und schlief. Sowohl der Hund als auch der Fußboden konnten etwas Wasser und Seife vertragen. Sheila packte die Lieferung von Pleasant Valley in einen Kühlschrank, der außen mit abstrakten Kinderzeichnungen gepflastert war, bei denen sich die Ränder aufrollten. Unten auf der Kühlschranktür hatte jemand mit bunten, magnetischen Buchstaben die Mitteilung »Josh Moss ist ein Arschloch« geschrieben. Die Mosses hielten offenbar viel vom Recht der freien Meinungsäußerung für Kinder.

»Das Merkwürdigste an Elaines Tod ist«, setzte Sheila unsere Unterhaltung fort, »daß sie eigentlich gar keinen Hüttenkäse mochte.« Sie lag jetzt auf den Knien und zwängte so ziemlich alles, was Jim verkaufte, in den Kühlschrank, indem sie die in sechs Zweiliterflaschen abgefüllte Milch in das oberste Fach stapelte und den Joghurt, den Sauerrahm und ein paar Einpfundkartons Hüttenkäse auf die mit Aluminiumfolie bedeckten Teller und Schalen in den unteren Fächer legte. Zuvor hatte sie bereits drei Viertelliterpackungen Eiscreme in das Kühlfach gepreßt. »Sie hat überhaupt nichts von diesem Zeug gemocht«, fügte Sheila noch hinzu, indem sie auf die Packungen wies. »Joghurt, Milch, keine weißen Nahrungsmittel.«

»Wissen Sie, was mich überrascht hat?« fragte ich. »Ich glaube, ich war überrascht, daß sie überhaupt gekocht hat. Irgendwie habe ich Elaine nicht für eine Frau gehalten, die kocht. Sie hatte so gar nichts Häusliches. Ich hatte angenommen, daß sie von Fertiggerichten lebt.«

»Da irren Sie sich«, sagte Sheila. Über einem ungebügelten Jeanshemd trug sie einen indischen Trägerrock und rote Wollsocken in Birkenstock-Sandalen. Ihre Beine waren stark behaart. »Sie hat an Autarkie und Unabhängigkeit geglaubt. Wenn Sie mich fragen, war sie im Grunde isolationistisch. Sie hat darüber in irgendeinem Buch geschrieben. Über das Kochen, meine ich.«

»Ein Kochbuch?« fragte ich verblüfft und dachte so

etwas wie ›Leckerreien für den Liebhaber‹ vielleicht? Aber natürlich war ich zu höflich, um es laut zu sagen.

Sheila lachte. »Nein. Sie war keine besonders gute Köchin. Es ging ihr nur darum, daß Frauen sich die Mühe machen sollten, gut für sich zu sorgen. Sie meinte, daß wir Frauen immer nur für die Männer und die Kinder kochen, und wenn wir allein sind, würden wir uns lieber die Arbeit sparen, als ob wir nicht auch Menschen wären, die es brauchen oder verdienen, umsorgt und ernährt zu werden. Wenn wir niemanden haben, der für uns sorgt, sorgen wir auch nicht für uns selbst. Also hat sie mit dem Hüttenkäse gekocht? Er war in einer Mahlzeit? Das halte ich schon eher für möglich. Was war es, Fruchtsalat?«

»Eine Art Auflauf, so was Ähnliches wie Lasagne.«

»Woher wissen Sie das?«

»Jemand hat es mir erzählt.«

»Aha. Wissen Sie, sie hat den Hüttenkäse eigentlich für den Hund gekauft. Als ich hörte, wie es passiert ist, dachte ich zuerst, jemand hätte versucht, ihren Hund zu töten und nicht sie.«

»Wirklich?«

»Ja. Ben und ich haben uns beide darüber gewundert. Er und Elaine waren sehr gute Freunde, müssen sie wissen.«

Um meine Verlegenheit zu verbergen, beugte ich mich herunter und kraulte den samtigen Kopf des Ridgebacks, der weiter schlief, als liege er im Koma.

Sheila fuhr fort: »Ben hat eine Menge Freundinnen. Ich nenne sie seinen Harem.« Sie lachte fröhlich. »Aber Elaine stand ihm von allen am nächsten. Das war sogar ein kleines Problem für mich. Möchten Sie etwas Kaffee? Er ist mit Koffein, und ich lebe praktisch davon.«

»Ja, gern«, antwortete ich.

In der Küche stand eine mit getrockneten Teig- und Sahnespritzern gesprenkelte Kaffeemaschine. Drumherum lagen stapelweise geöffnete Briefe, Zeitungen und Zeitschriften, Broschüren, Plastikspielzeug, Papiertüten und zahlreiche Gemälde von untalentierter Kinderhand. Sheila füllte zwei angeschlagene Keramikbecher.

»Zucker?« fragte sie.

»Ja, bitte.«

Das hätte ich nicht sagen sollen. Sie entdeckte, daß sowohl die Zuckerdose als auch die Zuckerschale leer waren und mußte eine Reihe vollgestopfter Schubladen durchwühlen, bevor sie eine Schachtel Sucanat, ein Produkt aus dem Bioladen, entdeckte. »Es ist nicht ganz dasselbe wie Zucker«, meinte sie entschuldigend, als sie die Schachtel auf den Tisch stellte und sich endlich hinsetzte, »aber es ist gar nicht so schlecht, schrecklich süß jedenfalls.«

Süß? Es schmeckte wie Sirup mit reichlich Saccharin. Aber ich nehme an, daß man leiden muß, um gesund zu leben.

»Jedenfalls«, setzte Sheila unsere Unterhaltung fort, »war Elaine immer so aktiv. Sie und Ben waren ständig hinter mir her, daß ich mich mehr in der Frauenbewegung engagieren sollte. Und daß ich mehr lesen sollte.« Sie langte hinter sich und zog aus einem Stapel etwas, das aussah wie ein Informationsblatt. »So etwas zum Beispiel: *Literaturzeitschrift für Frauen.* Ben hat es mir zu Weihnachten geschenkt.« Sie klang ironisch.

In Cambridge gibt es viele Männer, von dieser Sorte. ich wette, es sind dieselben, die vor zwanzig Jahren ihre Freundinnen zu den Vietnam-Demonstrationen und zu einem Frühstück bei den Black Panthers geschleppt haben, statt sie in ein Theater oder Restaurant einzuladen. Jetzt flüstern sie einem als Liebesschwur ins Ohr, daß sie ihren Anteil an der Hausarbeit übernehmen würden, und statt roter Rosen schenken sie der Frau ihres Herzens das Abonnement einer radikalfeministischen Zeitschrift.

»Und das erste Exemplar hab ich ja noch gelesen, aber dann bin ich nicht einmal dazu gekommen, die nächsten auch nur aufzuschlagen. Das Problem ist, daß ich nicht sehr gut organisiert bin.«

»Aber Sie haben doch einfach nur schrecklich viel zu tun«, widersprach ich. »Sie haben Ihre Arbeit, und die Kinder, und den Hund, und den Haushalt.«

»Es gibt Leute, die das schaffen«, sagte sie. »Oder ich habe jedenfalls den Eindruck, daß sie es schaffen.«

In diesem Moment hörte man von draußen Autotüren zuschlagen und den Klang von hellen Kinderstimmen.

»Da sind sie ja«, meinte Sheila. »Wenn sich jetzt nur noch der Kater blicken ließe, könnten Sie loslegen.«

Der Vorwand für meinen Besuch war ein Foto von dem Ridgeback zusammen mit den Moss-Kindern und der Familienkatze. Sheila hatte mir erzählt, der Hund und der Kater wären so gute Freunde, daß sie sich oft nebeneinander zusammenrollten und schliefen. Ich hatte bisher den Eindruck, daß Es außer Schlafen keine weiteren Aktivitäten zeigte, aber als die Stimmen jetzt näher kamen, hob er seinen Kopf und klopfte mit dem Schwanz mehrmals auf den Boden, was für ihn wahrscheinlich ein Trommelfeuer der Begeisterung war. Dann erhob er sich bedächtig und trottete zur Tür.

Die Kinder, vier Jungen, waren altersmäßig zwischen

ungefähr sieben und zwei Jahren. Die drei Jüngsten trugen Parkas und nicht zusammenpassende Fäustlinge, die mit Klammern an den Ärmeln befestigt waren. Polohemden und Latzhosen, aber der Älteste war bereits zu Jeans und Handschuhen fortgeschritten. Alle vier sahen ihrem Vater sehr ähnlich, der hinter ihnen ins Haus trat, und die fünf grobknochigen und robusten Männer bildeten einen starken Kontrast zu der zerbrechlichen, abgespannten und bläßlichen Sheila. Niemand begrüßte den Hund mit einem Wort oder einem Streicheln, aber er wedelte trotzdem unverdrossen mit dem Schwanz.

Ben Moss war groß und hatte dichtgelocktes, dunkles Haar, das keine Spur von dem Grau zeigte, welches Sheilas Haar durchzog. Die Gesichtszüge oberhalb seines Vollbarts waren kräftig, aber nicht unattraktiv, abgesehen von seinen kalten, blauen Augen. Was mir an Ben und den Jungen jedoch am meisten auffiel, war diese frische Gesichtsfarbe, die ihnen ein ungemein energisches und gesundes Aussehen verlieh, und was genau das war, was Sheila so fehlte. Die ganze Familie kam mir vor, als würde Sheila jeden Tag ein paar Liter Blut an ihren Ehemann und ihre Söhne übertragen.

»Ben«, sagte sie jetzt, »das ist Holly Winter. Sie schreibt einen Artikel über Rhodesian Ridgebacks. Und sie möchte ein paar Aufnahmen von Es und den Jungen machen. Und Adler, falls er noch auftaucht.«

Ben Moss sah mich direkt an, sagte kein Wort und ging dann aus der Küche. Der Älteste öffnete die Kühlschranktür. Der Jüngste kletterte auf Sheilas Schoß und sagte etwas zu ihr, das ich nicht verstand. Sie zog ihr Hemd aus dem Rock, und er steckte seinen Kopf darunter. Sie stillte ihn.

»Ich sollte das eigentlich nicht machen, weil ich zur Zeit Prozac nehme. Aber er tut es nur noch selten.«

In Cambridge erzählen einem die Leute so bereitwillig, daß sie Prozac nehmen, wie die Bewohner normalerer Orte, daß sie bei den Weight Watchers sind. Und für die Mütter in Cambridge ist es ebenso selbstverständlich, ihre Kinder in der Öffentlichkeit zu stillen, wie ohne einen Schleier über dem Gesicht aus dem Haus zu gehen. Aber die meisten stillenden Mütter würden nicht einmal ein Aspirin nehmen oder einen koffeinfreien Kaffee trinken, und wenn sie es doch tun, würden sie es niemals zugeben.

Die anderen drei Jungen ließen ihre Parkas auf den Boden fallen und deckten Sheila mit einem lautstarken Schwall von Protesten ein über all die Dinge, die ihr Vater ihnen im Aquarium nicht gekauft hatte. Der Ridgeback rollte sich auf den Parkas zusammen und schlief wieder ein. Ich beneidete ihn um seine Ruhe. Als Ben Moss zurück in die Küche gestapft kam, sah er nicht einmal in meine Richtung. Er beschwerte sich zunächst bei Sheila über einen schlechten Geruch im Badezimmer und fragte dann gereizt: »Ist das Mittagessen immer noch nicht fertig? Was hast du denn den ganzen Tag gemacht?«

Am liebsten hätte ich mich auf der Stelle in Luft aufgelöst. Statt dessen gelang es mir, Es zu wecken und die Jüngeren aus dem Haus zu locken, um sie mit dem Hund zu fotografieren.

An diesem Nachmittag stieg die Temperatur auf zwölf Grad, der Himmel war von einem kräftigen Blau, und Steve und ich fuhren mit allen vier Hunden zu den Middlesex Fells, damit sie sich dort austoben konnten.

Wir mußten natürlich in zwei Autos fahren, aber nachdem wir tief genug im Wald waren, um sie von den Leinen zu lassen, kamen sie ganz gut miteinander aus. Das heißt, Lady, Steves schwarzweiße Pointer-Hündin, behandelte Kimi wie eine Göttin, und Kimi ließ es sich gerne gefallen. India, seine Schäferhündin knurrte Kimi abwechselnd an, oder sie ging auf Abstand. Mit Rowdy und India gab es überhaupt keine Probleme. Sie waren das ideale Paar für einen Waldspaziergang, weil sie einander folgten, und da Rowdy, wie jeder Schlittenhund, seinen Weg markierte und India immer kam, wenn man sie rief, mußten wir nie befürchten, sie zu verlieren. Ich beschrieb Steve in eindringlichen Worten meinen Vormittag bei der Moss-Familie.

»Würdest du dich bitte wieder abregen«, unterbrach er mich plötzlich. »Eine Ehe muß nicht immer so sein.«

»Es ist einfach ungeheuerlich. Und er ist der unverschämteste Mann, der mir in meinem ganzen Leben begegnet ist. Weißt du, daß er die ganze Zeit, während ich da war, kein einziges Mal das Wort an mich gerichtet hat? Jeder von diesen vier Hunden hier hat bessere Manieren als er. Sogar Kimi.«

»Wenigstens hat er dich nicht angemacht.«

»Na, warte nur ab. Wahrscheinlich ruft er mich demnächst an, weil er denkt, er wäre der starke, ruhige Typ, der immer einen tiefen Eindruck hinterläßt.«

»Und, hat er etwa nicht recht damit?«

»Was für ein Scheißkerl! Wenn es ihm Spaß macht, unhöflich zu mir zu sein, okay, mir ist das egal. Ich kann damit leben. Aber wie konnte er ihr das antun? Ich war ihr Gast. Ich war in ihrem Haus, und sie hat versucht, uns vorzustellen. Es muß ihr so verdammt peinlich gewesen sein. Ich hab mich ja schon richtig für sie gedemütigt gefühlt, als er sie so behandelt hat. Aber vielleicht ist sie bereits so niedergedrückt, daß sie es nicht einmal mehr bemerkt.«

Vor uns auf dem Weg jagten sich Rowdy und India gegenseitig wie zwei bildschöne, wolfsgleiche Athleten, aber Lady hatte sich bisher nicht weiter als ein paar Meter von Steve fortbewegt, und Kimi widmete sich ganz der Beschäftigung, immer neue, schmeichelnde Gesten der Bewunderung aus Lady hervorzulocken.

»Sie benimmt sich wie ein emotional überstrapazierter Hund«, sagte ich, auf Kimi deutend. »Im Grunde ist Lady im Vergleich zu ihr weitaus selbstbewußter und sicherer. Es ist wirklich traurig.«

»Das stimmt wohl. Und hast du denn jetzt etwas Neues erfahren?«

»Hab ich das? Ja, ich habe erfahren, daß Elaine recht hatte.«

»Du weißt doch, was ich meine. Und vergiß nicht: Ich bin nicht Ben Moss.«

»Ich weiß. Tut mir leid. Ja, ich hab sozusagen ein paar neue Erkenntnisse gewonnen. Hauptsächlich die, daß Sheila Moss einfach unmöglich etwas mit der Sache zu tun haben kann. Einmal, weil sie einfach eine der harmlosesten Personen ist, die ich kenne. Aber dann noch vielmehr, weil sie so unorganisiert und überfordert ist. Ihr ganzes Leben ist ein einziges Durcheinander, und ich kann mir gar nicht vorstellen, daß sie überhaupt irgendeine Tat planen könnte, geschweige denn so etwas wie ein Mord. Die Mosses bekommen zwar auch Hüttenkäse geliefert, aber sie wußte, daß Elaine ihn nicht mochte. Das hat sie mir ganz ungefragt erzählt. Sie wußte auch, daß sie ihn für den Hund gekauft hat. Und ich habe außerdem noch herausgefunden, daß sie Prozac einnimmt.«

»Hast du nicht gesagt, daß sie ihr Baby stillt?«

»Das ist eigentlich gar kein Baby mehr, wahrscheinlich hat er inzwischen ein Drittel ihres Gewichts.«

»Wenn sie ein Baby stillt, während sie Medikamente nimmt, schadet sie auf jeden Fall jemandem.«

»Das ist etwas anderes. Das Ganze wäre einfach zu viel für sie gewesen. Wenn man plant, einen Menschen umzubringen, tut man das doch sicher in dem Bewußtsein der eigenen Macht. Ich meine, es ist eine Möglichkeit, das Geschehen zu kontrollieren. Eine schreckliche Möglichkeit, sicher, aber es muß dem Mörder ein Gefühl von Macht geben. Und glaub mir, genau das hat sie ganz sicher nicht. Sie würde es einfach nicht fertigbringen.«

»Wie steht's mit ihm? Wäre er brutal und kaltblütig genug, zwei Frauen umzubringen?«

»Ich glaube, seine Brutalität ist eher vampiristisch. Er saugt seine Opfer aus, aber er läßt sie am Leben. Nein, im Ernst: Er war Elaines Liebhaber, und er ist ein Mediziner. Er hätte es so einrichten können, daß ihr Tod wie Selbstmord aussah. Das wäre kein Problem für ihn gewesen. Ärzte kriegen doch die ganze Zeit Arzneimittelproben. Er hätte ihr alles eingeben können, was er wollte und dann einen Haufen leerer Flaschen und Packungen bei ihr herumliegen lassen können. Und was wäre sein Motiv? Bevor ich die beiden kennengelernt habe, hielt ich es für möglich, daß Elaine ihm gedroht haben könnte, seiner Frau alles zu erzählen. Aber was wäre schon passiert, wenn sie es wirklich getan hätte? Was hätte die arme Frau denn machen können? Ihn verlassen und mit diesen vier kleinen Monstern allein zurückbleiben? Nein, so wie sie über Elaine gesprochen hat, glaube ich nicht, daß sie etwas wußte. Ich bin mir sogar sicher. Er hat ihr wahrscheinlich irgendeinen Blödsinn von seinem freundschaftlichen Verhältnis zu Frauen erzählt, und sie hat's ihm geglaubt. Und wenn sie es erfahren hätte, na, wenn schon: Sie stellt einfach für niemanden die geringste Bedrohung dar.«

»Mag sein, aber weißt du, niemand außer ihm und ihr hatte so leicht Zugang zu einer größeren Menge Sinequan.«

»Das stimmt nicht ganz. Es ist nur so, daß wir es von niemand anderem wissen.«

»Im Kühlschrank gibt's Bier, zwei Sorten«, sagte ich zu Kevin. »Bedien dich.«

»Hat denn Wie-heißt-er-noch-gleich etwa mein Budweiser weggetrunken?«

Kevin kennt Steves Namen sehr wohl.

»Es ist alles da. Niemand hat etwas angerührt.«

Kevin nahm eine Budweiser-Dose aus dem Kühlschrank, öffnete sie und reichte mir eine Fotokopie herüber. »Sag mir mal, was du davon hältst.«

Ich bin nicht sicher, ob ich daran glauben soll, daß die Graphologie der Schlüssel zum Charakter eines Menschen ist, aber wenn ich Donna Zalewskis Handschrift hätte erraten sollen, hätte ich mit meiner Vorstellung völlig falsch gelegen. Selbst in dieser blassen Kopie war sie fließend, sicher und durchaus konventionell, wie die Schönschreibeschrift eines Volksschülers.

Dr. Walsh,

es ist mir klar, daß es ziemlich viel verlangt ist, aber ich bekomme es einfach nicht unter Kontrolle. Ich habe alle anderen Möglichkeiten ausprobiert, und ich weiß, daß sie bei

Ihnen gut aufgehoben ist. Sie verdient etwas Besseres als mich.

»Was hältst du davon?« fragte Kevin.

»Soll das der Abschiedsbrief sein?«

»Angeblich ja.«

»Und warum hat sie ihn dann nicht unterschrieben?«

Er nahm einen Schluck Bier aus der Dose, verzog den Mund und sah mich abwartend an.

Also gab ich mir selbst die Antwort: »Weil sie den Brief nie zu Ende geschrieben hat. Sie spricht von anderen Möglichkeiten, und ich denke, alles, was sie meinte, war eine Unterbringungsmöglichkeit für Kimi und nicht andere Möglichkeiten für ihr Leben. Ihr Polizisten seid zu lange in Cambridge gewesen. Wo hat man den Brief gefunden?«

»Auf ihrem Schreibtisch.«

»War das alles?«

»Das war alles.«

»Da muß doch noch was dabei gelegen haben«, sagte ich.

»Anweisungen. Irgend etwas über Kimi. Wann sie zu füttern ist und ähnliches.«

»Eine Liste«, antwortete Kevin. »Sie hat praktisch einen Koffer für den Hund gepackt. Es war eine Tasche, so eine Sporttasche aus Segeltuch mit Hundefutter, Freßnapf und einer Leine darin, und eine Liste war auch dabei.«

»Und auf der Liste stand, was und wann man ihr zu Fressen geben soll, stimmt's? Und darunter war auch Hüttenkäse.«

Kevin nickte.

»Also alles, was du von mir willst, ist eine Bestätigung

für deine Annahme? Ja, es ist eine Bitte an Elaine, Kimi zu sich zu nehmen und sich um sie zu kümmern. Es ist ein unfertiger Brief. Was fehlt, ist so etwas wie ›Ich komme dann und dann vorbei und hole sie wieder ab‹ oder ›Ich komme und hole sie ab, sobald es mir wieder besser geht.‹«

»Und fällt dir etwas zu den anderen Möglichkeiten ein, von denen sie spricht?«

»Klar«, sagte ich. »Wo hätte sie versucht, Kimi unterzubringen? Bei Steve, der war ihr Tierarzt. Und sonst? Bei Faith Barlow. Sie hat Kimi bei Faith gekauft. Willst du, daß ich sie frage? Wenn sie nämlich bei Steve angerufen hat, was wahrscheinlich ist, hätte sie nur gefragt, ob sie ihren Hund für eine Weile aufnehmen könnten. Und wenn sie dort keinen freien Platz mehr hatten, hat sie wahrscheinlich nicht einmal ihren Namen hinterlassen. Bei Steve wird sich also niemand mehr daran erinnern können. Aber Faith weiß es sicher noch. Willst du, daß ich sie anrufe und frage?«

»Ach, nee«, sagte Kevin. »Ich suche eigentlich keinen richtigen Beweis, sondern ich wollte nur ein paar wilde Vermutungen von dir.«

Wenn er in dieser Stimmung ist, hat es gar keinen Sinn, mit ihm zu diskutieren. Ich ging also einfach zum Telefon und wählte die Nummer von Faith.

»Faith, hier ist Holly. Hör mal, hat dich Donna jemals gefragt, ob du Kimi für eine Zeitlang wieder bei dir aufnehmen könntest?«

»Sie hat einmal deswegen angerufen, aber ich war völlig ausgebucht.«

»Weißt du noch, wann das war?«

»Das ist schon eine Weile her.«

»Könntest du etwas präziser sein?«

»Irgendwann im Herbst.«

»Weißt du noch, warum du keinen Platz hattest? Gab es zu der Zeit irgendwas Besonderes?«

»Oh ja, jetzt fällt es mir wieder ein. Ich hatte zwei Würfe. Und dann wurde mir noch ein Hund zurückgebracht. Das ist mir eigentlich noch nie passiert. Ein Bruder von Kimi übrigens.« Faith fing an, von diesem Hund zu erzählen, und warum er zurückgebracht wurde, und über das Schicksal seiner anderen Brüder und Schwestern, und wie es ihrem Malamute Kerry ging.

»Wann genau war das, Faith? Kannst du mir den Monat oder vielleicht sogar den Tag nennen?«

Sie sprach noch eine Weile über den anderen Hund, warum sie ihn diesen Leuten erst gar nicht hätte verkaufen sollen, und ließ sich aber schließlich noch ein ungefähres Datum entlocken: Thanksgiving, also Anfang November.

Als wir unser Gespräch beendeten, trank Kevin bereits seine zweite Dose Bier.

»Ich nehme an, du hast es mitgekriegt«, sagte ich zu ihm.

»Kommt Thanksgiving hin? Paßt es zu unserer Theorie?«

Anscheinend, denn er ließ sich von mir die Adresse und Telefonnummer von Faith geben, und ich nehme nicht an, daß er vorhatte, von ihr einen Hund zu kaufen. Dann trank er sein Bier aus und ging.

»Die Männer sind doch alle gleich«, beschwerte ich mich bei den Hunden, die mir mit einem langen Wuuh-Wuuh antworteten, um mich an ihr Abendessen zu erinnern. Hunde sind ganz und gar unvoreingenommene Wesen, und eine der vielen Annehmlichkeiten im Zusammenleben mit ihnen besteht darin, daß man den Hunden einfach alles sagen kann, ohne Angst haben zu müssen, sie könnten deswegen schlecht von einem denken. Außerdem kann man ihnen gegenüber ohne weiteres heute eine Meinung haben und morgen das Gegenteil davon behaupten, ohne daß sie einem diesen Widerspruch vorhalten würden. »Sie nehmen sich einfach, was sie wollen und verschwinden. Kevin hat sich nicht einmal die Mühe gemacht, danach zu fragen, warum Donna nach einer Unterkunft für dich gesucht hat, Kimi.«

Sie stellte die Ohren auf.

»Er hat natürlich keine Ahnung. Aber wir wissen es. Wir wissen sogar eine ganze Menge, und wir verstehen wahrscheinlich noch mehr, als uns lieb ist. Aber was ist mit Donna? Hab ich dir nicht gesagt, daß sie dich liebgehabt hat? Weißt du, was passiert ist? Sie hat Elaine Walsh davon erzählt, was sie mit dir gemacht hat, und diesmal war es die Wahrheit. Sie wollte damit aufhören. Sie hat dich wirklich geliebt, stimmt's?«

Beide Hunde richteten jetzt ihre Blicke unverwandt auf mich. Es war ein paar Minuten vor fünf Uhr. Unter keinen Umständen bekommen sie ihr Abendessen auch nur eine Minute früher als fünf. Immer, wenn sie sich langweilen, tun sie so, als hätten sie Hunger, aber ich gebe dem nie nach, denn was Hunde mehr schätzen als alles andere – mehr sogar als ihr Abendessen – ist Vorhersehbarkeit. Und wer könnte ihnen das verdenken? Menschen sind doch genauso. Wenn mir zum Beispiel ein verheiratetes Paar begegnet, möchte ich davon ausgehen können, daß der Ehemann männlich und die Ehefrau weiblich ist. Das Geschlecht an sich spielt keine Rolle. Was zählt, ist, daß die Erwartung erfüllt wird.

»Ihr zwei seid großartige Zuhörer«, lobte ich sie. »Also, hört zu: Donna konnte es nicht mehr kontrollieren. Und solange ihr das nicht gelang, mußte sie dich schützen, Kimi. Ich wette, sie hat versucht, dich irgendwo ein paar Tage unterzubringen. Sie ruft also Steve an, und da ist kein Platz. Dann probiert sie es bei Faith, aber da geht es auch nicht. Daraufhin versucht sie es wahrscheinlich noch bei ein paar anderen Adressen. Aber wißt ihr, warum kein Raum in der Herberge war? Es war Thanksgiving und nicht etwa Weihnachten. Der halbe Hundebestand von Boston wird doch zu dieser Zeit in Tierheime und Pensionen gegeben, weil die Leute diese idiotische Vorstellung haben, daß sie einen Feiertag nur genießen können, wenn sie ihren besten Freund ins Gefängnis stecken.«

Die Hunde sahen mich an und wuuhten.

»Sie ist also ziemlich verzweifelt. Vielleicht hat sie Angst, daß sie in eine Krise gerät oder daß sie dich beim nächsten Mal ernsthaft verletzt. Sie braucht Hilfe. Und sie beschließt, die Person zu fragen, die ihr am ehesten helfen sollte, und das ist ihre Therapeutin, Elaine Walsh. Sie packt dir eine Reisetasche und fängt an, einen Brief zu schreiben. Und hier endet die Geschichte, meine Lieben, weil sie ihn nie zu Ende geschrieben hat. Warum? Weil sie vorher etwas gegessen hat. Etwas mit Hüttenkäse. Vielleicht hatte sie vorgehabt, dich zu Elaines Haus zu bringen, oder in ihr Büro. Wir werden es nie erfahren. Und warum nicht? Weil jemand sie vorher umgebracht hat. Und ich wünschte, es wäre jemand gewesen, den ich nicht kenne. Jemand, der keine Hunde mag. Aber wer sollte es sonst sein? Eine Menge Leute haben sich vielleicht Elaines Tod gewünscht. Ben Moss, Sheila oder so ein Feministinnenhasser wie dieser Typ in Montreal. Ich glaube es zwar nicht, aber es wäre immerhin möglich. Aber Donna? Donna war für niemanden eine Bedrohung. Außer für Joel. Er ist der einzige. Der einzige, der einen Grund dafür gehabt hätte, sie beide umzubringen. Und ich habe Kevin immer noch kein Wort davon gesagt, richtig? Na, Abendessen?«

Rowdy kannte dieses magische Wort schon seit langem, und Kimi hatte es schnell gelernt. Während sie mit der Leine am Küchentürgriff festgebunden war und Rowdy artig in der entgegengesetzten Ecke saß, verteilte ich das Eukanuba. Dann stellte ich Rowdys Napf auf den Wohnzimmerboden, gab ihm den Weg frei und schloß die Tür hinter ihm. Kimi jaulte und zappelte natürlich, aber sobald ich ihr den Futternapf unter die Nase hielt, hörte sie damit auf, und die Schale war bereits zur Hälfte leer gefressen, bevor ich sie auf den Boden gestellt hatte. Dann legte sie sich flach, nahm den Napf zwischen ihre hübschen, weißen Vorderbeine und leerte ihn schnell, wobei sie nur ab und an zu mir aufsah, um sich zu versichern, daß ich nicht vorhatte, ihr etwas zu stibitzen.

»Hast du schon mal davon gehört, langsam zu fressen?« fragte ich sie.

Ich nahm die leere Schale und ließ Rowdy wieder in die Küche.

»Also, was machen wir jetzt?« nahm ich meinen Vortrag wieder auf. »Was wir allerdings ganz sicher nicht machen, ist, zu Kevin Dennehy zu gehen. Aber irgendwas müssen wir unternehmen. Wenn es nur Elaine gewesen wäre, wäre ich mir nicht so sicher. Aber so wissen wir jetzt Bescheid. Donna wollte nicht sterben. Sie wollte bloß, daß Elaine ihren Hund hütet. Vielleicht hatte der Mörder bei Elaine keine andere Wahl. Aber wieso Donna? Er wußte, daß sie gelogen hat, und sie wußte es auch. Das ist es, was ich nicht verstehe. Jedenfalls nicht ganz. Hätte er nicht zuerst mit ihr reden können? Wissen wir denn, ob er's nicht getan hat? Ja, wir wissen es, glaube ich. Ich glaube, daß sie es Elaine erzählt hätte. Und Elaine hätte das in ihrem zweiten Brief an ihn sicher erwähnt. Oder es hätte dann wahrscheinlich gar keinen zweiten Brief mehr gegeben. Wißt ihr, was ich glaube? Ich glaube, es wäre eine Erleichterung für Donna gewesen, wenn es rausgekommen wäre. Sie wäre sicher froh gewesen, wenn sie die Wahrheit hätte sagen müssen.«

Ich ließ mich auf dem Küchenfußboden nieder und klopfte mit der Hand auf das Linoleum, ein Signal für Rowdy, mir Gesellschaft zu leisten. Er kam, legte sich neben mich, und ich kraulte seine Ohren, die Nase und den Pelz um seine Augen. Dann kam auch Kimi dazu, legte sich ebenfalls nieder, und ich kraulte sie mit der anderen Hand.

»Aber Donna hatte wohl doch keine Chance«, dachte ich weiter laut nach. »Ich nehme an, er hatte einfach zuviel Angst, daß die Unterredung danebengehen könnte, und daß trotzdem alles herauskommen würde. Dieses Risiko wollte er nicht eingehen. Vielleicht hatte er keine andere Wahl, als Elaine umzubringen. Ich meine, gewissermaßen als eine perverse Art der Selbstverteidigung. Aber er hat auch Donna umgebracht. Ich glaube, daß er da sehr wohl eine andere Wahl gehabt hätte, und trotzdem hat er den Mord gewählt. Und was, wenn er nun wieder genug Angst bekommen hat, um einen Mord zu begehen?«

Kimi mochte es nicht, wenn man ihr direkt in die Augen sah, aber ich tat es jetzt trotzdem.

»Das ist teilweise deine Schuld, weißt du«, sagte ich zu ihr. »Ich war nicht die einzige, die gesehen hat, was du gemacht hast. Es haben auch noch andere Leute deine schlechten Manieren bemerkt. Joel hat es bemerkt. Und sie haben beide bemerkt, wie peinlich es mir war. Sie kennen mich. Sie wissen, daß ich Hunde liebe und ihre Sprache spreche. Durch dich, meine schöne Kimi, weiß er jetzt, daß ich es weiß. Er hat es in meinen Augen gesehen.

»Mein Name ist Holly Winter. Ich hätte gerne einen Termin bei Dr. Arsenault.«

»Und worum handelt es sich?« Die Stimme dieser Frau klang so nasal, daß sie, wäre Dr. med. Erich Arsenault ein Hals-Nasen-Ohrenarzt gewesen, sicher eine Menge potentieller Patienten damit vertrieben hätte.

Worum es sich handelte? Also gut: Bevor ich Joel Baker aufsuche und ihm erkläre, er hätte meiner Meinung nach zwei Frauen umgebracht, möchte ich wissen, ob es ihm möglich war, an eine ausreichende Menge Sinequan zu kommen.

Ich sagte: »Es geht mir nicht besonders gut.«

»Dann ist es also nichts Dringendes?«

»Es ist kein Notfall, aber ich würde gerne bald mit dem Doktor sprechen, wenn das möglich ist.« Ich war nicht sicher, wie man vortäuschen kann, daß man Sinequan braucht, aber ich versuchte auf alle Fälle deprimiert und nervös zu klingen.

»Ein Patient hat seinen Termin morgen um halb drei abgesagt. Ginge es für Sie um diese Zeit?«

»Ja, sehr gut«, antwortete ich.

Am nächsten Nachmittag fuhr ich also die Massachusetts Avenue in nördlicher Richtung nach Arlington, einem Arbeiter-Vorort mit verstreuten Professoren-Enklaven. Dr. Arsenaults Praxis befand sich in einem hellgrauen Zweifamilienhaus mit hölzernen Verkleidungen, das in kleinere Einheiten aufgeteilt worden war. Laut einem Schild an der Fassade wirkten dort ein Versicherungsvertreter, eine Pediküre, ein Kinderarzt und der berühmt-berüchtigte »Dr. Feelgood«, wobei er auf dem Schild natürlich nicht so genannt wurde.

Da ich, wie gesagt, nicht genau wußte, wie man einen depressiven Eindruck macht, hatte ich mir von Rita ein Buch geliehen und mich an die Fallbeschreibungen gehalten, was, glaube ich, nicht ganz im Sinne des Autors, aber doch sehr nützlich war. Ich hatte mir nicht die Haare gewaschen, mein Gesicht ungeschminkt und winterblaß belassen und vor dem Spiegel Hängeschultern eingeübt. Wenn man zwei Alaskan Malamutes besitzt, ist es schwer, keine freudig glänzenden Augen zu haben, aber ich tat mein Bestes. Die Nervosität war übrigens echt. Ärzte machen mich immer nervös, weil ich sie für nicht besonders intelligent halte. Ich meine, was tut man denn als intelligenter Mensch, wenn man beschließt, Medizin zu studieren? Sich auf eine einzige Spezies beschränken? Nein. Als intelligenter Mensch hat man genug Selbstvertrauen, um das gesamte Spektrum abzudecken. Man wird also Tierarzt. Und nur wenn man weiß, daß man dafür nicht intelligent genug ist, studiert man lediglich die Humanmedizin. Hin und wieder ist es für die Angehörigen meiner Spezies unumgänglich, solche Ärzte aufzusuchen, aber ich persönlich tue es möglichst selten.

Dr. Arsenaults Wartezimmer sah fast beruhigend aus.

Den Boden zierte derselbe urinabweisende Linoleumbelag, und die Sitzbänke hatten denselben Kunststoffbezug wie eine Tierarztpraxis. Aber ich ließ mich nicht täuschen: Der Aufkleber »Hunde verboten« an der Eingangstür war mir keineswegs entgangen.

Die Stimme, deren nasaler Klang mir vom Telefon bekannt war, kam aus einem dünnlippigen Mund, dessen rote Lippenstiftfarbe an den Rändern in zahllose kleine Fältchen zerlief. Die Nase der Frau war groß und unförmig, und ihre Augen lagen so tief in den umliegenden Falten verborgen, daß es unmöglich war, ihre Farbe zu erkennen, aber ihr Haar war, bis auf die fünf grauen Zentimeter an den Wurzeln, von einem leuchtenden Rot. Mehr konnte ich von ihr nicht sehen. Sie saß an einem Tisch hinter einer hohen Trennwand. Ich sagte ihr, daß ich einen Termin habe, und sie reichte mir einen langen Fragebogen mit der knappen Aufforderung, ihn auszufüllen.

Ich trug eine Reihe von Kinderkrankheiten ein, die aber unerkannt geblieben waren, weil es die Symptome bei Golden Retrievern nicht gibt. Alle Kinder hatten Windpocken, also mußte ich sie auch gehabt haben. Falls es so war, haben meine Eltern beim Anblick der Flecken wahrscheinlich geglaubt, sie wären ein Zeichen dafür, daß mir demnächst endlich ein veritables Fell wachsen würde.

Auf die Frage, ob ich jemals in psychotherapeutischer Behandlung gewesen sei, und, falls ja, bei wem, antwortete ich mit Ja und gab Ritas Namen an. Die letzte Frage lautete, wer mir Dr. Arsenault empfohlen habe, und ich war erleichtert, endlich die Wahrheit sagen zu können – jedenfalls beinahe – und schrieb: Dr. Joel Baker.

Ich hatte wohl erwartet, daß Dr. Arsenault wie ein Junkie aussehen und sich wie ein Verrückter aufführen würde. Oder wie einer dieser gefährlichen Männer, die Kinder mit Süßigkeiten locken, und vor denen uns unsere Mütter immer gewarnt haben. Wobei mich *meine* Mutter allerdings immer nur ermahnt hat, keine Hunde von fremden Männern anzunehmen. Jedenfalls hatte ich in Dr. Arsenault nicht diesen völlig normal aussehenden Mann mittleren Alters erwartet, dem kleine, weiße Haarbüschel aus den Ohren und Nasenlöchern wuchsen, und dessen Bauch fast die Knöpfe seines weißen Arztkittels sprengte. Er gab auch kein wahnsinniges Kichern von sich und bot mir weder Süßigkeiten noch einen Hund an, statt dessen bat er mich, meine Kleider abzulegen. Es dauerte ein paar Sekunden, bis mir wieder einfiel, daß er ja schließlich Arzt war, und es sich bei dieser Aufforderung deshalb nicht unbedingt um einen unsittlichen Antrag handeln mußte. Er reichte mir ein blaues Wegwerfhemd aus Papier, sagte, ich solle das überziehen und verließ das Behandlungszimmer.

Als er wieder zurückkam, hielt er das von mir ausgefüllte Formular in der Hand. Er hatte sicher Joel Bakers Namen gelesen, aber er wollte nichts über Joel wissen, sondern fragte mich nur, was denn das Problem sei. Seine Stimme war weich und angenehm und so gewinnend, daß ich ihn beinahe dazu ermuntert hätte, mehr Selbstvertrauen an den Tag zu legen und seine Veterinärprüfung zu machen, aber dann erinnerte ich mich noch rechtzeitig an den Grund meines Besuchs.

»Seit dem Tod meiner Mutter geht es mir nicht besonders«, erklärte ich ihm. »Und nachdem kurz darauf auch mein Hund gestorben ist, fühle ich mich ganz niedergeschlagen und unruhig. Und ich schlafe auch sehr schlecht.« Ich vermisse meine Mutter tatsächlich, und Vinnie vermisse ich auch.

Er neigte den Kopf zur Seite, schnalzte mit der Zunge und nickte.

»Na gut, dann lassen Sie uns mal sehen, was mit Ihnen los ist.« Obwohl ich aus Ritas Erzählungen den Eindruck gewonnen hatte, seine einzige Tätigkeit als Arzt bestünde im Ausschreiben von Rezepten, schien er qualifiziert genug zu sein, um meinen Blutdruck zu messen. Er sagte, er sei niedrig, versicherte mir aber gleichzeitig, daß das nichts Schlechtes sei. Mein Puls war normal, meine Lungen kräftig und mein Herz gesund. Mein Problem sei nicht organisch, diagnostizierte er, sondern es sei der Streß.

»Streß?« wiederholte ich.

»Ziehen Sie sich wieder an, und dann reden wir noch ein wenig darüber.«

Erst als ich den blauen Papierkittel aus- und meine Kleider wieder angezogen hatte, wurde mir klar, daß es auf gewisse Weise genau das war, was ihn gefährlich machte. Ich hatte einen eiskalten Pillendealer oder eine Art Scharlatan erwartet, der eine oberflächliche medizinische Untersuchung machen würde, um als Arzt die Form zu wahren, und stand nun einem liebenswerten Mann gegenüber, der den Leuten nur dabei helfen wollte, daß es ihnen besser ging.

Als wir uns wieder an seinem Schreibtisch gegenübersaßen, fragte er mich, ob ich schon einmal Valium genommen hätte, und ich antwortete, daß ich mich davon nur noch niedergeschlagener gefühlt hätte. Vielleicht hatte er noch nie von Prozac gehört. Seine Praxis entsprach nicht gerade dem letzten Schrei auf diesem Gebiet, und er selbst machte auch nicht den Eindruck eines Modearztes. Er stellte ein Rezept für eine große Packung Sinequan aus.

Als ich wieder in das Wartezimmer trat, forderte mich die nasale Stimme auf, Dr. Arsenaults Behandlung bar zu bezahlen. Vielleicht hatte man ja die Erfahrung gemacht, daß die Patienten, nachdem sie einmal damit angefangen hatten, ihre Pillen zu schlucken, so euphorisch und entspannt wurden, daß sie das Bezahlen der Arztrechnungen völlig vergaßen. Die Gebühr war genau dreimal so hoch wie die meiner Frauenärztin, welche immerhin eine Miete in der Bostoner Innenstadt bezahlen muß. Vielleicht wußte Dr. Arsenault ganz genau, was er da tat. Vielleicht auch nicht. Wie auch immer, ich hatte den Verdacht, daß das den meisten seiner Patienten – und ganz besonders Joel Baker – ziemlich gleichgültig war.

»Was zum Teufel ist das? Rita hielt mir das Rezeptformular vor die Nase. Es gehörte wohl einfach zu ihrem Job, alles zu bemerken. Ich hatte das verdammte Ding auf dem Küchentisch liegenlassen. Rita fuhr wütend fort: »Ich weiß nicht, warum ich so blöd war, dir überhaupt den Namen von diesem Scheißtyp zu sagen. Sind die Hunde jetzt plötzlich doch nicht mehr ganz so therapeutisch für dich, wie du immer dachtest? Und warum bist du nicht zu mir gekommen und hast mich um Rat gefragt?«

Rowdy und Kimi, die davon ausgehen, daß alles, was über ihren Köpfen in der Luft geschlenkert wurde, augenblicklich geschnappt und geschluckt werden muß, umkreisten Rita wie pelzige, graue Haie, kurz vor dem entscheidenden Angriff.

»Du solltest entweder damit aufhören oder ihnen etwas zu fressen geben«, empfahl ich ihr, aber sie ignorierte mich. »Und außerdem ist er gar nicht so ein Monster.«

»Du mußt ja nicht seinen Dreck wegmachen. Ich habe mindestens drei Patienten behandelt, die durch ihn valiumabhängig geworden sind. Weißt du, was er denen gesagt hat? Er meinte, es wäre so eine Art Urlaub. Das ist einer von seinen Lieblingssprüchen, nach dem Motto ›Sie brauchen eine Woche in der Karibik, und Valium ist das, was dem am Nächsten kommt.‹ Und er hat sie auch nie darauf hingewiesen, daß sie es nur nehmen sollten, wenn sie es brauchen. Oh nein, er hat ihnen gesagt, sie sollten jeden Morgen eine Tablette nehmen.«

»Er ist aber ganz nett«, meinte ich. »Rowdy, Sitz!« Er reagierte prompt und setzte sich auf den Boden. Eine solche Disziplin ist für die Wettbewerbe, die ich mit ihm anstrebte, von größtem Vorteil. »Hast du das gesehen? Das war doch Klasse! Hab ich dir schon gesagt, daß in Massachusetts noch nie ein Malamute den C.D.X.-Titel bekommen hat? Wir werden wahrscheinlich die ersten sein.«

Sie wedelte immer noch mit dem Rezept in der Luft. »Nett findest du ihn? Um Himmels willen, Holly!«

»Ich weiß nicht, ob ihm klar ist, was er anrichtet. Ich glaube, er möchte einfach helfen, wenn auch auf eine etwas merkwürdige Art und Weise. Irgendwie hatte ich erwartet, daß er so was Dämonisches hat, aber das stimmt gar nicht. Er ist eigentlich sehr liebenswürdig.«

»Du hast noch nicht die Folgen seiner Behandlung kennengelernt«, antwortete Rita. »Und die sind alles andere als liebenswürdig.«

»Einen Haufen Geld nimmt er jedenfalls dafür.«

Rita holte tief Luft und atmete demonstrativ aus.

»Ich wüßte gern, ob er die Gebühr immer weiter raufsetzt«, fuhr ich fort. »Ich hab mal irgendwo etwas darüber gelesen, daß die Leute, wenn sie erst einmal süchtig sind, immer mehr für ihr Mittel bezahlen müssen.

Bevor ich wußte, wieviel Geld er dafür nehmen würde, dachte ich, er hätte vielleicht nur eine etwas falsche Auffassung von seinem Beruf, oder daß er unverantwortlich wäre, aber nicht böswillig. Aber als ich dann den Preis erfuhr, war ich mir nicht mehr so sicher.«

»Nein«, erwiderte Rita, »so einer ist er nicht. Er macht es einem sogar sehr leicht.«

»Du meinst, er verlangt nur soviel für das Erstgespräch, und dann verringern sich die Kosten? Weißt du, er hat mich tatsächlich ärztlich untersucht. Ich bin in ausgezeichneter Verfassung.«

»Du bist doch nicht deswegen zu ihm gegangen, oder?« Rita wedelte mit dem Rezept.

»Oh doch, das bin ich. Und ich habe auch genau das bekommen, was ich wollte. Ich habe nämlich festgestellt, wie leicht es ist. Er würde es jedem geben. Und wenn du nicht damit aufhörst, mit diesem Papier zu wedeln, schnappt es sich Kimi gleich mitsamt deinem Finger.«

Sie legte das Rezept wieder auf den Küchentisch. »Wenn du dabei an Joel Baker denkst, dann irrst du dich.«

»Ich wünschte, du hättest recht.«

Sie schüttelte den Kopf, wobei ihr Haar in einer sanften Welle mitschwang. »Joel hat mir einmal einen von diesen Patienten überwiesen, und wir haben oft über den Fall gesprochen, einschließlich der Tatsache, daß wir keine Handhabe gegen Arsenault haben. Wir sind beide Psychologen, und er ist Mediziner. Und weil er ein Dr. med. ist, und wir nicht, sind wir leider nicht in der Position, etwas gegen ihn zu unternehmen, egal was er tut. Jedenfalls hatte Joel eine Patientin in Behandlung, bei der es zu einem großen Problem wurde, daß dieser Scheiß-Arsenault einfach ständig verfügbar ist. Immer wenn es schwierig wurde, ist sie zu ihm gerannt und war dann die meiste Zeit nur noch weggetreten. Joel würde nie, niemals zu ihm gehen. Unter keinen Umständen. Nicht um alles in der Welt.«

»Alles, was du mir damit sagst, ist, daß er genau wußte, wo er hinzugehen hatte«, sagte ich.

Rita verließ wütend meine Wohnung.

Ich hätte Joel vielleicht einen Brief geschrieben, wenn ich gewußt hätte, wie ich mich dafür vor meinen beiden Alaskan Malamutes hätte rechtfertigen können. Rowdy war zwar inzwischen zivilisiert genug, sich nicht jedesmal in die größten Schwierigkeiten zu stürzen, jedenfalls, wenn er angeleint war, aber er hatte immer noch den Impuls, und Kimi war natürlich eine Barbarin in dieser Hinsicht. Ich hätte ihnen zwar erklären können, daß ich nur einer persönlichen Konfrontation mit ihm aus dem Weg ging, aber selbst ohne diese Erklärung hätten sie den Braten bald gerochen und vollends den Respekt vor mir verloren. Einer der Überlebensinstinkte von Malamutes, ein Erbe ihrer arktischen Herkunft, ist ihre Nase für jede Art von Schwäche. Der Geruch von Feigheit ist für sie ebenso anregend wie der Duft eines rohen Steaks, und beim geringsten Anzeichen davon nutzen sie diese Schwäche gnadenlos aus. Hätte ich Joel also lediglich einen Brief geschrieben, wäre ich sofort in der Rudel-Hierarchie vom Alpha-Anführer zum niedrigsten Beta-Mitläufer degradiert worden. Und ich hätte es verdient, denn Alaskan Malamutes haben meistens recht.

Und so hielt ich die Hunde fest im Auge, während ich Joel Baker anrief. Sie hatten sich beide auf dem

Küchenboden zusammengerollt. Ihre langen Hälse waren gebogen, und sie hatten ihre buschigen Ruten schützend vor die Schnauzen gelegt, für den Fall, daß die Temperatur auf fünfzehn Grad minus herabfallen würde. Rowdy und Kimi sahen aus, als hätten sie sich für eine gemütliche Nacht irgendwo nordöstlich des Kotzebue Sound eingerichtet. Aber selbst wenn sie schliefen, fühlte ich mich sicher in ihrer Nähe. Falls es ernste Schwierigkeiten geben würde, wären sie sofort wach und würden sich auf jeden potentiellen Angreifer stürzen.

Ich hatte einen Trick angewendet, den ich von Rita kannte und fünf oder zehn Minuten vor der vollen Stunde angerufen, wenn Therapeuten meistens eine Pause zwischen zwei Klienten haben. Es funktionierte.

»Joel? Hier ist Holly Winter. Da gibt es eine Sache, über die ich mit Ihnen reden muß. Es ist ziemlich dringend. Könnten wir uns heute irgendwann treffen?«

»Ja, natürlich«, er stellte überhaupt keine Fragen.

Wir verabredeten ein Treffen am Nachmittag in seinem Büro im hinteren Teil des Hauses. Nach dem Telefonat fiel mir ein, daß er nun vielleicht annahm, ich wäre selbst in Schwierigkeiten und würde seinen Rat brauchen, aber dann dachte ich, daß es in jedem Fall besser war, nur das Treffen zu vereinbaren, statt mit der Unterredung am Telefon zu beginnen. Und doch fühlte ich mich unbehaglich, als mir klar wurde, wie schnell und vorbehaltlos er Zeit für mich gefunden, wenn ich wirklich ein persönliches Problem gehabt und ihn um Hilfe gebeten hätte.

Es war einer von diesen sonnigen Wintertagen in Cambridge, die von drinnen aussehen wie April und sich wie ein Sprung in den Atlantik vor der Küste von

Maine im Januar anfühlen, wenn man aus dem Haus tritt. Ich trug eine wattierte Weste unter meinem Parka, die gefütterten Handschuhe, die von Kimi zerrissen und von mir geflickt worden waren, eine Wollmütze mit eingestrickten Schlittenhunden, Wollsocken und schwere Stiefel, aber keine langen Unterhosen, und der Wind fuhr eiskalt durch meine Jeans. Meine Augen tränten, meine Nase lief, und ich fluchte laut. Ich hatte die Heizung im Auto auf die höchste Stufe eingestellt, aber das Eis an den Scheiben war noch nicht ganz abgetaut, als ich an Henry Bears Spielzeugwarengeschäft auf der Huron Avenue vorbeifuhr und Kelly Baker bemerkte, die eine der Auslagen betrachtete. In ihrem schwarzen Skioverall mit hochgezogener Kapuze sah sie aus wie ein zehnjähriges Kind, und dafür hätte ich ihre Gestalt auch gehalten, wenn ich nicht die beiden Ridgebacks, Nip und Tuck, an ihrer Seite gesehen hätte. Die Heizung fing gerade an, warm zu werden, als ich auf der Lakeview Street einen Parkplatz fand und den Motor abstellte.

Ich öffnete ein Tor im Gartenzaun und folgte dem mit Ziegelsteinen gepflasterten Weg, der am Bakerschen Haus entlang zur Rückseite führte. Anstelle von Gras, das jetzt für viele Monate braun und gelb geblieben wäre, erstreckte sich zu beiden Seiten des Weges eine mit englischem Efeu sogar im Winter grün bewachsene Fläche, und ein paar weiße Birken, Hemlocktannen und niedrige Sträucher mit hellroter Rinde trugen dazu bei, daß alles so dekorativ aussah wie das Winterbild in einem Gartenbuch. An der Rückseite des Hauses weitete sich der Weg auf eine mit Ziegelsteinen ausgelegte Terrasse, auf der nur eine Bank aus rauh behauenem Stein stand, gerade richtig, um ein bißchen allein in der Kälte zu sitzen. Ich wäre am liebsten wieder umgekehrt.

Vielleicht hätte ich das auch getan, wenn nicht Joel in diesem Moment lächelnd aus der Tür getreten wäre und mich freundlich begrüßt hätte. Er führte mich eine mit beigefarbenem Teppichboden belegte Treppe hinunter und durch ein kleines Wartezimmer, das nicht die geringste Ähnlichkeit mit dem von Dr. Arsenault oder von Steve hatte – überhaupt kein Plastik – und bat mich in sein Büro. Es sah aus wie das Wohnzimmer von jemandem mit viel Geschmack, viel Geld und einer heftigen Erkältung. Ich zählte vier Schachteln Papiertaschentücher. Normalerweise schätze ich den Aufenthalt unter der Erde nicht besonders – ich habe es nicht eilig, dahin zu kommen – , aber in Joels Büro gab es hohe Fenster, Feigenbäume in großen Terrakotta-Übertöpfen und genug Licht, um mich dort nicht bei lebendigem Leib begraben zu fühlen.

»Das ist ein sehr schöner Raum«, sagte ich zu ihm. »Er kommt einem gar nicht unterirdisch vor.«

»Kelly hat ihn eingerichtet. Es kommt teilweise von den Lampen. Sie hat da eine ganz spezielle Sorte gefunden, Spektrallampen, oder so was Ähnliches.«

Immer, wenn sich Rita einen Film ansieht, in dem eine Szene beim Psychotherapeuten spielt, regt sie sich auf und protestiert, daß die Zuschauer eine völlig falsche Vorstellung über Therapien bekämen. Wenn der Therapeut nichts sagt, meint sie, das sähe so aus, als würden Therapeuten gar nichts tun, und wenn der Therapeut etwas sagt, findet sie jedes Mal, es sei dummes Zeug. Einmal sind wir zusammen im Kino gewesen und haben einen Film gesehen, in dem ein Therapeut neben seiner Patientin auf der Couch saß. Der Therapeut hatte einen Arm auf die Rücklehne der Couch gelegt, zwar nicht direkt um die Schultern der Frau, aber Rita war trotzdem erbost. Deshalb überraschte es mich nicht, in Joels Praxis nur Stühle und keine Couch zu sehen, obwohl selbst in Ritas eine stand.

Joel setzte sich in einen tiefen, dunkelblauen Sessel und forderte mich mit einer Geste auf, ihm gegenüber Platz zu nehmen. Auf dem kleinen Beistelltisch zwischen uns standen eine Keramiklampe und eine Schachtel Kleenex-Tücher. Ich fragte mich, ob wohl einer von uns beiden zu weinen anfangen würde.

»Ich fühle mich zu unbehaglich, um taktvoll zu sein und lange Vorreden zu halten«, sagte ich und reichte ihm die Photokopien der beiden Briefe, die Elaine ihm geschrieben hatte. »Die habe ich in Elaines Computer gefunden. Ich glaube nicht, daß sie sonst noch irgendwelche Kopien davon hatte.«

Man sollte annehmen, daß er diese Briefe inzwischen auswendig kannte, aber er las sie trotzdem beide, und während er das tat, beobachtete ich ihn und fragte mich, warum ich weiterhin, selbst in meinen Selbstgesprächen, als ein »er« von ihm sprach. Sind die Menschen denn das, was sie vorgeben zu sein, oder was sie zu sein gewählt haben? Wenn Joel mir gesagt hätte, er sei die Königin Viktoria, hätte ich ihn vielleicht mit »königlicher Hoheit« angeredet, aber mein Verstand hätte keinen Hofknicks vor ihm gemacht, denn ich wäre mir ja ganz sicher gewesen, daß er in Wirklichkeit nicht die Königin Viktoria ist. Aber so brauchte er sich gar nicht als irgend etwas oder irgend jemand zu erklären, denn diese Person, die da vor mir saß und die Briefe las, war einfach keine Frau, die mir vormachen wollte, sie sei ein Mann. Ich empfand seine Person als ganz eindeutig männlich, jedenfalls linguistisch gesehen. Und doch war er es nicht. Kimi hatte es mir gesagt, und Hunde lügen nie.

Als er die Briefe zu Ende gelesen hatte, sah er mich direkt an und reichte sie mir zurück. Es war schwer, mir vorzustellen, was ich an seiner Stelle getan hätte, aber ich glaube, ich hätte die beiden Briefe sofort zerrissen, ganz egal, ob es nur Kopien waren oder nicht.

»Hauptsächlich bin ich allerdings durch diesen Vorfall bei der Hundeschau draufgekommen«, sagte ich. »Ich weiß, daß Donnas Anschuldigungen auf Einbildung beruht haben, und ich weiß auch, warum es nur diese Erklärung geben kann. Sie haben Kimis Verhalten ebensogut bemerkt wie ich und begriffen, was es bedeutet. Und ich verstehe auch sehr gut, in welcher Klemme Sie sich befunden haben.«

»Tun Sie das?« fragte er, und seine Stimme klang völlig neutral.

»Sie müssen sich manchmal sehr einsam fühlen.«

Er lächelte. »Nicht oft. Wissen Sie, ich bin ja nicht der erste Fall dieser Art.«

»Sagen Sie mir doch bitte eins«, bat ich ihn. »Nicht, daß ich es unbedingt wissen muß, aber ich bin einfach neugierig. Wie hat das alles angefangen?«

Er lachte, und es war ganz und gar kein nervöses Lachen. »Mit einem Schreibfehler der Universitätssekretärin auf meinen Abschlußpapieren.« Er sagte das mit warmer Stimme, als erinnere er sich gern an dieses Ereignis. »Sie hat zwei Buchstaben aus meinem Vornamen weggelassen, das L und das E. Und nachdem es dann so dastand, hat sie wohl angenommen, daß es in meinen persönlichen Daten ›männlich‹ statt ›weiblich‹ heißen müßte.«

Joelle, dachte ich, aber sprach den Namen nicht aus.

»Die Sekretärin war vielleicht ein Sekretär«, schlug ich vor.

»Ja. Das könnte man beinahe annehmen«, lächelte er.

»Sie führen ein glückliches, erfülltes Leben. Sie hätten eine Menge zu verlieren.«

»Eine wunderbare Ehefrau«, antwortete er. Seine Arme lagen locker auf der Sessellehne. Sein Gesichtsausdruck war entspannt. Kein nervöses Zucken.

»Ich mag Kelly sehr gern«, sprach ich weiter. »Ich mag Sie beide. Und wenn es nur um Elaine gehen würde, könnte ich es vielleicht sogar noch verstehen. Aber so ist es ja nicht.«

»Nein. Da war auch noch Donna.«

»Und nachdem sie nicht mehr war, dachten Sie, daß Elaine...«

Er unterbrach mich: »Ich hoffte es.«

»Aber Sie haben Elaine unterschätzt. Sie kannten sie wohl nicht sehr gut.«

»Ich kannte sie kaum.«

»Ja«, meinte ich. »Das ist richtig. Das konnten Sie nicht. Aber Sie wußten von Dr. Arsenault.«

»Das weiß doch jeder.«

»Ich nicht.«

Jetzt zeigte sein Gesicht zum ersten Mal ein starkes Gefühl, und seine Stimme klang hart, als er sagte: »Man sollte ihm seine Zulassung entziehen.«

»Aber da fehlt noch ein Puzzleteil«, sagte ich. »Da ist etwas, das ich überhaupt nicht verstehe: Was ist mit Donna passiert, als sie zu Ihnen in die Therapie kam? Was ist da schiefgegangen? Warum ist sie davongelaufen? Sie muß extrem wütend auf Sie gewesen sein, um sich derart an Ihnen zu rächen. Dafür muß es doch einen Grund gegeben haben.«

»Es gibt immer einen Grund. Die Menschen haben für jedes Verhalten einen triftigen Grund.«

Rita gibt auch manchmal solche Gemeinplätze von sich. Das muß eine Art Berufskrankheit sein.

»Na schön, aber was war Donnas Grund?«

»Lassen Sie es mich so sagen: Ich habe meine Sache in diesem Fall nicht besonders gut gemacht. Sie hat mich provoziert, das konnte sie sehr gut. Und ich habe sie dafür mit ein paar Dingen über sich selbst konfrontiert, und zwar viel zu direkt und viel zu früh.«

»Das ist Ihre Version. Aber was war mit Donna? Ich meine, ich habe schon viel über sie gehört, aber ich weiß nichts über ihre Beweggründe. Ich weiß, daß sie sich selbst verletzt hat, daß sie sich Haare ausgerissen hat, daß sie verrückte Geschichten erzählt und wilde Anschuldigungen erhoben hat. Diese Sachen hat sie immer wieder gemacht, aber ich verstehe nicht warum.«

Joel schüttelte nur leicht den Kopf und blieb stumm. Nach einer Weile sagte er dann: »Das sind vertrauliche Informationen.«

»Ich höre wohl nicht recht, Sie sind bereit, jemanden umzubringen, aber Ihre ethischen Grundsätze verbieten es Ihnen, über Donna zu reden?« Dabei klang meine Stimme vielleicht ein wenig schrill, obwohl Elaine sicher gesagt hätte, es hätte stark und überzeugend geklungen. Ich glaube allerdings nicht, daß das stimmt.

Er nickte, lächelte immer noch leicht und sagte: »Können wir jetzt zum Geschäftlichen kommen?«

»Natürlich. Ich dachte, ich frage sie einfach, wie wir jetzt vorgehen sollen. Mein Nachbar ist Polizist. Er ist auch ein Freund von mir, und das ist sein Fall. Er ist vielleicht ein wenig, äh, konservativ, aber er ist in Ordnung und wesentlich anständiger als die meisten. Ich kann mit ihm reden, oder Sie können es. Es wäre vielleicht sogar besser, wenn Sie's tun.«

»Selbstverständlich.« Er sah weder ängstlich noch wütend, noch niedergeschlagen aus, sondern nur – und ich brauchte ein paar Sekunden, um dieses Wort zu finden – stolz. »Geben Sie mir eine Woche Zeit. Für Kelly.«

»Einen Tag«, und diesmal klang meine Stimme gar nicht schrill, sondern fest und bestimmt.

»Vierundzwanzig Stunden.«

Ich nannte ihm Kevin Dennehys Namen und Dienststelle. Er versprach, alles niederzuschreiben, seine Angelegenheiten in Ordnung zu bringen, und sich dann Kevin zu stellen. Als ich ging, gaben wir uns zum Abschied die Hand.

Ist Anatomie Schicksal? Er nahm es wie ein Mann. Eine Frau? Eine starke Frau? Ein Mensch. Er nahm es wie ein Mensch, und das war es vielleicht, was mich störte. Während ich seine Praxisräume verließ und wieder den Weg um das Haus entlangging, hatte ich plötzlich, obwohl ich Joel mutig und offensiv gegenübergetreten war, das ernüchternde Gefühl, daß ich irgend etwas falsch gemacht oder verpaßt hatte. In diesem Moment trat Kelly Baker aus der Haustür und lief mir entgegen. Sie war offensichtlich während meiner Unterredung mit Joel im Haus gewesen, und ich wollte ihr jetzt eigentlich nicht begegnen.

»Holly, warten Sie einen Moment! Ich hab das hier seit einer Woche für Sie im Kühlschrank liegen.«

Sie hatte einen Parka übergeworfen, und in ihren behandschuhten Händen hielt sie ein in Aluminiumfolie eingewickeltes Päckchen.

»Das sind ein paar von diesen Petits Pains au Chocolat, die Sie so mögen. Ich habe kürzlich wieder welche gemacht und eine Portion für Sie aufgehoben.«

Wie konnte ich das annehmen, nachdem ich gerade ihr Leben zerstört hatte? Aber wie hätte ich es zurückweisen können, ohne ihr die Wahrheit sagen zu müssen? Also nahm ich das Päckchen an und sagte nur matt: »Danke.«

Ich stieg in mein Auto und wollte gerade aus der Parklücke fahren, als ich hörte, wie sie an die Scheibe auf der Beifahrerseite klopfte und meinen Namen rief. Ich lehnte mich herüber, öffnete die Tür, und sie steckte den Kopf ins Wageninnere.

»Sie wissen doch, daß Sie das besser irgendwohin tun sollten, wo die Hunde nicht rankommen?«

Ich nickte. »Natürlich. Ich hatte bestimmt nicht die Absicht, Ihre wunderbaren Leckereien den Hunden zum Fraß vorzuwerfen. Aber vielen Dank, daß Sie mich daran erinnert haben.«

Schokoladenvergiftung. In den Februar-Ausgaben von *Dog's Life, DOGworld, Dog Fancy* und *The American Kennel Gazette* werden die Leser jedesmal darauf hingewiesen, ihre Valentinstag-Süßigkeiten nicht mit ihren Hunden zu teilen, aber manchmal sind die Leute leichtsinnig, oder sie vergessen es, oder sie gehören zu den wenigen Hundehaltern, die keine dieser Zeitschriften abonniert haben. Sowohl Kakaopulver als auch Schokolade enthalten nämlich eine Substanz namens Theobromin, die für Hunde giftig ist. Die einzelnen Tiere reagieren zwar unterschiedlich empfindlich darauf, aber es ist schon vorgekommen, daß eine wirklich kleine Menge Schokolade einen sehr empfindlichen Hund umgebracht hat. Und es gibt kein Gegenmittel.

Während der Heimfahrt dachte ich die ganze Zeit an Joel und daran, wie gefaßt er es aufgenommen hatte. Jedenfalls war es mir so vorgekommen. Vertraute ich ihm? Beinahe. Vertraute er mir? Oder vielleicht wollte ich nur davonlaufen, als ich den Entschluß faßte, zu meinem Vater nach Owls Head zu fahren.

Owls Head in Maine, wo ich aufgewachsen bin, liegt nur vier Autostunden von Cambridge entfernt, das heißt, wenn man schnell fährt und keine Pausen macht, was bedeutet, daß ich für diese Strecke mindestens fünf Stunden brauche. Ich habe zwar keinen »Hunde an Bord«-Aufkleber an der Scheibe, aber mein Fahrstil ist dementsprechend, und obwohl Rowdy ein mustergültiger Beifahrer ist, dem noch nie schlecht geworden war, muß ich mit ihm jedesmal mindestens eine Pause einlegen. Aber es ist eine angenehme Strecke, ich hatte Buck schon lange nicht mehr gesehen, und er und Kimi sollten sich endlich kennenlernen.

Vorher lief ich allerdings die Hintertreppe zu Ritas Wohnung hoch, klingelte an ihrer Tür Sturm, verkündete, daß ich für zwei Tage verreisen würde und bat sie, während meiner Abwesenheit die Zeitungen und die Milch hereinzuholen. Sie hätte sogar die Hunde gefüttert, wenn ich sie darum gebeten hätte, aber es war völlig aussichtslos von ihr zu verlangen, einen Malamute auszuführen. Seit Rowdy ihr einmal das Handgelenk verstaucht hat, als er plötzlich hinter der Katze herjagte, weigerte sie sich schlicht, es jemals wieder zu tun.

Wenn es so etwas gibt wie das Schönste am Zusammenleben mit Hunden, ist es, zu ihnen nach Hause zu kommen. Lebt man mit einem Menschen, kann es passieren, daß er, während man abwesend war, schlechte Laune bekommt oder plötzlich beschließt, sich von einem zu trennen, oder irgendeine Arbeit anfängt, in der man ihn dann stört, oder das Alleinsein zu genießen beginnt. Ein Hund dagegen ist immer begeistert, wenn man wieder da ist. Als ich die Wohnungstür aufschloß, verfiel Rowdy prompt in das Ritual, das er immer aufführt, wenn ich lange Zeit fort war, das heißt länger als eine halbe Stunde. Er sprang mich dabei aber natürlich nicht an, was ich meinen Hunden nie erlaubt habe, sondern er erhob sich zu voller Höhe, plazierte seine Vorderpfoten auf meine Schultern und leckte mir mit seiner Zunge übers ganze Gesicht. Es ist einfach unmöglich, einen Malamute zu besitzen und mit einem schmutzigen Gesicht herumzulaufen. Ich hatte Kimi bereits einigermaßen erfolgreich beigebracht, daß es ungezogen ist, die Leute anzuspringen, aber es war mir noch nicht ganz gelungen, ihr klarzumachen, daß das genauso galt, wenn sie um die Person herumlief und ihm oder ihr statt dessen in den Rücken sprang. Und das war es, was sie jetzt bei mir tat. Aber schließlich war sie nur eifersüchtig auf Rowdy und wollte darauf aufmerksam machen, daß sie auch noch da war, und ich war froh, daß sich die beiden Hunde überhaupt bei irgend etwas zusammentaten, und sei es für eine so stürmische Begrüßung, daß dabei die nicht-halbmondförmigen Schokoladecroissants zerdrückt wurden.

»Das reicht jetzt«, rief ich, schüttelte die Hunde ab und legte das Päckchen oben auf den Kühlschrank, wo sie nicht drankommen konnten, und wo ich es bei meiner Abreise nach Maine nicht vergessen würde. Natürlich hatte ich keinen Grund, wegen der Croissants mißtrauisch zu sein: Kelly war eine Minute, nachdem ich Joels Büro verlassen hatte, aus dem Haus gekommen. Joel hätte sich unmöglich an dem Gebäck zu schaffen machen können, selbst wenn er es gewollt hätte, denn er hätte einfach nicht die Zeit dazu gehabt.

Intelligente Hunde können es riechen, wenn Menschen die Absicht haben, aus dem Haus zu gehen, und sie zeigen sich dann sofort wild entschlossen, nicht zurückgelassen zu werden, so wie Kimi und Rowdy, die mich umsprangen und umtänzelten, während ich meinen Vater anrief, der sich erst nach mehrmaligem Läuten meldete. Im Hintergrund hörte ich ein kläffendes Geräusch.

»Was ist das für ein Lärm?« fragte ich ihn, denn Wolfsmischlinge kläffen nicht.

»Was?« fragte er zurück.

»Das Bellen.«

»Welches Bellen?« Er meinte es ernst. Mein Vater bemerkt das Kläffen und Bellen von Hunden ebensowenig, wie die meisten Menschen das Klopfen ihres eigenen Herzens.

»Da bellt doch ein Hund«, rief ich. »Ich verstehe dich nur sehr schlecht. Bist du in der Scheune?« Die Scheune war allerdings bereits seit langem keine Scheune mehr. Statt dessen gab es darin Verschläge, die sich nach außen auf eine Rennstrecke für die Hunde öffneten, eine Entbindungsstation mit mehreren Wurfkisten, einen Platz für das Scheren und Waschen, mit einer in den Boden eingelassenen Wanne, so daß man beim Baden der Hunde keine Rückenschmerzen bekommt, und einen kleinen Trainingsparcours mit aufgestellten Hindernissen, wo man es den ganzen Winter trocken und warm hat, wenn man mit den Hunden arbeitet. Meine Mutter hat die meisten Umbauten selbst durchgeführt. Wenn die Leute in Cambridge sagen »Wir haben unsere Küche neu eingerichtet«, oder »Wir haben eine Terrasse angelegt«, heißt das meistens nur, daß sie eine Menge Geld ausgegeben haben, aber Marissa hat die ganze Arbeit in der Scheune mit ihren eigenen Händen getan. Sie fehlt mir sehr.

»Warum schreist du denn so?« wollte Buck wissen.

Der Hund hatte endlich aufgehört zu bellen.

»Welcher Hund war das?« fragte ich.

»Eine Terrier-Kreuzung.«

»Kreuzung mit was?« Kreuzungen sind zwar Bucks Spezialität, aber sollte er tatsächlich einen Wolfs-Terrier gezüchtet haben?

»Weiß der Himmel.« Wenn Buck so etwas über einen Hund sagt, meint er es durchaus wörtlich. In den Büchern der Engel sind nämlich seiner Ansicht nach gar nicht so sehr die guten und schlechten Taten der Menschen, sondern vielmehr die Paarungen und Stammbäume der Hunde aufgezeichnet. Und deshalb beabsichtigt er, sein Leben nach dem Tod in der himmlischen Bibliothek, zu der selbstverständlich auch die Himmelshunde Zutritt haben, mit dem Studium der

Zuchtstammbücher zu verbringen. »Es ist aber eine reizende kleine Hündin«, fügte er noch hinzu. Genau dasselbe sagt er gelegentlich über mich.

»Ich würde sie gern kennenlernen. Wie wär's, wenn ich dich besuchen komme?«

»Ja, ich würde mich freuen, aber ich hab das Haus ziemlich voll im Moment.«

»Wohnt jemand in meinem Zimmer?«

»Ein Boxer«, war seine Antwort, und jemand anderer hätte vielleicht gedacht, daß es sich dabei um einen Faustkämpfer handeln würde, aber ich wußte es natürlich besser.

»Ich persönlich habe nichts dagegen einzuwenden, aber Rowdy könnte es nicht gefallen, und Kimi sogar ganz sicher nicht. Also gib dem Boxer ein anderes Zimmer. Es wird Zeit, daß du Kimi einmal siehst.«

Ich hatte ihm natürlich alles über sie erzählt, und er war froh, daß ich nun endlich zur Vernunft gekommen zu sein schien. Allerdings war er immer noch etwas besorgt um mich, denn so wie Faith Barlow sind ihm Menschen suspekt, die weniger als sechs oder acht Hunde besitzen. Wenn es nur um mich gegangen wäre, hätte er sich möglicherweise geweigert, den Boxer aus meinem Zimmer zu vertreiben, aber für Kimi und Rowdy machte er diese Zusage gern.

Nachdem ich die Hunde gefüttert und ihre Schüsseln gewaschen und eingepackt hatte, warf ich ein paar warme Kleidungsstücke für mich in eine Reisetasche und war gerade im Badezimmer, um meine Zahnbürste und ein paar Kosmetika – natürlich nur solche, die nicht an Tieren getestet waren – zu holen, als ich einen dumpfen Aufprall und ein kratzendes Geräusch aus der Küche vernahm.

Daß Hunde immer wieder die Lebensmittel der Menschen stehlen, ist ein schwerlösbares Problem im Zusammenleben mit ihnen. Die meisten Hundehalter haben sich vernünftigerweise damit abgefunden, daß sie es nur verhindern, aber nie ganz abschaffen können. Unsere Mülleimer haben festschließende Deckel, und auf die Deckel stapeln wir noch zusätzliche Hindernisse. Wir verschließen sorgfältig alle Türen, und wir bemühen uns, alles, was in Versuchung führen könnte, außer Reichweite zu räumen. Rowdy gelingt es allerdings immer wieder, die Zuckerdose zu stibitzen, die oft auf dem Küchentisch steht, weil ich vergesse, sie in den Schrank zu stellen. Er ist darin so geschickt, daß er die Dose in die Schnauze nehmen, sie zu einem seiner Verstecke tragen und dort auslecken kann, ohne auch nur ein Geräusch zu machen, oder das Gefäß irgendwie zu beschädigen. Mit etwas Mühe hätte ich ihm das sicher auch noch abgewöhnen können, aber ich habe mir die Mühe gespart. Alles, was ich tat, war, ihn auf Diabetes untersuchen zu lassen, aber er ist nicht zuckerkrank, sondern lediglich räuberisch veranlagt. Während der rauhen Winter in der Antarktis kam es häufig vor, daß die Inuit-Menschen, von denen wir die ursprüngliche Rasse der Malamutes haben, hungerten und die Hunde für sich selbst sorgen mußten. Wären die Malamutes keine Raubtiere, wären sie schon vor Jahrtausenden ausgestorben. Deshalb konnte ich es verstehen, wenn Rowdy Nahrung stahl, und, wie Rita immer sagt: etwas zu verstehen, heißt, es zu verzeihen. Sie hat mir auch gesagt, daß dieses Zitat von Madame de Staël stammt, aber ich wette, sie hat diesen Spruch nicht annähernd so oft benutzt wie Rita. Jedenfalls nahm ich sofort an, daß einer der Hunde – höchstwahrscheinlich Kimi – wieder einmal die Wassersprühflasche und die Kaffeedose voller Münzen vom Mülleimer gestoßen hatte und nun dabei war, den Inhalt zu durchwühlen. Dann fiel mir plötzlich ein, daß ich den Eimer gerade geleert hatte.

Als ich in die Küche trat, hatten beide ihre schwarzen Schnauzen in der aufgerissenen Aluminiumfolie vergraben. Sie kämpften noch nicht einmal um die gefrorenen Schokoladecroissants, sondern sahen aus wie ein hübsches Wolfspaar, das ein romantisches Abendessen für zwei goutierte.

Ich ging direkt auf Rowdy zu, wobei sich wieder einmal der Sinn und Zweck von Gehorsamkeitsübungen erwies: »Rowdy, Pfui! Aus!« Meine Stimme war ruhig und fest. Ich nahm sein Halsband in die Hand und gab ihm einen sanften Ruck, um meine Worte zu unterstreichen. Prompt öffnete er die Schnauze, und ein großes Stück Gebäck fiel auf den Boden. Dann zog ich ihn etwas weiter weg, lobte ihn und gab ihm das Kommando »Rowdy, Sitz!« Als er gehorchte, streckte ich meine linke Hand aus und hielt sie ihm genau vor das Gesicht. »Bleib!«

Ich hatte keine Chance, meinem Neuling Kimi zu befehlen, sofort mit dem Fressen aufzuhören, und nichts bei mir, was sie von ihrer Beute hätte weglocken können, keine Leber in meinen Taschen und keine Zeit, etwas aus dem Kühlschrank zu holen. Ich wußte, daß sie mich möglicherweise beißen würde, aber es war zu spät, um loszurennen und mir meine Lederhandschuhe anzuziehen, die ich für solche Notfälle im Haus habe. Statt dessen stellte ich mich sofort über sie, ergriff mit einer Hand ihr Halsband und legte die andere fest um ihre Schnauze, wobei ich die Finger tief in ihr

Maul grub. Ihre Kiefer begannen nachzugeben, und ich nahm jetzt beide Hände, schüttelte ihren Kopf und zwang sie, die Schnauze ganz zu öffnen und ihre Beute freizugeben, bis die Schokoladenmasse schließlich klatschend zu Boden fiel. Mit beiden Händen griff ich wieder ihr Halsband und zog sie mit einem heftigen Ruck fort, damit sie sich das halbzerkaute Gebäck nicht wieder schnappen konnte. Sie hat es nicht verstanden, oder wenn, hat sie noch nie etwas von Madame de Staël gehört.

Mit einer schnellen Drehung ihres Kopfes tat sie das, was jedes normale Raubtier mit einem Wesen tun würde, das ihm die Beute stiehlt: Sie biß mich, und das nicht in meinen vom Pullover geschützten Arm, sondern in die bloße Hand, ein schneller, sauberer Hieb in das Fleisch zwischen Daumen und Zeigefinger. Wenn man noch nie von einem Hund gebissen wurde, stellt man sich wahrscheinlich vor, daß es sich anfühlt, als ob man sich mit einem Messer geschnitten oder an einem Nagel verletzt hätte, aber so ein tiefer Biß ist eher so, als hätte man einen Schlag mit dem Baseballschläger erhalten. Es ist ein rasender, körperlicher Schmerz, aber der seelische Schmerz ist sogar noch schlimmer. Jedesmal, wenn das passierte, und das war nicht oft, habe ich geweint. Das Unmögliche ist eingetreten: Ein Hund hat *mich* gebissen. Diesmal war es natürlich mein Fehler, denn ich hätte mich ihr von vorne oder von der Seite nähern sollen, und ich hätte weiter zu ihr sprechen müssen. So, wie ich es gemacht hatte, konnte sie überhaupt nicht wissen, wessen Hand sie gebissen hat, und ich beschloß, ihr zu vergeben. Meine Gefühle waren zwar immer noch verletzt, aber ich ließ sie nicht los.

Das Blut floß in Strömen über meine Hand und tropfte auf Kimi, wo es in das dichte, graue Fell an ihrem Hals und auf ihre Ohren fiel. Sie kämpfte mit mir auf dem ganzen Weg durch die Küche zu ihrer Transportkiste, aber es gelang mir trotzdem, sie hineinzustoßen und die Gittertür zu verschließen. Dann schleppte ich mich noch immer heftig blutend zu Rowdy zurück, der sich, wie ich betonen möchte, die ganze Zeit nicht aus seiner Sitz-Position gerührt hatte. Vielleicht hätte ich ihm vertrauen sollen, aber ich wagte es nicht, das Risiko einzugehen und nahm sein Halsband in die unverletzte Hand. »Okay«, sagte ich zu ihm. »Guter Junge.« Man darf nie vergessen, seinen Hund zu loben, hat mir Marissa beigebracht. Niemals. Dann führte ich ihn ruhig aus der blutbespritzten Küche, versicherte ihm, daß alles gut werden würde und sperrte ihn in mein Schlafzimmer.

Während ich am Waschbecken in der Küche stand und die klaffende Wunde unter den heißen Wasserstrahl hielt, sprach ich zu Kimi. Rowdy konnte vielleicht meine Worte verstehen, aber da Kimi bis jetzt nur gelernt hatte, den Ton meiner Stimme zu erkennen, tat ich es eher für mich, als für sie. Trotzdem war meine Stimme ruhig und sanft. »Du kleiner Teufel«, sagte ich liebevoll. »Das tut höllisch weh. Du bist wirklich ein verdammtes, kleines Monster. Und wenn du mir damit nicht eine Sehne gerissen hast, hab ich riesiges Glück gehabt.«

Nachdem die wäßrigrote Flüssigkeit eine Weile in das weiße Porzellanbecken geflossen war, drehte ich den Hahn ab, wickelte mehrere Papiertaschentücher um die verletzte Hand und ging zum Medizinschrank, wo ich nach einer Flasche Desinfektionsmittel suchte, die noch von irgendeinem tierärztlichen Eingriff, ich glaube, es war ein Abszeß am Bein einer Katze, übriggeblieben war. Ich fand sie schließlich hinter dem ganzen Arsenal von pharmazeutischen Mitteln für sämtliche Hunde und Katzen, die ich jemals besessen hatte: Augentropfen, Ohrentropfen, Wurmarznei, Wattebäusche, Gazetupfer, Schwämmchen, Alkohol zum Einreiben und pulverisiertes Kalzium. Als ich die blutende Hand über das Becken hielt und die Flüssigkeit auf die Wunde tropfen ließ, war der Schmerz gar nicht so heftig, wie ich erwartet hatte. Dann legte ich ein paar von den Wattebäuschen darauf, gab noch etliche Papiertaschentücher drumherum, rief Steve an, wurde mit seinem Telefonservice verbunden und bestand darauf, daß es sich um einen Notfall handelte, woraufhin mich die Telephonistin zu ihm durchstellte.

»Ich bin's. Beide Hunde haben Schokolade gefressen. Es war mein Fehler, ich hab das Zeug oben auf den Kühlschrank gelegt, und Kimi muß auf die Anrichte geklettert sein. Rowdy hat das noch nie getan, deshalb denke ich, daß sie diejenige war, die es runtergeholt hat. Kannst du herkommen? Oder soll ich die beiden zu dir bringen?«

Als Tierarzt hört er solche Geschichten natürlich die ganze Zeit, und deshalb geriet er auch jetzt keineswegs in Panik. Er fragte sofort, wieviel sie gefressen hätten, ob sie sich unruhig gebärden, Speichel absondern, oder sich erbrechen würden. Aber sie taten nichts dergleichen. Auf dem Küchenboden lag immer noch die zerrissene Aluminiumfolie, voller Krümel, Schokolade und Blut. Ich wußte nicht einmal, wie viele Croissants ursprünglich in dem Päckchen waren, außer daß es nur eine Portion gewesen war. Zwei? Drei? Jedenfalls war bis auf die Reste, die die Hunde noch im Maul gehabt hatten, nichts von ihnen übriggeblieben.

»Es waren Schokoladencroissants«, sagte ich. »Vielleicht eines für jeden von beiden. Aber ich weiß nicht, wieviel Schokolade drin war.« Den Hunden gegenüber war ich ruhig geblieben, aber jetzt bekam ich allmählich Angst.

»Also kann es nicht soviel gewesen sein.«, meinte Steve. »Vielleicht dreißig Gramm. Gut möglich, daß gar nichts passiert. Manche Hunde reagieren einfach nicht so empfindlich darauf. Und es sind große Hunde, das ist in diesem Fall ein Vorteil. Wahrscheinlich ist alles in Ordnung mit ihnen, aber ich komme trotzdem mal vorbei, und wir können sie dann beide im Auge behalten. Ich glaube, du kannst beruhigt sein.«

»Ich vertraue dir«, antwortete ich, »aber komm bald, ja?« Als Steve eintraf, hatte ich mir in der Zwischenzeit einen fast professionell aussehenden Verband angelegt, das gröbste Durcheinander in der Küche beseitigt und mich neben Rowdy auf dem Fußboden niedergelassen, wo ich gerade mit ihm sprach und ihn tröstete. Kimi befand sich immer noch in ihrer Hundebox. Steve bestand darauf, daß ich den Verband abnahm und ihm meine verletzte Hand zeigte. Dann gerieten wir in Streit, weil er mich zum Notarzt fahren wollte. Ich setzte mich durch, und er erneuerte nur den Verband.

Als er damit fertig war, sahen wir wieder nach Kimi. Sie schlief und ließ sich auch nicht von uns aufwecken.

»Wieviel hat sie von dem Zeug gefressen? Wieviel ist tatsächlich in ihren Magen gelangt?« Steve spricht immer langsam und ruhig, und er tut das ganz besonders in einer Krisensituation. Aus seinem Gesicht läßt sich dann nur Konzentration und Umsicht ablesen, aber das Grün seiner Augen wird um eine Spur dunkler.

»Das habe ich dir doch schon gesagt: Ich weiß es nicht genau. Ich glaube nur, daß es nicht allzuviel war. Rowdy hat auch etwas gefressen, und es war ja sowieso nur ein kleines Päckchen. Ich hab es zwar nicht aufgemacht, aber es können nicht mehr als zwei oder drei Croissants gewesen sein.

»Laß mich mal den Rest sehen!«

»Der ist draußen in der Mülltonne.«

»Geh und hole ihn. Ich möchte, daß du alles, was du davon finden kannst, in eine Plastiktüte steckst. Ich muß Kimi mit in meine Praxis nehmen, da hätten wir sie gleich hinbringen sollen.«

Kimis Kopf lag an der Gittertür der Hundebox, und sie sah aus, als würde sie nur fest und tief schlafen, aber ihr Atem ging bereits langsam und schwer. Jedenfalls hatte ich diesen Eindruck, oder vielleicht hörte ich nur genauer hin als sonst.

»Binde Rowdy an oder sperre ihn ins Schlafzimmer«, fügte Steve noch hinzu. »Wir können ihn im Moment nicht gebrauchen.«

Als ich Rowdy in meinem Schlafzimmer eingeschlossen hatte und in die Küche zurückkam, hatte Steve Kimi aus ihrem Verschlag gehoben und auf den Boden gelegt. Dort lag sie ganz ausgestreckt, als wäre ihr zum Zusammenrollen das eigene Gewicht zu schwer geworden.

»Könntest du mir bitte die Türen aufmachen«, bat Steve. »Ich trage sie so wie sie ist. Sie wird eine Zeitlang kaum wegrennen können.«

Da Steve seit vielen Jahren darin geübt ist, schwere Hunde auf Untersuchungstische zu heben, hat er für diese Tätigkeit nicht nur die entsprechenden Muskeln, sondern auch eine spezielle Technik entwickelt und sich dadurch keinen Rückenschaden zugezogen. Kimis fünfundsiebzig Pfund machten ihm deshalb auch nicht sonderlich viel Mühe. Ich schloß die Hintertür auf, rannte die Stufen hinunter und öffnete die Seitentür seines Kleintransporters. Steve folgte mir, ließ Kimi sanft auf die gepolsterte Fläche hinter dem Fahrersitz gleiten und bedeckte sie mit einer alten Decke, die seiner Schäferhündin India gehörte. Er sprüht den Wagen aus und saugt ihn, aber trotzdem riecht er nach Hunden. Sogar in so einer kalten Nacht.

»Warte nicht auf mich«, rief ich ihm zu. »Ich fahre dir nach, ich muß nur noch Rowdy holen.«

»Beeil dich«, rief Steve zurück. »Was immer Kimi hat, an der Schokolade liegt's sicher nicht.«

Bevor ich ins Haus ging, nahm ich den Deckel von

der Mülltonne und holte den Plastiksack heraus, in dem sich auch die Aluminiumfolie und die halbgegessenen Reste befanden, die die Hunde unfreiwillig wieder hergeben mußten. Als ich den Sack entleerte, fiel ein Gemisch von Kaffeesatz, Eierschalen, Speiseresten, nassen Teebeuteln, einer halbverfaulten Frucht und etwas, das einmal Käse gewesen sein mag, auf den Küchenboden. Das ganze roch wie schon mal gegessen, und mein Magen drehte sich um, aber ich fischte die Reste heraus, die Steve verlangt hatte und versiegelte sie in einem Plastikbeutel.

Ich fürchtete mich davor, die Schlafzimmertür zu öffnen, und zu sehen, was inzwischen vielleicht mit Rowdy passiert war, und als ich in das Zimmer trat, fing mein Herz wie wild zu klopfen an: Rowdy lag zusammengerollt unter dem Erkerfenster.

»Rowdy, los!« rief ich. »Wir fahren Auto.«

Dieses Kommando war ihm bestens vertraut, und seine normale Reaktion darauf war, die Ohren aufzustellen, sich zu strecken, aufzuspringen und wie ein Blitz in Richtung Tür zu sausen. Aber diesmal öffnete er nur die Augen, schüttelte leicht seinen großen Kopf und ließ ihn dann langsam auf seine Vorderpfoten sinken. Manche Hunde haben von Natur aus einen eher traurigen Gesichtsausdruck, nicht jedoch Rowdy oder Malamutes überhaupt, aber in diesem Moment hätte ein Bluthund neben ihm geradezu fröhlich ausgesehen.

»Es ist Zeit, aufzustehen«, flötete ich. »Und außerdem hast du keine andere Wahl.«

Als ich mit der unverletzten Hand sein Halsband packte und ihn auf die Füße zog, schüttelte er sich, aber nicht mit seiner üblichen Energie und Begeisterung, und ich mußte ihn aus dem Haus führen. Der Anblick seiner Leine schien ihm nichts zu bedeuten, allerdings reagierte er auf die geöffnete Hintertür meines Kombis und versuchte, hineinzuspringen, aber es fehlte ihm die Kraft, und ich mußte ihm einen Schubs geben. Dazu brauchte ich beide Hände, was in der verletzten Hand einen solchen Schmerz bewirkte, daß ich glaubte, sie würde abfallen. Um Rowdy auf dem Weg zu Steves Praxis am Einschlafen zu hindern, redete ich ohne Unterbrechung auf ihn ein und benutzte dabei alle seine Lieblingsworte, besonders seinen Namen: »Rowdy, paß auf! Hör gut zu, Junge. Sollen wir einen Ausflug machen? Laufen gehen? Rowdy, wach auf!« Aber als ich das Auto parkte und die Wagentür öffnete, war er trotzdem eingeschlafen.

»Rowdy, wach auf! Komm schon.« Ich hielt meine gute Hand unter sein Kinn und hob seinen Kopf. Im schwachen Schein der kleinen Innenleuchte sah ich, wie sich seine Augen langsam öffneten und wieder schlossen. »Du mußt aufwachen.« Ich ließ nicht locker. »Ich weiß, du willst nicht, aber du mußt. Ich kann dich nicht tragen. Du bist viel schwerer als Kimi, und ich hab' eine verletzte Hand. Du mußt schon ein bißchen mithelfen.« Indem ich so weit wie möglich nur eine Hand benutzte, packte ich seine Schultern und zog ihn zu mir, bis seine Vorderpfoten aus dem Wageninneren hingen. Vielleicht wurde er von der Angst herunterzufallen geweckt, aber als er sich mit seinen Hinterbeinen abstieß und nun ganz heraus rutschte, landete er fast kopfüber auf dem Boden, und ich mußte ihn auffangen. Auch das tat höllisch weh. Aber nun stand er endlich aufrecht auf seinen vier Beinen, und als wir langsam nebeneinander zur Praxis gingen, versuchte er auch nicht mehr, sich niederzulegen.

Ich führte Rowdy durch die Schwingtür zwischen Wartezimmer und den Behandlungsräumen, die Steve mit einem Gummikeil aufgehalten hatte. »Steve?« rief ich.

Eine andere Schwingtür öffnete sich, und Steve warf einen fragenden Blick auf Rowdy.

»Er schläft dauernd ein«, sagte ich.

»Macht er sonst noch etwas? Spucken? Sich erbrechen?«

»Nein. Er ist bloß todmüde.«

»Okay. Ich schau ihn mir an. Bleib du hier draußen.«

»Hast du Kimi zum Erbrechen gebracht?«

»Sie ist zu stark sediert«, antwortete er.

»Und, was hast du gemacht?«

»Eine Magenspülung. Rowdy, komm her.«

»Braucht er eine?«

»Ihn kann ich zum Erbrechen bringen.«

Ich ging ruhelos im Wartezimmer auf und ab und studierte die Plakate vom Lebenszyklus des Bandwurms und die gerahmten Stickereien von Steves Mutter. Es waren dilettantische Portraits von Terriern, und ich hatte sie immer schon abscheulich gefunden. Aus den hinteren Praxisräumen drangen Geräusche und ein neuer Geruch, der sich mit dem vertrauten Aroma von Hunden, Katzen, Desinfektionsmitteln, Duftsprays und Gerüchen, die sich diesen Sprays hartnäckig widersetzten, vermischte. Als Steve Rowdy zurückbrachte, sahen beide ein wenig besser aus als vorher. Dann ging Steve wieder zu Kimi, und ich sprach zu Rowdy. Ich war immer davon überzeugt, daß meine Stimme, wenn ich ihr so einen ganz bestimmten Klang und Ton verleihe, der auf geheimnisvolle Weise therapeutisch wirkt, in das Ohr eines Hundes eindringt, durch sein Nervensystem reist und dort jede Erkrankung heilen kann. Für Rita ist dieser Glaube ein Fall von präoperativem Denken, was wahrscheinlich soviel heißt wie Wunschdenken, aber wahr ist, daß es Rowdy jetzt dadurch besser ging. Vom oberen Stockwerk hörte ich India bellen, und ein paar Hunde in irgendwelchen Räumen des Hauses antworteten ihr. Rowdy und ich hörten ihnen zu. Er registrierte das Bellen. Seine Augen leuchteten auf, und sein Rückenfell sträubte sich. Langsam kam er wieder zu sich.

Endlich trat Steve in das Wartezimmer.

»Sie ist noch sehr schwach«, sagte er. »Aber ich glaube, sie kommt durch.«

»Ich muß sie sehen.«

Kimi lag auf der Seite in einem Käfig. Den massiven, schönen Kopf hatte sie auf die ausgestreckten Beine gebettet, als ob sie nicht mehr die Kraft hätte, ihn zu heben. Dunkles Wolfsgrau und Weiß ist die offizielle Zuchtbezeichnung für Kimis Färbung. Das bedeutet einen fast schwarzen, äußeren Mantel mit silbrigen und schneeweißen Einsprengseln über einer dichten Unterwolle. Zusammen ergibt dies eine komplexe Farbstudie, die zeigt, was mit Schwarz, Weiß und Grau passiert, wenn sie lebendig werden. An einem Malamute wie Kimi wirken die dunkelbraunen Augen und die leicht erdfarbenen Schattierungen in ihrem Fell unerwartet und wie etwas Wunderbares, so, als hätte man aus einem Schwarzweißfilm Farbabzüge entwickelt. Als sie meine Stimme hörte, öffnete sie diese dunklen, mandelförmigen Augen und blickte mich ein wenig leidend, aber glücklich an.

Ich öffnete die Käfigtür, streichelte ihren Kopf und kraulte das weiche Fell um ihre Ohren. »Na, du hast es also geschafft, hm? Ich darf dich also doch behalten.«

Vince, unser Cheftrainer im Cambridge Dog Training Club, hat einmal zu mir gesagt: »Holly, wenn ich mir einen Hund anschaffe, und plötzlich fallen diesem Hund alle vier Beine aus, ist er immer noch mein Hund.« Ich wußte, was er damit meinte. Die Religion, in der mich meine Eltern, Buck und Marissa, erzogen hatten, erkennt eine Scheidung nicht an. Mein Hund ist mein Hund, bis daß der Tod uns scheidet. Kimi hatte schon fast mir gehört von dem Moment an, als ich sie bei Elaine sah und mir einen Hund wie sie wünschte. Und doch war Rowdy mehr mein Hund gewesen als Kimi – bis jetzt, wo sie fast gestorben wäre.

Man sollte niemals Angst davor haben, seinem Hund die ganze Wahrheit zu sagen. Wenn man vermeiden will, daß ein Mensch dabei zuhört, weil man fürchtet, es könnte albern, melodramatisch, sentimental oder schwachsinnig klingen, braucht man bloß zu flüstern. Hunde können besser hören als Menschen, und sie haben auch keine Angst vor elementaren Wahrheiten. Ich machte mir aber gar nicht die Mühe, meine Stimme zu senken, denn der einzige menschliche Zuhörer in diesem Raum war Steve. Und so sagte ich ihr laut und deutlich: »Ich liebe dich, du alter Wolf.«

Steve schloß die Käfigtür und führte mich zurück ins Wartezimmer, wo wir uns auf eine Bank setzten.

»Himmel noch mal«, sagte ich, »Ich hätte nie gedacht, daß sie auf den Kühlschrank klettern würden. Rowdy hat das noch nie gemacht. Ich hab dort schon oft Lebensmittel abgestellt, und Rowdy hat sie sich noch nie geholt.«

»Es gibt Hunde, die können über Zäune und auf Leitern klettern«, meinte Steve.

»Ich weiß das mit der Schokolade, ich hab ja in meinen Artikeln die Leute extra noch davor gewarnt. Wie konnte ich nur so dumm sein?«

Er schüttelte sanft den Kopf. »Vergiß die Schokolade! Ich weiß selbst nicht, was es war. Ich hab die Reste und den Inhalt ihres Magens untersucht.« Er zuckte ratlos die Schultern. »Es ist ja nicht so, als hätten sie eine ganze Schachtel Süßigkeiten gefressen. In den Büchern steht, daß ungefähr acht Schokoladenriegel zu je hundert Gramm einen Hund von dreißig Pfund durch Herzstillstand töten können.«

»Ich glaube, Kimi hat das meiste erwischt. Sie muß diejenige gewesen sein, die auf die Anrichte gestiegen ist und es sich geholt hat, denn das ist bestimmt nicht einer von Rowdys Tricks. Und ich hab mich zuerst um ihn gekümmert und ihn gezwungen, das, was er noch im Maul hatte, fallen zu lassen. Dann hab ich dasselbe bei Kimi versucht, aber sie hatte bereits viel mehr geschluckt als Rowdy.«

»Aber nicht genug für eine Schokoladenvergiftung. Und bei ihm wirkt es ja auch. Sie konnten einfach unmöglich soviel gefressen haben, daß es eine solche Wirkung hat. Und außerdem stimmen die Symptome nicht. Auf eine Überdosis Schokolade reagieren die Hunde nämlich mit Nervosität und Unruhe.«

»Und die beiden sind dagegen nur schläfrig.«

»Ja, also genau das Gegenteil. Theobromin ist ein Stimulanzstoff für das zentrale Nervensystem, ähnlich wie Koffein. Vielleicht würde eine große Menge davon einen Hund umhauen, aber ...«

Plötzlich hörte ich wieder Kellys Stimme, wie sie sagte: »Ich habe das für Sie im Kühlschrank gehabt.«

Kelly? Kelly hat mich vier von diesen Dingern essen sehen. Nicht, daß ich grundsätzlich ein gieriger Mensch wäre, es ist nur so, daß ich von kleinen Portionen bloß noch mehr Hunger kriege. Nachdem ich bei ihr also vier Croissants einschließlich der Krümel verdrückt hatte, warum hat mir dann die großzügige Kelly, die immer so gern für andere kochte, nur zwei oder drei davon gegeben? Weil sie sichergehen wollte, daß ich keine Reste und somit keine Spuren hinterlassen würde?

Aber vielleicht war es ja gar nicht Kelly gewesen. Ich sah die ordentlichen Listen an den Türen des riesigen Kühlschranks und der Gefriertruhe vor mir. Als Kelly dann vor einer Woche das Päckchen in das Gefrierfach gepackt hat, hat sie es möglicherweise mit meinem Namen versehen und wahrscheinlich auch auf der Inventarliste verzeichnet. Eine Portion *Petits Pains au Chocolat.* Jetzt fiel mir ihre richtige Bezeichnung wieder ein – ich spreche ein wenig Französisch, aber möglichst nicht laut –, und so hätte sie es auch in die Liste an der Tür eingetragen. Joel konnte das bemerkt haben, oder vielleicht hat er auch das Päckchen mit meinem Namen drauf gesehen. Als ich ihn das letzte Mal besuchte, hatte er nicht die Zeit, das Gebäck zu präparieren, er hätte es also im voraus planen müssen.

Aber dann war es schließlich Kelly gewesen, die mich wegen der Schokolade gewarnt und darauf hingewiesen hatte, daß ich sie nicht in Reichweite der Hunde liegenlassen dürfe. Kelly liebte Hunde, und sie wäre niemals imstande gewesen, einem Hund auch nur ein Haar zu krümmen. Joel allerdings auch nicht. Und beide kannten mich gut genug, um zu wissen, daß ich meinen Hunden unter keinen Umständen die Schokolade gegeben hätte.

Kelly war eine Köchin. Sie hatte etwas mit Schokolade für mich gebacken. Mit anderen Worten: Sie hat etwas ausgesucht, was ich niemals meinen Hunden zum Fressen geben würde. Aber vielleicht hatte sie nur daran gedacht, daß ich diese *Petits Pains* so gerne mochte und hat das Joel gegenüber erwähnt. Ich hatte nicht übel Lust, einen von den beiden umzubringen. Oder alle beide? Oder doch nur einen? Aber möglichst nicht den Falschen.

Ich wollte mit Steve darüber reden, aber er hörte nicht zu. Statt dessen bestand er darauf, Rowdy nochmals gründlich zu untersuchen, und es gelang ihm sogar, mich dazu zu überreden, wegen meiner Hand einen Notarzt in der Mount Auburn-Klinik aufzusuchen, obwohl mir dieser Ort verhaßt ist.

»Es fühlt sich aber schon viel besser an«, protestierte ich.

»Du lügst ja. Das Blut sickert durch den Verband.«

»Ich kann Krankenhäuser nicht ausstehen.«

»Sie werden dich sicher nicht über Nacht dabehalten.«

»Natürlich nicht. Weil ich nämlich nicht dableiben würde, falls sie es versuchen.«

»Sie werden nur die Wunde nähen.«

»Das ist nicht nötig.«

Ganz beiläufig sagte er dann: »Wenn natürlich eine Sehne oder so was in Mitleidenschaft gezogen wurde, könnte es sein, daß du diese Hand nicht mehr benutzen kannst.« Dabei sah er Rowdy an und streichelte seinen Kopf. »Vielleicht für immer. Wenn es sich entzündet, merkst du das daran, daß die Hand anschwillt. Und dann kannst du sie wahrscheinlich ein paar Monate lang nicht gebrauchen. Und bei der leisesten Berührung tut es tierisch weh.« Er massierte weiterhin mit beiden Händen Rowdys Kopf.

»Okay, ich verstehe, was du meinst.« Jeder, der auch nur ein einziges Mal zwei Malamutes an der Leine geführt hat, hätte diesen Wink mit dem Zaunpfahl kapiert.

»Du mußt natürlich nicht gehen«, setzte er noch hinzu. »Niemand zwingt dich. Es ist allein deine Entscheidung.«

Wer die verschiedensten Erscheinungsformen von Liebe und Angst studieren möchte, sollte die Notaufnahme einer Tierklinik aufsuchen. Dort sieht man, wie die Besitzer ihre Katzen und Hunde halten, sie streicheln und ohne Unterlaß murmelnd und tröstend auf sie einreden. Und man sieht Leute allein auf einer der Holzbänke sitzen, die sich nicht schämen, die Tränen über das Gesicht laufen zu lassen.

Wohingegen die meisten Patienten, die in der Ambulanzstation der Mount Auburn-Klinik saßen und warteten, abgegriffene Zeitschriften durchblätterten, mit halbgeschlossenen Lidern vor sich hin dösten oder einfach nur teilnahmslos auf den Boden starrend dasaßen. Es war schwer, die Patienten von den begleitenden Freunden oder Angehörigen zu unterscheiden. Lediglich ein junges Paar kümmerte sich rührend um ein kleines Mädchen, mit dem sie abwechselnd sprachen und ihr besorgt die Stirn befühlten, während alle anderen ebensogut völlig Fremde hätten sein können, die sich zufällig in der gleichen überfüllten Straßenbahn befanden. Eine Situation, die wieder einmal anschaulich beweist, daß sich die meisten Menschen mehr um ihre Haustiere als um sich selbst oder ihre Mitmenschen sorgen.

Aber ich war nicht deprimiert. Während ich auf einem harten Holzstuhl saß, hielt ich meine unverletzte Hand zu einer Faust geballt und biß entschlossen die Zähne zusammen. Immer wieder sah ich zu dem Münzfernsprecher am Ende des Korridors. Da ich stark blutete – es tropfte immer noch durch den Verband –, würde ich sicher bald an die Reihe kommen, und ich versuchte, mir auszurechnen, ob ich noch die Zeit für einen Anruf hatte. Ich stand langsam auf. Dann beschloß ich, daß ich bei diesem Telefonat nicht unterbrochen werden und auch meinen Aufruf nicht verpassen wollte. Also setzte ich mich wieder hin.

Als ich schließlich aufgerufen wurde, fing der Arzt damit an, mir ein paar unverschämte Fragen über meinen Hund zu stellen und wollte es einfach nicht glauben, daß der Biß nicht Kimis Schuld gewesen war. Er nannte meine prächtige Alaskan-Malamute-Hündin hartnäckig »Ihr Husky«, erzählte mir von seiner Hundeallergie und hatte noch nie davon gehört, daß ein Hundebiß wesentlich seltener eine Entzündung zur Folge hat als der Biß einer Katze. Ich war froh, daß er erst gar nicht versucht hatte, Tierarzt zu werden. Trotzdem erlaubte ich ihm, meine Verletzung zu nähen. Als er endlich damit fertig war, meine Hand zu bandagieren und meine Ohren mit seinem Anti-Hunde-Geschwätz vollzuplappern, konnte ich es kaum erwarten, diesen Ort zu verlassen, aber vorher machte ich doch noch am Telefon halt.

Dank Rita bin ich Expertin, wenn es darum geht, einen Psychotherapeuten anzurufen. Ich sagte ja bereits, daß man tagsüber fünf oder zehn Minuten vor der vollen Stunde anrufen muß, wenn die Therapeuten zwischen zwei Klienten eine Pause haben. Zu jeder anderen Tageszeit ist damit zu rechnen, daß man mit dem Anrufbeantworter verbunden wird, aber das ist kein Grund, aufzugeben: Man sollte in jedem Fall eine Nachricht hinterlassen, denn Therapeuten hören ihren Anrufbeantworter regelmäßig ab. Sie wollen sich zwar nicht alle paar Minuten stören lassen, und sie halten es auch für ziemlich neurotisch, Tag und Nacht zur Verfügung zu stehen, für den Fall, daß einer ihrer Klienten um drei Uhr morgens einen bedeutsamen Traum hatte, allerdings wollen sie auch keine wirklichen Notfälle verpassen. Rita überprüft ständig ihren Anrufbeantworter, um sicherzugehen, daß niemand ihrer Klienten gerade in akuten Schwierigkeiten ist. Und Joel tat wahrscheinlich dasselbe.

Zuerst rief ich bei der Auskunft an und erhielt zwei Telefonnummern für Joel Baker, aber keine für Kelly. Heißt das, wenn eine Frau eine andere heiratet, hat sie keinen Anspruch mehr auf einen eigenen Telefonanschluß? Jedenfalls erreichte ich unter der ersten Nummer natürlich nur den Anrufbeantworter, und Joels Stimme informierte mich, daß ich in einem Notfall die andere Nummer wählen solle. Das tat ich. Ich hatte erwartet, daß Kelly zumindest den zweiten Anrufbeantworter besprochen hätte, aber dem war nicht so. Außerdem gibt es ein paar wirklich fanatische Hundebesitzer (und Frauen, die dahinter gekommen sind, wie man perversen Anrufern den Spaß verderben kann), die ihre eigenen Stimmen mit einem Chor von bellenden und knurrenden Hunden untermalen, aber auch auf diesem Band war nur Joels Stimme zu hören. Er nannte seinen Namen und bat, nach dem Pfeifton eine beliebig lange Nachricht zu hinterlassen.

Ich holte tief Luft und sagte dann: »Hier ist Holly Winter. Ich habe an den Schokoladencroissants nicht viel Freude gehabt.« Ich legte eine Pause ein. »Eigentlich habe ich sie nicht einmal probiert. Meine Hunde haben sich das Paket geschnappt. Nach einer Weile sind sie eingeschlafen, und ich konnte sie nicht mehr wachkriegen.«

Dann legte ich auf. Laß sie leiden! Oder ihn? Beide liebten Hunde, und sie kannten Rowdy und Kimi. Kelly oder Joel, einem von beiden würde es sicher schlechter gehen bei dem Gedanken, zwei Hunde getötet zu haben, als zwei Menschen.

Während ich in meinem Wagen durch die engen Straßen zurück zu Steves Haus fuhr, überlegte ich, ob ich Kevin Dennehy anrufen sollte. Das einzige, was mich davon abhielt, war der Gedanke daran, was Joel bereits durchgemacht haben mußte. Donna Zalewski und Elaine Walsh hatten ihn beide einer Tat bezichtigt, die er nicht begangen hatte. Und die einzige Möglichkeit, sich gegen diese Anschuldigung zu wehren, hätte bedeutet, sein Geheimnis preisgeben zu müssen, was aber für ihn alles zerstört hätte, nicht nur seine Karriere, sondern sein ganzes Leben. Wenn das bekannt würde, wäre er einfach nicht mehr Joel Baker. Und Kelly könnte natürlich auch nicht länger Kelly Baker bleiben. Für die meisten Leute wäre ein Mann, der sich als Frau ausgibt, ein Freak, und das selbst in der liberalen Idylle von Cambridge, wo lesbische Frauen so offen wie fast nirgendwo sonst leben können. Und was wäre Kelly? Falls es dafür ein Wort gibt, habe ich es noch nie gehört. Und ihre Ehe? Die wäre ganz offensichtlich ungültig. Ich dachte an die lesbischen Paare, die ich kannte. Joel und Kelly waren keines von diesen, und sie wollten es auch nicht sein. Sie wollten Mann und Frau sein, und das waren sie auch. Ich hatte nie etwas anderes in ihnen gesehen.

Ich fand Steve in seiner Praxis, wo er auf einem Klappbett schlief. Er lag auf dem Bauch, ein Arm hing herunter, und mit der Hand hielt er eine von Rowdys Pfoten umfaßt. In einer Art atavistischer Suche nach einer Höhle war Rowdy unter das Bettgestell gekrochen, aber als er mich hörte, zog er seine Pfote aus Steves Hand, krabbelte heraus und schüttelte sich wach. Dann ließ er seine neunzig Pfund auf den Boden plumpsen, rollte sich auf den Rücken und knickte seine weißen Pfoten ein, um mir seinen Bauch zu präsentieren. Wenn man aussieht wie ein besonders schöner Wolf, der sich ein paar Extrakilo zugelegt hat, ist es besonders schwer, die Schmusekatze zu spielen, und wenn es so überzeugend gelingt, verdient das eine Belohnung. Ich kniete also nieder und kraulte mit der unverletzten Hand seine Brust. Dann stand ich wieder auf und ging zu Kimi, die immer noch schlafend in ihrem Käfig lag. Das Fell über ihren Rippen hob und senkte sich langsam und regelmäßig. Die schwarze Maske um ihre geschlossenen Augen verlieh ihr einen ernsten und entschlossenen Ausdruck. Sie sah nun nicht mehr betäubt oder krank aus, sondern so, als habe sie den unumstößlichen Entschluß gefaßt, sich einmal richtig auszuschlafen. Sie zuckte leicht mit einem ihrer Hinterbeine und dann mit einem Ohr. Was sie schließlich weckte, war, glaube ich, nicht so sehr meine Anwesenheit als die von Rowdy. Er war mir gefolgt, preßte nun seine große schwarze Schnauze gegen das Gitter und gab ein lautes Schnüffeln von sich. Noch bevor sie die Augen öffnete, hob Kimi den Kopf.

»Würdest du ihn bitte da rausholen?« Steve war in den Raum getreten. Er sah verschlafen aus. »Laß sie schlafen!«

»Sie ist okay, oder?« fragte ich.

Er nickte. »Es geht ihnen beiden wieder gut. Kimi muß sich nur noch etwas ausruhen. Was ist mit deiner Hand?«

»Du hast keine Ahnung, wie wenig Ahnung Ärzte haben«, antwortete ich. »Aber ich bin jedenfalls okay. Hör mal, bist du wach? Ich muß mit dir reden.«

Zurück im Zimmer, faltete Steve das Klappbett zusammen und stellte es in den Schrank. Dann setzten er und Rowdy und ich uns auf die Matratze, die auf dem Boden lag, wobei Rowdy mit Abstand den meisten Platz einnahm.

»Ich versuche, mir darüber klar zu werden, was ich jetzt machen soll«, fing ich an. »Ich bin absolut sicher, daß einer der Bakers Elaine Walsh und Donna Zalewski umgebracht hat. Allerdings bin ich nicht ganz so sicher, wer von beiden, und ich will der Polizei nicht den Falschen ausliefern.«

»Und wenn es beide waren?«

»Oh, ich bin sicher, beide wissen es. Aber das Problem ist, wer hat es getan? Kann ich das Ganze mal mit dir durchsprechen?«

»Kann ich dich davon abhalten?«

Rowdy hatte den Kopf auf seine Vorderpfoten gelegt und starrte Steve an, der mit einem Finger die Mulde kraulte, die Malamutes zwischen ihren Augen haben.

»Nein. Möchtest du mich davon abhalten?«

Steve sah mich traurig an.

»Okay, ich denke mir, daß es sich folgendermaßen abgespielt hat: Donna spricht Elaine gegenüber diese Anschuldigungen aus. Solche Geschichten hat sie schon vorher erfunden, aber bis dahin hat sie praktisch niemand ernst genommen. Ihre Mitbewohnerinnen nicht, und ich wette, auch sonst niemand. Aber diesmal ist alles anders. Erstens, weil Elaine ihre Therapeutin ist und es deshalb ihre Aufgabe ist, solche Dinge ernst zu nehmen. Aber dann auch, weil Donna Elaine genau das erzählt hat, was sie hören wollte, und zwar, daß sie von einem Mann mißbraucht wurde. Hätte sie ihr eine andere Geschichte erzählt, wäre Elaine vielleicht eher dahinter gekommen, daß es nicht die Wahrheit war. Übrigens würde Rita wahrscheinlich sagen, daß es in jedem Fall stimmte, und daß es die emotionale Wahrheit war, wenn auch nicht die objektiv zutreffende.«

»Du solltest nicht alles glauben, was Rita sagt.«

»Sie hat aber meistens recht. Auf ihre Art. Jedenfalls, Elaine war geneigt, es zu glauben. Das ist einer der Gründe, warum ich beschlossen habe, daß Ben Moss nicht der Mörder gewesen sein kann. Ich dachte nämlich mal daran, daß er Donna vielleicht wirklich verführt hat, und daß Donna es Elaine erzählt haben könnte. Aber das ist unmöglich, weil Elaine sich dann sicher nicht mehr mit ihm getroffen hätte, und das hat sie bis zuletzt getan. Das weiß ich von Kevin. Bei Joel wollte sie nicht herausfinden, ob es stimmte, sondern sie wollte es glauben. Und dann wollte sie eingreifen. Also schreibt sie diese Briefe. Joel liest sie. Was tut er als nächstes? Natürlich muß er diese Briefe Kelly zeigen, und zwar nicht nur, weil es auch sie betrifft, sondern weil er niemand anderen hat, mit dem er darüber reden kann.«

»Muß er mit jemandem darüber reden?«

»Er ist Therapeut. Und wenn man ein Therapeut ist, muß man darüber reden, egal was es ist. Die Angehörigen dieses Berufsstandes glauben, daß es ungesund für die Psyche ist, wenn man etwas für sich behält. Also wissen es jetzt beide. Und ich glaube, daß Kelly daraufhin in gewisser Weise genau wie Elaine reagierte: Sie war diejenige, die etwas wußte, was Joel nicht unbedingt wußte, nämlich die Sache mit Pleasant Valley. Nicht nur, daß sie mit den Hunden jeden Tag spazieren ging, sondern sie ist mit ihnen wahrscheinlich öfter und weiter unterwegs als sonst ein Hundehalter in Cambridge. Es kann zwanzig Grad minus sein, und man sieht sie mit den Hunden draußen. Überall, aber natürlich besonders in der Gegend um Lakeview, weil sie ja dort wohnt. Also ging sie auch an Donnas Haus vorbei, das ebenfalls in der Lakeview Avenue liegt, nur auf der anderen Seite der Huron Avenue. Und sie lief dann meistens weiter die Brattle Street hinunter und am Fluß entlang.«

»Moment mal. Woher wußte Kelly, wo Donna gewohnt hat?«

»Ich nehme an, sie hat es auf die gleiche Art und Weise erfahren wie ich. Ich habe in Ritas Telefonverzeichnis nachgesehen und sie höchstwahrscheinlich in Joels oder auch in seinen Unterlagen. Sein Büro ist im gleichen Haus, und ich bin sicher, daß er seine Sachen nicht vor ihr verschließt. Sie macht dort bestimmt sauber, oder kümmert sich um die Pflanzen. Also weiß sie, wo Donna wohnt, und als sie an dem Haus vorbeigeht, bemerkt sie sicher den Milchbehälter. Jetzt gibt es dort keinen mehr, aber als Donna noch lebte, muß einer genau vor dem Eingang gestanden haben. Und sie konnte sehen, daß er von Pleasant Valley war, weil alle

Produkte von dieser Firma das Emblem mit der Kuh tragen. Und so ist sie dann auf die Idee gekommen, etwas in Donnas Milch zu tun oder in was auch immer. Vielleicht war es bei ihr ja auch der Hüttenkäse oder Eiscreme, oder was weiß ich. Aber woher wußte sie, welches Medikament sie nehmen mußte?«

»Weil sie es in den Unterlagen gelesen hat.«

»Genau das glaube ich auch. In Joels Notizen über Donna Zalewski stand sicher, daß sie Sinequan nahm oder genommen hatte. Und Kelly weiß auch über Dr. Arsenault Bescheid, weil Joel ihr sicher von ihm erzählt hat. Joel haßt diesen Mann, ich meine, er haßt ihn nicht als Mensch, aber als Arzt. Also hat Kelly genau das gemacht, was ich gemacht habe: Sie hat sich einen Termin bei Dr. Arsenault geben lassen, ist zu ihm gegangen und hat es so eingefädelt, daß er ihr eine mordsmäßige Dosis verschrieben und ein Blankorezept für beliebig viele Nachfüllungen gegeben hat.«

»Und dann?«

»Und dann öffnet sie die Kapseln, schüttet das Pulver heraus, oder vielleicht löst sie das Ganze auch in einer Flüssigkeit auf, und mischt das Zeug unter ein Produkt in Donnas Milchbehälter, wobei ich weder weiß in was, noch wie sie es getan hat. Donna schluckt es jedenfalls, und da sie zu der Zeit mehr als nur ein bißchen deprimiert ist, glauben alle, sie hat Selbstmord begangen, und die Sache funktioniert genau nach Plan.«

»Mit Ausnahme von Elaine Walsh allerdings.«

»Genau. Elaine bleibt weiterhin eine Bedrohung, weil sie mit ihren Unterstellungen nicht aufhört. Also tut Kelly noch mal dasselbe. Warum auch nicht? Schließlich hat es beim ersten Mal bestens funktioniert. Nur daß Elaine natürlich kein Sinequan einnahm oder sich in irgendeiner Weise selbstmordgefährdet gezeigt hat. Außerdem hat sie auch keinen Brief geschrieben, den man so praktisch als Abschiedsbrief hätte präsentieren können. Ich nehme an, daß Kelly trotzdem hoffte, es würde wie Selbstmord aussehen, denn sie hatte vermutlich erfahren, daß Elaine über den Tod ihrer Patientin sehr betroffen war. Ich meine, sie wußte ja, wie sehr sich Therapeuten so etwas zu Herzen nehmen. Aber weißt du, was ich noch glaube? Ich glaube, daß Kelly einfach nicht wußte, wie sie sonst jemanden umbringen sollte. Ganz simpel: Es war die einzige Methode, die sie jemals angewendet hat, und es hatte prima geklappt. Und es ist das, was beim zweiten Mal passierte, bei Elaine Walsh, was mich zu der Überzeugung gelangen läßt, daß Kelly, und nicht Joel, es getan hat. Hör zu.«

»Ich höre zu.« Steve legte sich nieder, schob Rowdy sanft zur Seite und streckte sich auf der Matratze lang aus.

»Diesmal wissen wir ganz genau, worin das Zeug war, richtig? Im Hüttenkäse. Und wir wissen auch, daß es untergerührt wurde. Es wurde nicht nur auf die Oberfläche gestreut, denn in der leeren Packung hat man noch Spuren davon festgestellt. Jetzt gibt es also zwei Möglichkeiten: Die eine ist, Kelly geht zu Elaine, öffnet den Milchbehälter, nimmt den Deckel von dem Hüttenkäse, schüttet das Sinequan hinein und nimmt einen Löffel, um es umzurühren.«

Steve sah mich skeptisch an.

»Du hast recht«, meinte ich. »Die zweite Möglichkeit ist wahrscheinlicher: Kelly bekommt Hüttenkäse von Pleasant Valley. Elaine ebenfalls. Ich weiß zwar nicht, woher sie das wußte, aber sie wußte es. Also nimmt Kelly ihre eigene Packung, präpariert sie zu Hause, und bei Elaine muß sie die Packungen dann nur noch austauschen. Das ist alles. Sie öffnet den Milchbehälter, nimmt Elaines Hüttenkäse heraus und stellt ihren hinein. Das dauert nicht länger als ein paar Sekunden.«

»Moment mal«, unterbrach mich Steve. »Wie kann sie sich unbehelligt an Elaines Milchbehälter zu schaffen machen?«

»Das ist einer der Gründe, warum es Kelly gewesen sein muß«, antwortete ich. »Denn sie ist diejenige, die immer mit den Hunden unterwegs ist. Hier in Cambridge gibt es doch die Bestimmung, daß Hunde angeleint werden müssen. Und sie hat Tuck auch immer an der Leine. Aber Nip meistens nicht. Der schlendert immer nur so mit und braucht eigentlich gar nicht angeleint zu werden. Ich weiß, jeder Hund im Stadtverkehr gehört an die Leine, und ich finde das auch richtig, aber nicht so Kelly. Sie hat zwar immer seine Leine dabei, aber meistens läuft er frei herum. Was tut sie also bei Elaines Eingang? Oder auch an dem von Donnas Haus? Ganz einfach: Ihr Hund schnüffelt da herum, und sie holt ihn nur zurück. Und nicht nur das, sie hindert ihn auch daran, den Milchbehälter zu plündern. Das ist doch die ideale Ausrede. Und außerdem sieht man sie mit ihren Hunden überall und zu jeder Zeit in dieser Gegend. Das ist so ähnlich wie beim Postboten. Niemand würde sich mehr wundern, wenn sie irgendwo erschien, weil sie ständig mit den Hunden unterwegs ist und zwangsläufig überall einmal auftaucht.«

»Geht Joel nie mit ihnen raus?«

»Ab und zu wahrscheinlich schon. Und am Wochenende gehen sie beide zusammen mit den Hunden spazieren. Aber in unserer Gegend bekommt man am

Wochenende keine Milch geliefert. Und Joel arbeitet während der Woche. Dann empfängt er seine Klienten. Sie hat keine festen Termine. Sie führt die Hunde aus, sie kocht und macht den ganzen Haushaltskram.«

»Und warum können es nicht beide zusammen gewesen sein? Selbst wenn sie es war, die das Zeug sozusagen frei Haus geliefert hat.«

»Ich sagte ja, es wäre möglich. Aber sie hätte es auch allein tun können, und er nicht. Außerdem ist da noch ihre Küche, und das ist keine normale Küche. Man könnte darin Unterricht in Hauswirtschaftslehre geben. Der gesamte Inhalt der Gefriertruhe und des Kühlschranks ist auf Listen verzeichnet. Hätte er etwas daraus entfernt, hätte sie es mit Sicherheit bemerkt. Aber sie brauchte den Hüttenkäse nur zu nehmen. Paß auf, stell dir doch mal folgendes Szenario vor: Es ist Vormittag. Joel geht zu seinen Klienten in die Praxis. Kelly mischt das Sinequan in den Hüttenkäse, nimmt die Packung zu Elaines Haus, tauscht sie dort aus, kommt wieder nach Hause und stellt Elaines Hüttenkäse in den Kühlschrank. Und er hätte nichts von alldem bemerkt.«

Steve nickte.

»Aber Joel? Er taucht plötzlich in der Küche auf, schnappt sich eine Packung Hüttenkäse, rennt damit wieder raus, mischt etwas Sinequan hinein und verkündet Kelly, daß er die Hunde auf einen kleinen Spaziergang mitnimmt?«

»Kelly hätte doch mal gerade außer Haus sein können.«

»Ja, sicher. Das ist möglich. Und deshalb versuche ich ja, mir alles ganz genau vorzustellen. Es läuft nur immer wieder darauf hinaus, daß es leicht für sie und schwierig für ihn gewesen wäre. Die beiden sind nicht so ein

Paar, wo alles halbe-halbe gemacht wird. Andere Paare haben vielleicht zwei Telefone, weil sie sich sonst ständig über die Telefonrechnung streiten, und wenn man die Frau unter der Nummer ihres Mannes anruft, holt er sie nicht etwa ans Telefon, sondern sagt, man müßte ihre Nummer wählen und umgekehrt. Und genau von der Sorte sind die Bakers eben nicht.«

»Ja, schon, aber hätte er dann nicht bemerkt, daß irgendwas faul war?«

»Natürlich hätte er das. Er mußte es wissen. Vielleicht wußte er es noch nicht unbedingt bei Donna, aber bei Elaine ganz sicher. Ich meine, er konnte unmöglich annehmen, daß das Ganze ein Zufall war. Für ihn wäre es viel zu schön gewesen, um wahr zu sein. Er ist ganz bestimmt dahinter gekommen. Aber was hätte er tun sollen? Mir gegenüber hat er ja auch nichts bestritten. Und deshalb sah er auch so stolz aus: Kelly ist seine Frau.«

»Es sind beides Frauen«, sagte Steve matt.

»Nicht füreinander. Darum hat Kelly Elaine umgebracht. Und Donna. Oder beide haben sie umgebracht, weil sie einfach das bleiben wollten, was sie sind.«

»Das will ich auch«, sagte Steve. Er stand auf, nahm Rowdy beim Halsband, führte ihn ins Untersuchungszimmer und schloß leise die Tür. Dann legte er sich wieder neben mich auf die Matratze mit den Worten: »Und wir sind nicht zwei Frauen.«

Ungefähr um fünf Uhr morgens wurde ich von einem klopfenden Schmerz in der bandagierten Hand geweckt. In der ungelüfteten Praxis roch es nach kranken Hunden und gesunden Menschen. Ohne Steve zu wecken, nahm ich meine Kleider und ging zu Kimis Krankenlager. Im Schein des frühen Morgenlichts, das einen kalten grauen Tag ankündigte, schlüpfte ich in meine Jeans und den Pullover. Allerdings ist kein Tag richtig kalt und grau, wenn man einen tollen Hund hat. Kimi strengte sich furchtbar an, um auf die Füße zu kommen, und als sie es schließlich schaffte, schüttelte sie sich, wedelte mit ihrem langen, buschigen Schwanz und wuuhte zur Begrüßung. Ich öffnete die Käfigtür und ließ sie heraus. Sie war zwar noch etwas wacklig auf den Beinen, aber ihre Lebensgeister waren wieder erwacht.

»Ich hab so eine Ahnung, daß du heute morgen kein Frühstück bekommst«, flüsterte ich ihr zu. »Tut mir leid.«

Ich kniete nieder, und sie versuchte, ihre Vorderpfoten um meinen Hals zu legen. Ich mußte ein wenig nachhelfen. Dann leckte sie mir mit ihrer nassen Zunge über das Gesicht. Rowdy, der selbst im Schlaf jede ernsthafte Konkurrenz um meine Zuneigung wittern konnte, stieß mit lautem Knall die Schwingtür auf, kam hereingestürzt und schubste Kimi aus dem Weg.

»Langsam«, ermahnte ich ihn sanft. »Sei friedlich.«

Ich hörte Steve irgend etwas murmeln.

Als ich so auf dem Boden kniete, mit meiner schmerzenden Hand, meinen dreckigen Kleidern und einem zerknautschten, von der nassen Hundezunge glänzenden Gesicht, fühlte ich mich zwar körperlich ganz zerschlagen, aber geistig merkwürdig klar. Ich besaß die beiden schönsten Hunde auf der ganzen Welt. Sie waren freundlich, liebevoll, intelligent und noch am Leben. Daß sie nun in Sicherheit waren, setzte die ganze Wut, die ich unterdrückt hatte, frei. Mußte ich wirklich wissen, wer von den beiden Bakers sie beinahe umgebracht hätte, bevor ich etwas gegen sie unternahm? Und wäre *ich* fast gestorben, hätte wohl keiner der beiden Hunde gezögert, um alles noch einmal abzuwägen, zu bedenken und durchzusprechen. Alaskan Malamutes suchen den Streit nicht. Aber sie würden auch niemals vor einem davonlaufen. Ich hatte nichts getan. Warum sollte ich davonlaufen? Worauf sollte ich warten? Man stelle sich einen Alaskan Malamute vor, der einem Mörder vierundzwanzig Stunden Bedenkzeit gibt. Ein Malamute hätte sich auch nicht darum gekümmert, wer von zwei möglichen Personen die richtige war. Und vor allen Dingen hätte ein Malamute nicht aus dem Grund gezögert, den ich plötzlich als ausschlaggebend dafür ansah, daß ich bisher so verständnisvoll, teilnehmend und geduldig gewesen war: Eine Malamute-Hündin hatte keine Angst, ein anderes weibliches Tier anzugreifen. Malamutes sind grundsätzlich vorurteilsfreie Wesen, und wenn sie urteilen, dann ganz und gar unvoreingenommen. Weil sie sich nicht vor ihrer eigenen Stärke fürchten, haben die Hündinnen auch keinen Grund, einem Kampf untereinander aus dem Weg zu gehen.

Meine Hand tat noch immer höllisch weh, aber das Klopfen in der Wunde kam eher von meinem Zorn als vom Schmerz, und ich empfand es als ein hartnäckig ansteigendes Gefühl von Stärke. Mein Kopf war nun völlig klar. Ich wußte, daß hier niemand fair gekämpft hatte, Donna nicht, Elaine nicht, die Bakers nicht.

Eine Stunde später parkte ich meinen Wagen vor Joel und Kelly Bakers Haus. Mein Haar war immer noch naß von einer schnellen Dusche, die ich zu Hause genommen hatte. Irgend etwas hatte mich veranlaßt, mich ganz in Schwarz zu kleiden: schwarze Jeans, schwarzer dünner Rollkragenpullover und einen schwarzen Pulli. Im Badezimmerspiegel hatte mein Gesicht so weiß ausgesehen, als hätte ich es mit Talkum gepudert, und ich beließ es so. Ich fühlte mich rein und leicht. Ich lächelte überhaupt nicht.

Es war so kalt an diesem Tag, daß sich in meinem Haar Eiskristalle gebildet haben mußten, bis ich die Eingangstür der Bakers erreicht hatte, und wenn ich nicht meine Handschuhe getragen hätte, wäre sicher ein Teil von meiner Hand an dem schmiedeeisernen Türklopfer festgefroren und hängengeblieben. Ich ließ ihn hart auf die Tür fallen. Es gab dort auch eine Klingel, aber zartes Glockengeläut schien mir der falsche Auftakt für meinen Besuch zu sein.

Nip und Tuck verstanden meine Absichten sofort. Als ich mit dem Eisengriff gegen die hübsche, pastellgelbe

Tür hämmerte, kamen sie angerannt, und ich konnte hören, wie sie sich auf der anderen Seite der Tür aufbauten. Rhodesian Ridgebacks wurden für die Jagd von Großwild und für den Einsatz als Wach- und Schutzhunde gezüchtet. Es mag Rassehunde geben, die lauter und tiefer knurren können, als Ridgebacks, aber keiner, den ich kenne, ist imstande, dabei bedrohlicher zu klingen als diese afrikanischen Löwenhunde. Wenn Bulldoggen und Rottweiler knurren, paßt dieses Geräusch zu ihrem Äußeren und ihrem Charakter. Ridgebacks dagegen sind ruhige, friedfertige Hunde, stark und elegant – bis sie dieses Knurren von sich geben, das tief im Unterleib entsteht, sich die Kehle hinaufrollt und donnernd zwischen den halbgeöffneten Kiefern hervordringt, und bei dessen Klang einem das Blut in den Adern gefriert. Ich habe keine Angst vor Hunden, aber als ich dieses Knurren hörte, blieb mir das Herz einen Augenblick stehen, und als es wieder einsetzte, klopfte und raste es mir in den Ohren. Und in diesem Moment begriff ich endlich die Verwandtschaft zwischen den Bakers und ihren Hunden: Auch Rhodesian Ridgebacks sind nicht immer das, was sie scheinen.

Ich werde nie erfahren, ob Kelly Baker mich erwartet hatte oder nicht. Als sie die Tür öffnete, hielt sie Nip am Halsband, und dieser große, schöne Hund funkelte mich an und knurrte immer noch leise. Tuck, die Hündin, gab sein ebenfalls knurrendes Echo, während sie nervös hinter Kelly auf und ab lief.

»Hunde«, begrüßte ich Kelly. »Ich habe heute morgen viel über Hunde nachgedacht, über Hunde und hinterhältige Täuschungen.«

»Kommen Sie herein«, antwortete sie. »Die Hunde tun Ihnen nichts.« Ihre zarte Haut war sogar noch blasser als meine, und sie hatte tiefviolette Schatten unter den Augen. Sie trug eine mit Mehl bestäubte Schürze aus blauem Jeansstoff und darunter einen pastellfarbenen Jogging-Anzug mit schmutzigen Ärmeln.

»Ich weiß«, sagte ich, und das stimmte. Sogar mit meiner genähten und bandagierten Hand als anschaulichen Beweis dafür, daß mich ein Hund tatsächlich beißen kann, hatte ich keine Angst vor ihnen. Die Angst hatte ich vielmehr vor ihr und vor der Auseinandersetzung mit ihr, vielmehr Angst, als ich vor Joel gehabt hatte, mehr Angst, als ich immer noch vor ihm hatte.

Der Flur war ebenso wie die Küche, in die er führte, mit rotbraunen Waliser Keramikfliesen ausgelegt, ein Effekt, den der Linoleumbelag in meiner Küche kopieren soll, bis ich mir das Original leisten kann. In einer Ecke stand ein offensichtlich frischrestaurierter viktorianischer Kleiderständer, an dessen Armen ein paar von Kellys Parkas hingen, und auf einer Ablage lag eine Kollektion Hüte mit passenden Handschuhen. Neben dem Kleiderständer wirkten sowohl Kelly als auch ich selbst winzig, und wie üblich, gaben die beiden muskulösen Hunde einen dramatischen Kontrast zu ihrer schmalen, mädchenhaften Figur ab. Auf einem kleinen Tisch im Flur stand eine Vase mit weißen Lilien. Der schwere Duft der Blumen vermischte sich eigentümlich mit dem kräftigen Aroma frisch gebackenen Brots.

Kelly zog Nip zur Küche, und Tuck lief hinterdrein, wobei sie mich nicht aus den Augen ließ, während ich ihnen folgte. Auf einer der Anrichten in der Küche stand ein riesiger Mixer, aus dem eine mit Brotteig ganz verklebte Knetspirale ragte. Neben diesem Gerät lag ein großes Backblech und ein Schneidebrett mit vier saftigen Blutorangen darauf, eine davon bereits geschält und zerteilt, und außerdem noch ein Messer mit weißem Griff und einer schmalen, feingezackten Klinge. Am Herd zeigte ein kleines, rotes Licht an, daß der Backofen eingeschaltet war. Eine futuristisch aussehende Maschine machte ein tröpfelndes Geräusch und verströmte den Duft frischgerösteten Kaffees. Kelly war offensichtlich gerade dabei, das Frühstück zu bereiten. Aber bei ihr war das keineswegs eine normale Mahlzeit, nein, sie machte daraus das ideale Frühstück schlechthin: der beste Kaffee, perfekte Orangen, selbstgebackenes Brot.

»Wollen Sie sich nicht setzen?« Kelly ließ das Hundehalsband los und wies auf einen Hocker, der vor der steinernen Arbeitsfläche in der Mitte der Küche stand. Die Hunde hatten inzwischen aufgehört zu knurren und lagen nun beide ausgestreckt auf dem Fliesenfußboden. »Ich werde Ihnen allerdings nichts zu essen anbieten«, setzte Kelly noch hinzu.

»Das ist gut«, meinte ich. »Ich würde es auch nicht annehmen.« Aber ich setzte mich auf den Hocker. Vor mir auf der Anrichte lag ein Stoß blaulinierter Karteikarten. In den beiden oberen Ecken jeder Karte befanden sich zwei winzige, stilisierte Zeichnungen von Blumen in rotem Prägedruck, und dazwischen, ebenfalls in Rot, standen die Worte »Aus der Küche von Kelly Baker«.

Auf einer der Karten war in Schönschreibeschrift das Rezept für Kellys Rosinenbrot verzeichnet. Die anderen Karten waren leer. Ich setzte meine Ellbogen auf den Granitstein und stützte mein Kinn auf die gute Hand. »Sie haben wohl meine Nachricht erhalten, nehme ich an«, sagte ich.

Kelly öffnete die Backofentür und sah hinein. Dann

drehte sie sich zu mir um, ließ die Arme matt zur Seite fallen und fing an zu weinen.

»Sie müssen wissen, meinen Hunden tut niemand so etwas an«, fuhr ich mit fester Stimme fort. »Hören Sie, niemand darf ihnen weh tun. Das können Sie nicht mit den Hunden machen, und das können Sie nicht mit mir machen. Ich weiß nicht, wie Sie jemals denken konnten, daß Sie damit durchkommen. Und hören Sie schon auf zu heulen. Wo zum Teufel ist eigentlich Joel?«

Sie fuhr sich mit der Hand über das Gesicht und wischte sie dann an der Schürze ab. »In seinem Büro. Er ist die ganze Nacht aufgeblieben.«

»Und was hat er gemacht?«

»Er schreibt seine Fälle auf, jeden einzelnen. Er sagt, er will alle seine Patienten an andere Therapeuten verweisen, für die er die notwendigen Informationen zusammenstellen muß. Das macht er immer bei einer Empfehlung. Er gibt den Patienten nicht einfach irgendwelche Namen und sagt ihnen, sie sollten es mal da versuchen.«

»Wie überaus verantwortungsbewußt von ihm«, spottete ich.

»Das ist es auch!« Zum ersten Mal klang sie wütend. »Die meisten machen sich nämlich nicht einmal die Mühe, die Therapeuten, zu denen sie die Leute schicken, vorher anzurufen und zu fragen, ob sie das Interesse oder überhaupt die Zeit haben.«

»Er ist das Paradebeispiel eines von ethischen Grundsätzen geleiteten Menschen, nicht wahr?« sagte ich sarkastisch.

»Da haben Sie verdammt recht«, rief sie. »Und ich weiß auch nicht, was daran so komisch ist.«

»Ich weiß, daß es nicht komisch ist. Obwohl einiges

von dem, was hier in letzter Zeit vorgefallen ist, einen guten Witz abgeben würde.«

»Das mit ihren Hunden tut mir so schrecklich leid«, sagte Kelly.

»Und mir tut es schrecklich leid um Elaine«, antwortete ich. »Und um Donna Zalewski, dabei kannte ich sie noch nicht einmal.«

Als sie die Hand in meine Richtung ausstreckte, dachte ich einen Moment lang, daß sie mich packen und vom Stuhl zerren würde, aber sie sammelte nur die Rezeptkarten ein, sortierte sie zu einem kleinen Stoß und klopfte damit mehrmals auf die Steinplatte, bis alle Ränder gerade waren.

»Joel hat nichts getan«, sagte sie schließlich. »Sie sind die einzige, die das genau weiß. Niemand war in dieser Sache ihm gegenüber fair.«

»Zu Kimi war auch niemand fair«, gab ich zurück.

»Wer gibt einem Hund denn heutzutage noch Hüttenkäse zu fressen?«

»Es gibt da ein paar Leute, das müßten Sie doch wissen. Das ist eigentlich so ähnlich wie Sinequan. Es ist nicht mehr schick, aber die Leute nehmen es immer noch, nicht wahr? Ist es das, was Sie in die Schokolade getan haben? Sie sind also tatsächlich in einen kulinarischen Trott verfallen? Dabei dachte ich, es wäre verpönt, immer wieder die gleichen Zutaten zu verwenden. Ist das nicht eines der grundlegenden Prinzipien der Kochkunst?«

Und natürlich fing sie an dieser Stelle wieder an zu weinen. »Ich würde nie, niemals einem Hund weh tun wollen.«

»Ich bin bisher durchaus fair gewesen«, sagte ich. »Ich habe Joel vierundzwanzig Stunden Zeit gegeben.

Und wissen Sie auch, warum? Weil Sie mir beide leid taten, und weil mir auch seine Patienten leid taten. Was Donna und Elaine ihm angetan haben, war wirklich sehr ungerecht.«

»Es hätte jedem passieren können«, meinte Kelly. »Haben Sie mal daran gedacht? Jedem männlichen Therapeuten hätte es passieren können, und eigentlich sogar jedem Mann.«

»Ich weiß. Aber diesmal war es kein Mann. Es war Joel.«

»Und was, um alles in der Welt, hätten wir tun sollen?«

»Vielleicht an einen anderen Ort ziehen? Noch mal von vorne anfangen? Ihr altes Leben hinter sich lassen«, schlug ich vor.

»Wir sind keine Verbrecher.«

»Das habe ich nicht gesagt, und das meine ich auch nicht.«

»Wie würde es Ihnen denn gefallen, vertrieben zu werden, sich verstecken zu müssen und noch mal von vorne anzufangen? Und dann verbringen Sie den Rest Ihres Lebens in der Angst, daß es doch noch jemand herausfinden könnte.« Dann sah sie Nip und Tuck an und sagte: »Und was wäre mit den Hunden passiert?«

Ich konnte ihr nicht ganz folgen. »Was sollte mit ihnen passieren?« fragte ich. »Denen hätte das doch nichts ausgemacht.«

»Wir hätten irgendwo untertauchen sollen, richtig? Wie Kriminelle, ja? Und wie hätten wir dann die Hunde noch weiter vorführen sollen? Sagen Sie mir doch mal, wie wir sie für eine Hundeschau oder ein Turnier hätten anmelden sollen. Unsere Namen wären doch in jedem Verzeichnis und jedem Katalog aufgetaucht.

Und wie hätten wir aus Tuck eine Zuchthündin machen sollen, wenn wir nicht sagen durften, wer wir sind? Hätten wir sie Junge werfen lassen sollen, die wir nicht registrieren lassen könnten, weil wir es nicht mehr wagen könnten, ihnen unseren Namen zu geben?« Die Tränen liefen ihr über das Gesicht.

Ich habe immer bereitwillig zugegeben, daß ich nicht ganz zurechnungsfähig bin, wenn es um Hunde geht. Und ich war auch wirklich überzeugt von dieser Tatsache, bis ich endlich begriff, was Kelly da sagte. Im Vergleich zu ihr war ich bei diesem Thema das reinste Muster an Rationalität und Vernunft. Ich glaubte ihr natürlich, aber Rita erklärte mir später, daß Kelly keineswegs wegen der Hunde so verzweifelt war. Sie hätte nicht darüber geweint, daß sie Nip und Tuck nicht mehr auf den Hundeschauen präsentieren konnte, sondern über den Verlust dessen, was Rita »die auf gegenseitiger Übereinkunft beruhende Legitimität ihres Zusammenlebens mit Joel« nannte. Und laut Rita hatte sie auch nicht über Hundebabys geweint, sondern über die Menschenbabys, die sie nie haben konnte. Ich dagegen verstand es so, daß Kellys Problem und ihre Verrücktheit darin lag, daß sich für sie der Unterschied zwischen Menschen und Hunden verwischt hatte. Es ist allerdings möglich, daß sowohl Rita als auch ich mit unseren Interpretationen recht haben.

»Den Hunden wäre es doch egal gewesen, wenn sie nie mehr auf eine Hundeschau gegangen wären«, sagte ich jetzt zu Kelly. »Alles, was die beiden interessiert, sind Sie, Kelly – Sie und Joel, und vielleicht ein paar andere Hunde. Es wäre ihnen jedenfalls sicher gewesen, daß Joel vorgibt, ein Mann zu sein.«

Als ich das sagte, starrte sie mich an und schüttelte

mit heftigen, nervösen Bewegungen den Kopf. »Ich habe keine Ahnung, wovon sie reden«, sagte sie mit gepreßter Stimme.

Ich sprach weiter: »In solchen Dingen kann man Hunde einfach nicht täuschen. Kimi hat sich nicht täuschen lassen, und ihre Hunde bestimmt auch nicht. Aber es kümmert sie nicht. Sie interessieren sich eben nicht für Äußerlichkeiten. Sie wollen ihr Fressen, und sie wollen es warm haben. Und dann wollen sie noch zu einem Rudel gehören und wissen, wo ihr Platz ist. Sie sind unfähig zu lügen, denn sie würden nie etwas anderes sein wollen, als das, was sie sind. Sie können töten, aber sie können keinen Mord begehen.«

»Ich muß schnell das Brot aus dem Ofen holen«, rief Kelly fröhlich. »Die Kruste soll knusprig sein, aber Joel mag es nicht, wenn sie zu dunkel wird, und ich muß die Orangen noch schneiden.«

Wenn mir jemand vor meiner Begegnung mit den Bakers die theoretische Frage gestellt hätte, was ich merkwürdiger fände, eine Frau, die vorgibt, ein Mann zu sein, oder die Frau, die mit dieser Frau verheiratet ist, hätte ich eine Antwort gegeben, die ich nun korrigieren mußte: Von den beiden Bakers war Kelly mit Abstand die Merkwürdigere.

»Kelly, hören Sie mir doch mal zu. Ich war so fair und so verständnisvoll und so verdammt tolerant, daß es mich beinahe das Leben gekostet hätte. Und ich weiß, daß es nur ein schrecklicher Zufall war, der die ganze Katastrophe ausgelöst hat. Ich meine, das alles wäre überhaupt nicht passiert, wenn Donna Zalewski zu einem anderen Therapeuten gegangen wäre, statt zu Joel. Oder wenn sie die Geschichte nicht Elaine, sondern jemandem erzählt hätte, der sie ihr nicht so bereitwillig abgekauft hätte. Aber es ist nun mal so gewesen, und es hatte sehr schwerwiegende Konsequenzen. Zwei Frauen wurden deshalb umgebracht, und ich kann das nicht einfach ignorieren.«

Kelly wiederholte, was sie bereits zuvor einmal gesagt hatte: »Ich fühle mich schrecklich wegen Ihrer Hunde.« Dann fügte sie vorwurfsvoll hinzu: »Sie hätten doch wissen müssen, daß Sie ihnen keine Schokolade geben dürfen. Ich hätte Ihnen nicht vertrauen sollen. Es tut mir so furchtbar leid.«

»Diese Unterhaltung führt zu nichts«, sagte ich, mehr zu mir selbst als zu Kelly. »Und ich höre mir das nicht länger an. Es geht hier um Menschen, nicht um Hunde. Ich hole jetzt Joel, und dann werden wir drei einen Anruf bei der Polizei machen. Ich habe diese verdammten Doppeldeutigkeiten endgültig satt, und ich will, daß jetzt alles aufgedeckt wird. Ich habe keine andere Wahl mehr.«

»Ich schon«, erwiderte sie, und es klang sehr selbstbewußt, als sie sagte: »Sie sind doch wie alle anderen. Ich weiß, was Sie von mir denken. Jeder hält mich für die reaktionärste Frau in ganz Cambridge.« Jetzt schwang in ihrer Stimme unverkennbarer Stolz. »Aber ich habe eine Menge schlauer Einfälle. Sie würden sich wundern, wenn Sie wüßten.«

»Ich glaube Ihnen gern, daß Sie schlau sind«, antwortete ich, »Und ich wäre keineswegs überrascht.«

»Gehen Sie und holen Sie Joel«, befahl sie mir, als wolle sie nichts weiter, als daß ich ihn zum Frühstück bitte, und tatsächlich nahm sie jetzt das Messer und fing an, die nächste Orange zu schälen.

Als ich von dem Hocker stieg, weckte das kratzende Geräusch, das seine Beine auf dem Fliesenboden machten, die Hunde, die mich daraufhin ruhig in den Flur begleiteten. Es gab im Haus sicher eine Treppe, die in das Souterrain zu Joels Büro führte, aber ich wollte nicht herumgehen und sie suchen, und ich wollte auch nicht Kelly nach dem Weg fragen. Ich hatte ein schlechtes Gewissen, weil ich sie in dem Glauben ließ, daß sie Kimi und Rowdy umgebracht hatte, und wäre fast in die Küche zurückgegangen, um ihr zu sagen, daß die Hunde am Leben waren. Außerdem taten mir Nip und Tuck leid, deren Rudel so dramatisch auseinanderbrach. Sie knurrten nun nicht mehr, und ich hätte sie streicheln können, aber ich ließ es, denn es wäre nur eine oberflächliche Geste der Beruhigung und damit verlogen gewesen.

Ich ging durch die Haustür und folgte dem Weg um das Haus zu Joels Räumen. Inzwischen war die Außentemperatur auf reichliche siebzehn Grad minus geklettert.

Die Tür zu Joels Büro war verschlossen. Eine Klingel gab es anscheinend nicht, und so mußte ich ziemlich lange klopfen, bevor Joel mir öffnete. Wie gewöhnlich trug er einen Anzug, aber er hatte seine Krawatte gelockert und die oberen Hemdknöpfe geöffnet. Er sah müde und besorgt aus.

»Kommen Sie herein«, begrüßte er mich und fügte hinzu: »Ich bin in fünf Minuten fertig. Ich habe gestern sämtliche Termine abgesagt und muß jetzt nur noch die Unterlagen für einen letzten Patienten fertigstellen. Ich hoffe nur, daß die anderen Therapeuten alle meine Klienten übernehmen können.«

Ich folgte ihm die kleine Treppe in das Wartezimmer hinunter. »Kelly geht es sehr schlecht«, sagte ich.

Er ging nicht darauf ein, sondern antwortete: »Nur

noch fünf Minuten, bitte. Ich muß das hier fertigmachen, und ich muß wissen, daß ich alles erledigt habe.«

»Sie benimmt sich sehr merkwürdig.«

»Das ist normal, wenn eine Lebenslüge zerbricht.«

»Wir müssen das jetzt zu Ende bringen. Ich weiß, daß ich Ihnen vierundzwanzig Stunden Zeit versprochen habe, aber das war vorher. Haben Sie denn meine Nachricht nicht verstanden? Kelly hat es doch auch begriffen.«

»Ich bin die ganze Nacht hier gewesen«, erwiderte er. »Sie ist nur ein paarmal hier herunter gekommen.«

»Ich habe eine Nachricht auf Ihrem Anrufbeantworter hinterlassen.«

»Wo haben Sie angerufen, hier oder zu Hause?«

»Unter der Nummer, die man in einem Notfall anrufen soll. Ich nehme an, es war bei Ihnen zu Hause.«

»Das Gerät ist oben im Haus«, sagte er. »Ich habe es noch nicht abgehört. Oh Gott, ich hoffe nur, daß nicht einer von meinen Klienten angerufen hat.«

»Joel, wachen Sie auf, um Himmels willen. Es geht um etwas viel Schlimmeres als das. Als ich gestern von Ihnen wegging, hat mir Kelly ein Päckchen mit Schokoladencroissants geschenkt. Zu Hause haben sich meine Hunde das Päckchen geschnappt, und danach ging es ihnen schlechter, als wenn sie nur Schokolade gefressen hätten. Viel schlechter sogar. Sie sind so krank geworden, daß ich sie nicht einmal mehr aufwecken konnte. Das habe ich auch in meiner Nachricht auf dem Anrufbeantworter gesagt. Hat Kelly Ihnen denn das nicht erzählt?«

Er seufzte betroffen: »Ihre schönen Hunde.«

»Sie erholen sich wieder«, meinte ich. »Sie haben es überlebt, allerdings nur knapp.«

»Weiß Kelly, daß sie in Ordnung sind?«

»Nein«, antwortete ich. »Kommen Sie jetzt, bitte. Sie benimmt sich wirklich sonderbar.«

Er öffnete eine Tür im Wartezimmer und eilte die mit Teppich ausgelegten Stufen hinauf. Als ich oben ankam, war er bereits durch eine Hintertür in die Küche gelaufen. Er hatte sie nicht hinter sich geschlossen, aber als ich ihm folgen wollte, versperrte Tuck mir den Weg. Sie stand auf ihren kräftigen, leicht gespreizten Beinen und ihr Knurren hielt mich davon ab, an ihr vorbei zu schlüpfen. Als ich Joels Stimme hörte, nahm ich an, er würde zu seinem anderen Hund sprechen. Er murmelte etwas, aber ich konnte seine Worte nicht verstehen, und ich konnte auch weder ihn noch Kelly sehen.

»Joel? Tuck läßt mich nicht vorbei«, rief ich. »Kelly, würden Sie bitte den Hund zurückrufen!«

Ich hörte, wie etwas weich und dumpf auf den Steinfußboden fiel, dann sah ich Joel. Sein Hemd war voller Blut.

»Tuck«, sagte er ganz ruhig. »Tuck, komm her.«

Der Ridgeback hörte auf, mich anzuknurren, und ich öffnete die Tür weit. Ich wartete darauf, daß Joel etwas sagen würde, aber er stand nur da und starrte mich an. Sein Gesicht war vollkommen leer und ausdruckslos, so als sei der Mensch dahinter verschwunden.

»Joel?«

»Sie hat es mit einem Messer getan«, sagte er mit tonloser Stimme. »Ich nehme an, sie hatte nicht viel Zeit und keine andere Wahl.«

»Wo ist Nip?« fragte ich entsetzt.

Joel wies mit seinem Kinn in den Raum. »Da hinten. Dachten Sie etwa ...? Sie haben sie wohl nicht besonders gut gekannt, nicht wahr? Kelly würde doch niemals einem Hund etwas antun.«

»Lassen Sie mich zu ihr.« Für Joel klang meine Bitte wahrscheinlich makaber, aber es ist oft schwer zu sagen, ob ein Mensch oder ein Tier wirklich tot ist. Ich finde, im Zweifelsfall sollte man nicht mit dem Tod, sondern mit dem Leben rechnen.

Kelly Baker jedoch, die ausgestreckt neben dem steinernen Block in der Mitte der Küche lag, hatte jeden Zweifel an ihrem Zustand mit blutiger Konsequenz ausgeräumt. Sie hatte die Schürze abgelegt und das Messer mit dem weißen Griff tief in ihre Brust gestoßen. Es war das gleiche scharfgezackte Messer, mit dem sie zuvor die Orangen geschält und zerteilt hatte. Ich kniete neben ihr auf dem Boden nieder.

»Joel, bringen Sie die Hunde weg. Und rufen Sie einen Rettungswagen.« In diesem Moment wollte ich keine Hunde im Raum haben. Die Ridgebacks versuchten gar nicht erst, sich Kelly zu nähern. Nip hatte sich vielmehr in einer Ecke zum Schlafen zusammengerollt. Rhodesian Ridgebacks, die Meisterschläfer unter den Hunden, hüten ihren Schlaf, als sei es eine Diamantenmine, zu deren Bewachung sie abgerichtet wurden, und weder Kellys Selbstmord noch unsere Stimmen hatten Nips Träume gestört. Tuck war hingegen hellwach und lief nervös in der Küche auf und ab, wobei sie heftig mit ihrem Schwanz hin und her schlug.

»Joel, um Himmels willen, bringen Sie die Hunde hier raus und rufen Sie einen Krankenwagen, oder ich mache es«, rief ich.

Ich saß auf den kalten Fliesen neben Kelly und nahm ihre kleine, schlaffe Hand. Ich versuchte, ihren Puls zu fühlen, aber ich wußte nicht genau, wie man das anstellt. Sie gab zwar keinerlei Lebenszeichen von sich, aber ich hielt weiter ihre Hand, während Joel die Hunde in ein anderes Zimmer brachte und anschließend telefonierte. Als Therapeut muß man wahrscheinlich äußerst kontrolliert sein, und zweifellos muß man sich noch stärker unter Kontrolle haben, wenn man sich den Großteil seines Lebens als jemand ausgibt, der man nicht ist oder der man ursprünglich nicht war. Und so zitterte Joels Stimme am Telefon auch keineswegs, und er klang genau wie immer, als er ganz ruhig sagte: »Es ist das blaßgelbe Haus mit dem Gartenzaun.« Dann legte er auf, kam wieder in die Küche, ging zu dem riesigen Kühlschrank, nur ein paar Schritte von Kellys Leiche entfernt und starrte auf die Tür, als würde er die Inventarlisten studieren.

»Sie hat eine Nachricht hinterlassen«, sagte er schließlich in einem Ton, als würde es sich dabei um eine Einkaufsliste handeln, oder als wäre sie nur mal eben zum Laden um die Ecke gelaufen und würde gleich zurück sein. Er stand immer noch mit dem Rücken zu mir und hielt eine von Kellys Rezeptkarten in die Höhe.

In diesem Moment spürte ich, wie ein hysterischer

Anfall in mir aufstieg und mir die Kehle zuschnürte. Ich ließ Kellys Hand los, und sie fiel leise platschend auf die Fliesen. »Aus der Küche von Kelly Baker«. Mühsam unterdrückte ich ein wildes Auflachen. Nichts konnte absurder sein, oder vielleicht hatte Kelly die ganze Absurdität ihres Lebens auf einer kleinen, blaulinierten Karteikarte mit Prägedruck zum Ausdruck bringen wollen. Ich mußte daran denken, daß Elaine, für die ein Leben ausschließlich als Hausfrau bedeutet hätte, bei lebendigem Leib begraben zu sein, diesen Symbolismus sicher richtig interpretiert hätte. Dann wurde ich wieder ernst und sachlich.

»Was hat sie geschrieben?«

Aber Joel blieb stumm.

»Hat sie ein Geständnis abgelegt?«

»Gewissermaßen«, antwortete er. »Sie gesteht eine Depression und Unfruchtbarkeit.« Er drehte sich um und lehnte seinen Kopf gegen die Kühlschranktür. Seine Augen bewegten sich unruhig hin und her, als suche er irgend etwas an der Decke. Dabei sprach er weiter: »Ich wollte weggehen, irgendwohin. Aber sie hat sich geweigert. Sie hat sich die ganze Sache viel mehr zu Herzen genommen als ich. Sie war eine von diesen zierlichen Frauen, die in Krisenzeiten plötzlich übermenschliche Kräfte entwickeln. Ähnlich wie eine Mutter, die einen umgestürzten Baumstamm heben kann, wenn ihr Kind darunter eingeklemmt ist.« Zum ersten Mal seit ich in der Küche war, sah er auf Kellys Körper. »Oder vielleicht noch eher wie jemand, der sich vor ein schnellfahrendes Auto wirft, um zu verhindern, daß es jemand anderen erfaßt und tötet.« Er machte eine Pause und fügte dann, scheinbar zu sich selbst hinzu: »Sie hat mehr an meine Identität geglaubt als ich selbst.«

Elaine hätte dazu gesagt: Das ist es, was die Ehe bei den Frauen bewirkt.

Kelly war natürlich wirklich tot. Sie wußte schließlich, wie man mit einem Küchenmesser umgeht. Als die Ambulanz kam und ihren Körper fortbrachte, fuhr Joel mit ihnen. Ich bestätigte dem Arzt gegenüber lediglich, daß Kelly sich erstochen habe und sagte, sie habe mir einmal erzählt, wie verzweifelt sie darüber sei, daß sie keine Kinder bekommen konnte. Weiter sagte ich nichts.

Wäre es wärmer gewesen, hätte ich die beiden Ridgebacks mit zu mir in den Garten genommen, aber bei minus siebzehn Grad und ohne Hundehütte konnte ich das nicht machen. Nachdem Joel und Kelly fort waren, wären die Hunde dankbar jedem Menschen gefolgt, der sich um sie kümmerte, und so mußte ich sie nicht einmal an die Leine nehmen, als ich sie zu meinem Bronco führte und in den Kombi springen ließ. Als ich bei Steve ankam, war er gerade im Behandlungszimmer, aber Rhonda, eine seiner Assistentinnen, nahm mir die beiden Ridgebacks ab. Ich holte Rowdy und fuhr mit ihm nach Hause. Meine bandagierte Hand in eine Plastiktüte gewickelt, stand ich lange unter der heißen Dusche und kam mit roten Flecken und etwas benommen wieder heraus. Ich zog mir einen Flanellbademantel an, stöpselte das Telefon aus, ging ins Bett und griff mir vom Nachttisch den Bestellkatalog von L. L. Bean. Rowdy lief unruhig im Schlafzimmer auf und ab und sah mich dabei verwirrt und ratlos an, als würde er zu mir sagen: »Du legst dich doch sonst nicht am hellichten Tag ins Bett, und wo ist Kimi?«

»Komm ins Bett«, befahl ich ihm und klopfte mit meiner guten Hand auf die Decke. Eines der Privilegien im Zusammenleben mit einem hochintelligenten Hund ist, daß man sich und dem Tier Ausnahmen von der Regel gestatten kann. Läßt man einen dummen Hund auch nur ein einziges Mal im Bett schlafen, muß man ihn für den Rest des Lebens immer wieder hinauswerfen, aber ein Alaskan Malamute ist durchaus in der Lage zu begreifen, daß etwas zwar grundsätzlich verboten ist, gelegentlich aber dennoch erlaubt werden kann. Rowdy sprang auf mein Kommando freudig in die Luft und landete neben mir auf der Matratze. »Guter Junge«, lobte ich ihn.

Den Arm um Rowdys kräftigen und flauschigen Nacken gelegt, studierte ich eines der tröstlichsten Beispiele amerikanischer Prosa und genoß darin die Beschreibung einer Welt, in der es keinerlei Ungewißheit oder Zweifelhaftigkeit gab, der praktischen und langlebigen Modewelt von L. L. Bean, deren durchdacht entworfene Hosen dem Träger uneingeschränkte Bewegungsfreiheit lassen und deren Rollkragenpullover aus atmungsaktiver Wolle niemals einengen oder ausbeuteln. Es ist ein Land, in dem alles gewaschen werden und nichts einlaufen kann, in dem alle empfindlichen Stellen gepolstert sind, und wo es für jede Lebenslage die richtige Kleidung gibt: leichte Mäntel, die an frischen Herbst- oder Frühlingstagen warm halten und gegen den Wind schützen, Jacken, die sich gleichermaßen für den Einkaufsbummel wie für die Gartenarbeit eignen. Und auf die Qualität aller Produkte wird eine hundertprozentige Garantie gegeben. In dieser Welt gibt es nichts Doppeldeutiges, und das Denken muß man nicht selbst besorgen. Ich fiel in einen tiefen Schlaf.

Ein dummer oder egoistischer Hund hätte mich auch

geweckt, wenn es Zeit für sein Abendessen gewesen wäre, aber Rowdy ließ mich an diesem Abend bis neun Uhr schlafen, als er schließlich seine nasse Schnauze auf meine Wange legte. Dann stieß er eine Serie kurzer Knurrlaute hervor, die sich anhörten, als würde er drohen, mir im nächsten Moment die Kehle zu zerfleischen. Aus dem Malamutischen übersetzt, bedeutet es jedoch lediglich die freundliche, aber bestimmte Bitte, ihn ins Freie zu lassen.

Kurz nachdem Rowdy aus dem Garten wieder zurückgekommen war und sein Futter gefressen hatte, kam Rita von einer Verabredung nach Hause und klopfte an meine Küchentür. Sie hatte ihr Haar aus dem Gesicht gebürstet, duftete nach Parfum und trug ein malvenfarbenes Seidenkleid und eine Menge Silberschmuck. Während ich in meine Jeans und einen Pullover schlüpfte, machte sie mir ein Rührei und Toast. Dann erzählte ich ihr, was passiert war und wie merkwürdig tief und fest ich geschlafen hatte. Therapeuten sind oft mehr an den Reaktionen auf die Ereignisse als an den Ereignissen selbst interessiert.

Rita sagte: »Regression als Wiederherstellung des Selbst, das ist ein nützlicher Schutzmechanismus und völlig in Ordnung.«

»Wenn Rowdy nicht so dringend rausgemußt hätte, hätte ich wahrscheinlich bis zum nächsten Morgen durchgeschlafen, dabei kann ich sonst tagsüber nie schlafen. Und es war ein merkwürdiger Schlaf, schwer und wie unter Betäubung. Vielleicht hilft mir das Essen wieder auf die Beine. Ich meine mich daran zu erinnern, daß ich gestern noch zu Mittag gegessen habe, aber ich bin nicht ganz sicher. Wahrscheinlich bin ich auch noch gar nicht richtig wach.«

»Und wieso war dieser Schlaf so besonders tief und fest?«

»Ich war eben sehr müde«, wich ich aus, aber eine Antwort wie diese konnte Rita natürlich nicht zufriedenstellen.

»Gibt es etwas, was du im Schlaf vergessen wolltest?«

»Ja, vielleicht dieses ganze Komplexe und Zweideutige ... Weißt du, was ich jetzt gerne hätte?«

»Einen Hund«, schlug Rita vor.

Ich lachte und es kam mir vor, als sei es das erste Mal seit Wochen. »Nein, zur Abwechslung einmal keinen Hund.«

»Und was möchtest du dann?«

»Eine Antwort, nur eine einzige Antwort. Ich bin es leid, daß alles so schwierig ist. Ich will einen Grund, und ich will Klarheit.«

»Ich glaube nicht, daß es das ist, was dich bedrückt«, sagte Rita.

»Ja, du hast natürlich recht. Es ist etwas anderes: Ich habe Kelly umgebracht, und ich glaube, daß ich es bewußt getan habe.«

»Und wie hast du sie umgebracht?«

Jeder andere, mit Ausnahme eines anderen Therapeuten vielleicht, hätte mir eiligst versichert, daß ich an Kellys Tod vollkommen unschuldig sei.

»Indem ich ihr nicht die Wahrheit über die Hunde gesagt habe. Ich habe sie in dem Glauben gelassen, sie getötet zu haben. Ich hätte ihr sagen können, daß sie wieder gesund sind, aber ich habe es nicht getan. Und ich habe es absichtlich nicht getan. Ich meine, ich habe mir nicht gedacht, ›wenn ich ihr jetzt nicht erzähle, daß die Hunde leben, dann wird sie sich umbringen‹. Aber ich wollte sie für das, was sie getan hat, bestrafen. Ich wollte mich rächen. Und sie hat ja auch tatsächlich versucht, mich zu töten.«

»Das ist wahr«, sagte Rita.

»Und Kimi ist fast draufgegangen. Das war es eigentlich, warum ich Kelly umbringen wollte. Darin unterscheide ich mich also gar nicht so sehr von ihr, aber eigentlich war das, was ich getan habe, noch schlimmer. Sie hat schließlich jemanden geschützt, und ich nicht, weil ich ja wußte, daß Kimi überlebt hat. Und ich wollte Rache für meine Hunde, und jetzt, wo ich meine Rache hatte, fühle ich mich mies.«

»Das sehe ich ein«, meinte Rita.

»Und ich fühle mich teilweise auch deshalb mies, weil ich so hinterhältig war. Nachdem ich versucht hatte, das Ganze genau zu durchdenken und dabei alles nur aufgeschoben habe, ist mir plötzlich klargeworden, daß ich mich bei einem Mann nicht so verhalten hätte. Bei ihm hätte ich nicht so lange gezögert. Aber selbst diese Erkenntnis hat wenig geändert, und ich war bis zum Schluß nicht direkt.«

»Eine Einsicht ändert nicht automatisch das Verhalten«, gab Rita zu bedenken.

»Das sollte es aber. Ich meine, was ist plötzlich los mit mir? Zuerst stelle ich fest, daß ich mich vor Frauen mehr fürchte als vor Männern, und dann entdecke ich, daß ich diese Vorstellung habe, Frauen wären hinterhältig und gemein.«

»Vielleicht ist es aber auch so«, sagte Rita sanft, »daß wir in einer Welt leben, die es Frauen schwer macht, direkt zu sein. Und für jemanden, der daran gehindert wird, Konflikte offen auszutragen, ist es kaum möglich, fair zu kämpfen.«

»Das ist eine sehr wohlmeinende Interpretation.«

»Hast du irgendwas zu trinken hier?« fragte Rita.

»Im Kühlschrank müßte noch Kevins Budweiser stehen, aber du kannst auch einen Scotch haben.«

»Scotch, bitte.«

»Mit Wasser?«

»Nein, nur Eis.«

Ich ließ die Eiswürfel in einen Glasbecher fallen, den Rowdy auf einem Turnier gewonnen hatte, füllte ihn zu drei Vierteln und reichte ihn Rita.

Sie bedankte sich, und ich fuhr fort: »Kennst du diese alten, englischen Kriminalfilme, wo am Ende der Mörder gestellt wird und verhaftet werden soll? Und dann kommt meistens so ein eleganter Herr, der ihm sagt, er hätte die Chance, einen ehrenvollen Ausweg zu wählen. Also geht der Mörder in sein holzgetäfeltes Arbeitszimmer, schließt die Tür hinter sich, und nach einer Weile hört man einen Schuß. Ein ehrenvoller Abgang. Und weißt du, was? So ist es einfach nicht.«

»Man kann es auch anders sehen.« Rita klang ganz sachlich.

»Und wie?«

»So, daß es ihr ganz einfach zuviel geworden ist, weiterhin die Fassade aufrecht zu halten. All die Jahre hat sie in einer Illusion gelebt und etwas vorgetäuscht, was einfach nicht stimmte. Dafür bist du nicht verantwortlich. Und vielleicht kannst du auch mal die Möglichkeit in Betracht ziehen, daß alles, was sie getan hat, eigentlich ziemlich wenig mit Joels Geheimnis zu tun hatte.«

»Das ist doch Blödsinn, Rita! Natürlich hatte es damit zu tun.« »Nicht unbedingt«, widersprach sie. »Möglicherweise war es nur die Konsequenz daraus, daß sie jemand anderen zum Mittelpunkt ihres eigenen Lebens gemacht hatte.«

»Würdest du bitte aufhören, aus der Geschichte eine feministische Parabel zu machen? Du klingst ja wie Elaine.«

»Na und?«

»Na schön«, meinte ich. »Aber schließlich mochte ich Elaine mehr als du. Also Kelly hat jemanden zum Mittelpunkt ihres Lebens gemacht, und was weiter?«

»Ja, und vielleicht macht es keinen großen Unterschied, wer dieser Jemand ist.«

»Oh doch«, sagte ich. »Es macht durchaus einen Unterschied, wenn der wichtigste Mensch in deinem Leben vortäuscht, etwas zu sein, was er nicht ist, wenn das alles ein Betrug ist. Ich meine nicht Joel, sondern die ganze Illusion.«

»Das erinnert mich an ein Zitat von Gloria Steinem.« Rita streckte die Arme aus, legte den Kopf in den Nacken, rollte ihn ein wenig hin und her und fuhr dann fort: »Weißt du, was sie über Marilyn Monroe gesagt hat? Sie sagte, Marilyn Monroe wäre die Darstellung einer Frau gewesen. Wir sind doch alle Frauendarstellerinnen.«

»Joel ist es nicht. Aber gut, ich weiß, worauf du hinaus willst. Du meinst, Kelly war sogar noch mehr eine Darstellerin als die anderen, richtig? Joel hat auch so etwas in der Art gesagt. Und dann natürlich auch Donna Zalewski. Diese Geschichte mit dem Mißbrauch war eine andere Art von Darstellung, und ihre Rolle war die des Opfers.«

Rita schüttelte den Kopf.

»Nein?«

»Holly, frag dich doch mal selbst: Wie kommt jemand denn dazu, sich genau diese Rolle auszusuchen?«

»Oh Gott.«

»Es ist immer so, bei einer Patientin wie Donna, einer Frau mit diesen Symptomen. Weißt du Holly, Menschen lügen nie. Alles was sie tun, ist, Einzelheiten zu verändern.«

»Du meinst, es war ihr Vater?«

»Mein Verdacht ist, daß es ein Onkel war, der gelegentlich im Haus der Familie gewohnt hat. Wir haben nie direkt darüber gesprochen. Ich hatte damals keine Zeit, sie zu behandeln, und ich wollte das Thema nicht in einem begrenzten Kontakt angehen. Ich habe das Gefühl, bei Joel ist das Problem dann aufgekommen, aber zu einem Zeitpunkt, als ihre Beziehung noch nicht stabil genug war, das auszuhalten, und sie ist in Panik geraten.«

»Sie hat dir also nicht davon erzählt?«

»Wahrscheinlich konnte sie sich nicht mehr daran erinnern.«

»Aber wie kann jemand so etwas vergessen ...?«

»Manchmal ist die einzige Möglichkeit, ein solches Trauma zu überleben, daß man so tut, als hätte es nie stattgefunden«, erklärte Rita. »Und eine Zeitlang funktioniert das auch mehr oder weniger. Schutzmechanismen sind immer das, was für die Menschen einmal lebensnotwendig war. Und wie sollten sie auch die Folgen vorhersehen können? Woher soll ein Kind wissen, daß diese Mechanismen im späteren Leben jede Beziehung zu sich selbst und zu anderen Menschen verzerren und verhindern? Du wolltest doch eine Antwort, nicht wahr? Das ist sie: Was zählt, ist nicht die Anatomie, sondern sind die Beziehungen. Die Qualität der Beziehungen ist das Wichtigste überhaupt.«

Kevins Budweiser-Dosen standen ein paar Wochen lang unangetastet in meinem Kühlschrank, aber ich warf seine in Plastik verschweißten Hamburger weg, als sie begannen, eine schleimig braun-violette Färbung anzunehmen und zerbröselte seine steinhart gewordenen Brötchen für die Vögel und Eichhörnchen im Garten. Zweimal ließ er mich in seine Dienststelle am Central Square kommen, und als er sich endlich bei mir zu Hause blicken ließ, bestand er darauf, daß wir uns im Wohnzimmer unterhielten. Dabei schalte ich die Wohnzimmerheizung nur ein, wenn ich Besuch erwarte, und dann dauert es noch mindestens eine Stunde, bis es einigermaßen warm im Zimmer geworden ist.

»Also, mal sehen, ob ich das richtig verstanden habe«, sagte Kevin zum wahrscheinlich zehnten Mal an diesem Abend. Wir saßen beide auf der Couch, der einzigen Sitzgelegenheit im Wohnzimmer, außer dem Fußboden, aber dort wäre es sogar noch kälter gewesen.

»Mir ist kalt«, sagte ich.

»Dann hol dir einen Pullover.«

»Das ist doch albern. Können wir nicht einfach vergessen, daß du dienstlich hier bist und uns in die Küche setzen, wo es schön warm ist?«

»Er ist also vor dir die Treppe raufgerannt?«

»Ja.«

»Und ist in die Küche gelaufen. Du hast versucht, ebenfalls einzutreten, aber der Hund hat dich angebellt. Du bist dann an der Tür stehengeblieben.«

»Ja.«

»Und seit wann hast du plötzlich solche Angst vor Hunden?«

»Kevin, die Hündin hat es ernst gemeint. Sie hat auch nicht gebellt, sondern geknurrt, und ihre ganze Haltung war so, daß ich nichts riskieren wollte. Und außerdem denk dran, ich war bereits einmal gebissen worden und brauchte das nicht noch mal.« Ich zeigte ihm meine Hand. Der Verband war inzwischen entfernt und die Fäden gezogen, aber man konnte die Narben noch gut sehen.

»Und wie ist das passiert?«

»Kimi hat mich gebissen, das ist alles. Es war meine eigene Schuld. Sie ist überhaupt nicht bösartig, sondern ich war nachlässig.«

»Okay. Also, er geht in die Küche. Wie weit entfernt von ihm bist du stehengeblieben?«

»Nicht sehr weit.«

»Und als du bei der Tür ankommst, ist sie da geöffnet?«

»Sie ist angelehnt. Das habe ich dir doch bereits erzählt.«

»Und wie viele Minuten war er vor dir da?«

»Sekunden höchstens. Ich bin ein paar Sekunden nach ihm bei der Küche angekommen. Sagen wir zehn Sekunden, gut?«

»Und als du bei der Tür warst, hast du ihn da gesehen?«

»Ich habe nicht nach ihm geschaut. Ich sagte dir doch, ich hab nur den Hund gesehen.«

»Mein Gott, Holly!«

»Ich bin bestimmt nicht stehengeblieben, um ihre Schönheit zu bewundern, falls du das meinst.«

»Und wie lange hast du da gestanden und den Hund betrachtet?«

»Ich hab keine Ahnung.«

»Eine Stunde?«

»Natürlich nicht. Ein paar Sekunden. Aber ich weiß es nicht genau. Und dann muß ich aufgesehen haben. Ich hab Joel und Kelly gerufen, damit sie Tuck wegholen sollten. Aber ich habe niemanden gesehen, denn er muß neben ihr gekniet sein. Sie lag auf der anderen Seite von dieser Arbeitsfläche in der Mitte der Küche, wo ich sie nicht sehen konnte und ihn auch nicht.«

»Und als du vorher aus der Küche gegangen bist, da lag das Messer auf dem Schneidebrett?«

»Nein, da lag es nicht. Sie hatte es in der Hand und schälte damit Orangen. Ich finde, unsere Unterhaltung war bereits beim ersten Mal ermüdend, und sie wird auch nicht interessanter, je öfter du mich dasselbe fragst. Warum sagst du mir nicht einfach, worauf du hinauswillst, und ich sage dir, was ich weiß, und wir können endlich in die Küche gehen und uns aufwärmen?«

Offenheit ist eine von Kevins Stärken: »Um die Wahrheit zu sagen, ich weiß es selbst nicht so genau.«

»Gut, dann werde ich es dir sagen. Du willst nämlich wissen, ob Joel die Zeit hatte, Kelly zu erstechen. Nein, die hatte er nicht. Außerdem hat sie einen Abschiedsbrief hinterlassen. Falls sie ein Geräusch gemacht hat, haben wir es nicht gehört, weil Joels Büro vollkommen schalldicht ist. Das ist bei allen Therapeuten so, frag Rita. Was willst du noch wissen?«

Kevin legte eine Hand in die andere, spreizte die Ellbogen und ließ seine Nackenmuskel spielen. »Ich hasse Widersprüche. Sie lassen mir keine Ruhe.«

»Welche Widersprüche meinst du? Ich sehe keine.«

»Wir haben hier eine attraktive Frau mit einem erfolgreichen Ehemann.« Elaine hätte ihm diese Definition sicher nicht durchgehen lassen. »Der Mann verdient eine Menge Geld. Sie haben ein schönes Haus in einer guten Gegend. Zwei neue Autos. Keine Schulden. Sie hat Hobbys, Hunde und Kochen. Und auf einmal kriegt sie einen Anfall, nimmt ein Messer und bringt sich um, weil sie unfruchtbar ist?«

»Es gibt Leute, für die das ganz schrecklich ist. Man könnte es leicht abtun und sagen, sie sollen doch ein Kind adoptieren, aber manche Menschen stürzt das in eine tiefe Depression, besonders wenn sie sich selbst die Schuld daran geben.«

»Du sagst, sie war unfruchtbar, ja? Die Obduktion hat aber ergeben, daß es in ihrem Körper keine Spuren von Sperma gibt. Das fehlt mir in dem gesamten Bild. Du weißt doch, wie in diesen Suchbildern für Kinder. Und nun, liebe Jungen und Mädchen, versucht doch mal herauszufinden, was in diesem Bild fehlt. Und was fehlt, ist Sperma.«

»Ich muß schon sagen, du hast als Kind ziemlich merkwürdige Suchbilder entziffert.«

Kevin lächelte nicht einmal über meine Bemerkung. »Sie hatte gerade einen Eisprung. Eine Frau begeht Selbstmord, weil sie unfruchtbar ist. Das finde ich widersprüchlich. Sie hat ihren Eisprung, und es gibt keine Spur von Samenflüssigkeit.«

»Sie hat vielleicht gar nicht gewußt, daß sie ihren Eisprung hatte, und sie haben vielleicht noch darauf gewartet, die Leute tun das manchmal.«

»Weißt du, Holly, dieser Typ, Joel, der hat irgendwas, was mir unsympathisch ist.«

»Er hat eine Menge Selbstkontrolle. Und er trauert um seine Frau. Wahrscheinlich glaubt er, er sei schuld, und gleichzeitig ist er auch wütend auf sie. Ein Selbstmord ist für die Hinterbliebenen am schlimmsten. Und er ist jetzt sicher in einem schrecklichen Zustand.«

Kevin schüttelte den Kopf. »Ich mochte ihn schon vorher nicht. Hab ihn nur angesehen und gedacht, mit dem stimmt was nicht.«

»Ich wußte nicht, daß du ihn vorher gekannt hast.«

»Deine Freundin Elaine hat ihm ein paar Briefe geschrieben.«

Ich weiß nicht, warum ich geglaubt hatte, die Polizei wüßte nicht, wie man sich Zugang in einen Computer verschafft. Natürlich hatten sie die Briefe entdeckt.

»Ach ja?« sagte ich beiläufig.

»Über Donna Zalewski.«

»Tatsächlich?«

»Aber die Briefe waren eigentlich nicht besonders ergiebig, denn scheinbar haben sich die beiden bloß wegen Geld gestritten.«

»Wegen Geld?«

»Es ging um den Krankenkassenbeitrag. Donna Zalewski war bei Blue Cross versichert, und die Walsh dachte, daß Baker nicht nur Donna, sondern auch ihre Versicherung betrogen hätte.«

»Wie das?«

»Joel Baker hat es mir ganz genau erklärt. Doppelte Rechnung nennt man das in der Branche. Diese Therapeuten müssen sich alle bei Blue Cross versichern. Und sie müssen eine Erklärung unterschreiben, die besagt, daß sie sich bei ihrer Behandlung an die festgesetzten Höchstbeträge halten. Und vielleicht werden sie dann gierig und beschließen, das wäre nicht genug. Also lassen sie ihre Patienten zusätzlich einen kleinen Extrabetrag zahlen. Oder möglicherweise wollen sie auch nicht so lange warten, bis die Versicherung bezahlt hat, lassen sich von den Patienten das Geld direkt geben, und wenn dann der Scheck von der Versicherung kommt, behalten sie ihn eine Weile und kassieren die Zinsen.«

»Hat Joel Baker das getan?«

»Nö. Wie ich schon sagte, es hat nicht viel gebracht. Einer von meinen Jungs ist die ganze Sache mit Joel Baker durchgegangen und hat festgestellt, daß bei der Versicherungsnummer auf einem der Formulare ein paar Ziffern unleserlich waren. Blue Cross hat daraufhin die Zahlung zunächst eingestellt und dann schließlich in Raten zurückerstattet. Es ist alles überprüft worden, und das war's dann auch.«

Die Obduktionsergebnisse stellten Kevin immer noch nicht zufrieden, aber da Autopsieberichte unter das Arztgeheimnis fallen, blieb Kevin der einzige, der sich darüber Gedanken machte. Was mich schon eher beunruhigte, waren zwei andere Dinge, die er erwähnt hatte, wobei Rita meine Bedenken in einem Punkt zerstreute. Sie versicherte mir nämlich, daß solche Unregelmäßigkeiten bei den Krankenkassen ständig vorkommen würden, und daß es immer lange dauert, bis sie endlich zahlen. Joel Baker hatte also Glück gehabt, diese Erklärung parat zu haben, aber es war knapp für ihn gewesen.

Mehr noch machte mir allerdings Kevins hartnäckige Frage zu schaffen, ob Joel die Zeit gehabt hätte, Kelly zu töten, denn natürlich hatte ich keinen eindeutigen Beweis dafür, daß Kelly, und nicht Joel, Donna und Elaine umgebracht hatte. Als Joel mir erzählte, er hätte irgendwo anders hingehen und dort neu anfangen wollen, habe ich ihm geglaubt, und ich glaubte ihm auch, daß es Kelly war, die das nicht wollte. Sie wußte von Dr. Arsenault, und sie hätte sich von ihm die Medikamente beschaffen können, so wie ich es getan habe. Joel hätte es wohl auch gekonnt, aber ich glaube, daß er Arsenault aus tiefstem Herzen verachtete und unter keinen Umständen zu ihm gegangen wäre. Außerdem wäre es für Joel schwierig und für Kelly leicht gewesen, den eigenen Hüttenkäse zu präparieren und ihn gegen den von Elaine auszutauschen. Und schließlich vertraute ich Ritas positivem Urteil über Joel. Und meinem eigenen.

Ein paar Monate später, als ich mit dem Bronco gerade in meine Einfahrt einbog, sah ich Joel mit Nip und Tuck die Appleton Street entlangkommen. Anscheinend hatte er seit Kellys Tod den Auslauf der Hunde übernommen. Ich hatte ihn zwar schon vorher ein paar Mal mit den beiden gesehen, aber immer nur von weitem, so daß ich ihn nicht ansprechen konnte. Kelly hatte Tuck, die Hündin, immer an der Leine geführt, Nip jedoch meistens nicht, da er auch so stets in ihrer Nähe geblieben war. Joel hatte beide Hunde jetzt angeleint. Falls sie Kelly vermißten, sah man es ihnen nicht an, und obwohl Joel wahrscheinlich nicht Kellys Marathon-Pensum mit ihnen absolvierte, sahen die Ridgebacks immer noch sehr gepflegt, muskulös und fit aus.

Die Hunde knurrten nicht, als ich aus dem Wagen stieg, sondern liefen freudig auf mich zu. Joel folgte ihnen. Ich ließ Nip und Tuck meine Hände beschnuppern, bevor ich sie streichelte. Joel sah genau aus wie zu Kellys Zeiten, so als hätte er sich gerade rasiert und seine Haare schneiden lassen. Er trug einen Kamelhaarmantel, auf dem man die weizenfarbenen Haare seiner Lieblinge nicht sah, und an seinen Händen dunkelbraune, sehr maskuline Lederhandschuhe. Ich sagte, ich fände, daß er und die Hunde gut aussehen würde. Dann setzte ich mich auf die Stufen vor meiner Haustür, um auf Hundehöhe zu sein, während ich meine Handschuhe über das glatte und glänzende Fell der Ridgebacks gleiten ließ.

Joel erzählte mir, daß er die beiden nicht mehr auf einer Hundeschau präsentiert habe, und Tuck wedelte freundlich lächelnd mit dem Schwanz. Aber Nip verlor bald das Interesse, fing an, am Deckel des Milchbehälters zu schnuppern und öffnete ihn schließlich mit der Schnauze. Ich sagte ja schon, daß ich die Hundesprache spreche, und so verstand ich auch jetzt, was der Rüde sagte. Daß nämlich an dem Tag, als Kelly vor Elaines Tür stand und den Milchbehälter von Pleasant Valley öffnete, er, Nip, die Ausrede war, für den Fall, daß irgend jemand gefragt hätte, was sie da machte. Dann hätte sie geantwortet, sie würde nur den Hund zurückholen. Joel dagegen führte beide Hunde an der Leine, und nur Kelly hatte Nip frei herumlaufen lassen. Indem er nun den Milchbehälter öffnete, zeigte mir Nip, was Kelly getan hatte. »Kelly«, erklärte mir Nip laut und deutlich, »Kelly und nicht Joel.«

Später erzählte mir Rita, daß die von Sheila Moss verbreiteten Gerüchte über Joel Baker verstummt seien, und daß er mehr Klienten habe als je zuvor. Und besonders die Frauen fänden ihn wunderbar, weil er so verständnisvoll und einfühlsam sei. Auch mit Paaren leiste er wundervolle Arbeit, wobei man es für seine besondere Stärke hielt, auf beinahe unheimliche Weise die Wahrnehmung sowohl des Mannes als auch die der Frau nachvollziehen zu können. Eines Tages traf ich Sheila Moss beim Fischhändler, und sie erzählte mir, daß sie nun kein Prozac mehr einnehme, sich aber phantastisch fühle, seit sie und Ben zusammen eine Therapie bei Joel angefangen hätten. Rita regte sich furchtbar auf, als ich ihr das erzählte. Sie fand es viel verwerflicher, daß Joel die Grenzen zwischen Klienten und Freunden verwischt hatte als die zwischen Mann und Frau.

Rita erzählte außerdem, die Leute würden verstehen, daß Joel seit Kellys Selbstmord Angst davor habe, sich wieder zu binden, aber alle würden hoffen, daß er bald wieder eine neue Beziehung eingehen könne. Rita sagte, ein paar Leute hätten schon gemutmaßt, wann er wohl mit der Wahrheit über seine Homosexualität herausrücken würde.

Und ich selbst war mir völlig sicher. Rita hat alles in die richtige Perspektive gerückt. Sie sagte, Freud hätte behauptet, Anatomie sei Bestimmung, aber das sei falsch. Und dann verstand ich es: Die Rasse eines Hundes ist nicht das Entscheidende. Die meisten Golden Retriever apportieren und gehorchen. Malamutes ziehen und gehorchen sich selbst. Aber was, wenn ich an den einen Malamute gerate, der sich wie ein Retriever verhält. An einen, der überhaupt nicht daran interessiert ist, einen Schlitten zu ziehen, sondern der

Stöckchen fängt und sie mir vor die Füße legt. Würde ich darauf bestehen, ihm ein Geschirr anzulegen und ihn einen Schlitten ziehen lassen, weil ich mich dafür schäme, wie er wirklich ist, würde ich nur unsere Beziehung zerstören. Und wenn ich sein Fell goldgelb färben und versuchen würde, aus ihm einen Golden Retriever zu machen, würde er merken, daß ich mich für ihn schäme, und ich würde zulassen, daß diese Lüge die Beziehung zwischen uns und zu allen anderen zerstört.

Aber angenommen, ich würde zu ihm sagen: »Na, du bist schon ein merkwürdiger Malamute. Aber, was soll's?« Seine Andersartigkeit wäre ganz in Ordnung, wenn ich sie nicht bekämpfen oder so tun würde, als gäbe es sie nicht. Er würde mit Leichtigkeit seinen C.D.X.-Titel machen, dann den U.D., den »Gebrauchshund« und schließlich, als Widerspruch in sich selbst, würde aus ihm der erste Alaskan Malamute mit einem Championtitel im Gehorsamkeitsturnier. Wir wären beide stolz auf uns, und jeder würde uns nach dem Geheimnis unseres Erfolges fragen. Und dieses Geheimnis wäre, daß wir kein Geheimnis haben.

Als ich das Steve erklärt hatte, fragte er: »Hat Rita das wirklich so gesagt?«

»Nein, aber sie hat es so gemeint«, antwortete ich, obwohl sie in Wahrheit immer findet, daß ich mit meinen Gleichnissen aus der Hundewelt die Dinge etwas trivialisiere. Aber das stimmt nicht. Hunde sind der fortdauernden Täuschung einfach nicht fähig, und diese übermenschliche Unfähigkeit ist alles andere als trivial.

»Natürlich«, fuhr ich fort, »können sich die Hunde ihre Rasse nicht aussuchen, aber was, wenn sie es könnten? Wenn sich Joel wie ein Mann fühlt, wie ein Mann verhält und bloß körperlich kein Mann ist, warum sollte er dann vorgeben, eine Frau zu sein? Das wäre eine Täuschung gewesen. Und hätte er zulassen sollen, daß seine Frau wegen Mordes verhaftet wird? Hätte er sie so verraten dürfen?«

»Um Himmels willen, Holly«, rief Steve. »Okay, ich gebe zu, die Rasse ist nicht so wichtig. Was zählt, ist der richtige Hund für den richtigen Menschen. Aber Hündinnen bleiben Hündinnen und Rüden bleiben Rüden. Du warst zu lange in Cambridge. Warum fährst du nicht mal wieder für ein oder zwei Wochen nach Maine?«

»Ich kann nicht weg. Kimi fängt diesen Donnerstag im Anfängerkurs an. Erinnerst du dich an Kimi? Das ist diese Hündin, die das Bein hebt.«

»Das ist ganz normal, besonders bei einem Malamute. Es ist eine Geste der Vorherrschaft und keine geschlechtsspezifische Funktion.«

»Da hast du's ja, Anatomie ist nicht gleich Bestimmung. Was zählt, ist die Qualität der Beziehungen.«

»Fahr für eine Weile nach Maine. Und dann komm wieder her. Ich möchte mit dir an einer qualitätsvollen Beziehung arbeiten. Komm zurück und heirate mich.«

Ich kann unmöglich heiraten. Das einzige, was ich kochen kann, sind Leberhäppchen und selbstgebackene Hundekuchen, und ich will auch nicht neun Monate lang ein pelzloses Wesen austragen, das zwangsläufig irgendwann von zu Hause fortlaufen wird. Außerdem lassen verheiratete Paare immer ihre Konflikte an den Hunden aus. Mein Haus ist zu klein für Steves und meine eigenen Hunde, und woher soll ich dann den Platz nehmen, mir noch einen Hund anzuschaffen? Rowdy würde es ganz und gar nicht gefallen, bei Steve zu leben, und Kimi würde all die mühsam errungenen

Fortschritte, die Steve bei Lady erreicht hat, wieder zunichte machen. Und was, wenn ich dann einen Akita nach Hause bringen würde, und Steve hätte was dagegen einzuwenden? Natürlich würden auch Rowdy und Kimi protestieren, aber das wäre etwas anderes. Ich bin schließlich der Alpha-Wolf in unserem Rudel. Und so, wie die Dinge liegen, ist Steve der Alpha-Wolf in seinem Rudel. Wenn wir nun unsere Rudel vereinen würden, würde einer von uns beiden seine Stellung verlieren, denn in einem Rudel kann es niemals zwei Alphas geben. Ich denke, das ist es, was mit der Ehe nicht stimmt.

Ich werde also nie heiraten. Wenn ich Lust bekomme, mir einen Akita zuzulegen, tue ich es einfach. Und wenn ich jemals Vinnies Tod verwunden habe, werde ich mir wieder einen Golden Retriever anschaffen. Natürlich werde ich immer Alaskan Malamutes haben, Dutzende wahrscheinlich im Laufe meines Lebens. Und wenn ich schließlich in das himmlische Rudel eingehe, werde ich von Zeit zu Zeit zur Erde zurückkommen. Ich werde nicht lange bleiben und nicht vorgeben, jemand zu sein, der ich nicht bin. Dann kann man vielleicht eines Tages auf einem Gehorsamkeitsturnier einen Alaskan Malamute sehen, der gerade seinen Titel als Gebrauchshund erzielt hat, und man wird wissen, daß ich wieder da bin, frei und eins mit mir selbst und endlich zu Hause.